KB058709

버블껍보이

THE BUBBLE WRAP BOY

by Phil Earle

필 얼 글 · 김율희 옮김

내 부탁을 들었을 때, 웃지도 투덜대지도 않았던 친구들
새넌 컬런과 베키 스트래드윅에게 이 책을 바칩니다.

1

내가 무지 싫어하는 속담이 있다.

그냥 속담이니까, 그렇게 신경 쓸 필요는 없다.

딱 한 문장.

여섯 단어. 그중 다섯은 단음절.

더 짜증나는 문구도 분명 있을 것이다. 사실 내가 아는 것 중에 있긴 하다.

예를 들어, 사이너스가 다음의 말을 애용하며 자신이 소름끼칠 만큼 눈치 없다는 사실을 덮을 때마다, 몸이 근질거린다.

"귀머거리가 되는 것보다는 들을 수 있는 게 낫잖아."

돌아가신 허풍쟁이 할아버지의 하나뿐인 지혜의 말씀도 있다.

"내 손가락을 당겨라."(상대방이 손가락을 당기면 곧바로 방귀를 뀌는 장난을 할 때 쓰는 말–옮긴이)

신신당부하는데 할아버지가 밀폐된 공간에서 그 불길한 말을 꺼낸다면, 자리를 떠나야 한다. 얼른.

내가 처음에 말한 그 속담을 굉장히 싫어하는 이유는 수백 번 되풀이해서 들었기 때문이다. 지금까지는 그다지 감동적이지 않은 내 존재를 보고 하늘에서 내려온 답인 듯 사람들이 그 속담을 내게 말했기 때문이다.

"좋은 것은 작은 꾸러미에 담겨서 온다."

자, 드디어 이 속담을 말했다. 말하고 나니까 토한 듯이 목이 따갑다. 하지만 어쨌든 이 말을 다시 할 필요는 없으니까.

살면서 이토록 점잔을 떨며 의기양양하게 생색내는 문장을 들어본 적이 있는가?

이게 무슨 뜻일까? 핵심도 없고 숨은 뜻도 없고, 정말 아무것도 아닌데.

이 속담을 들으면, 땅꼬마로 사는 인생에 비애와 고통이 가득할 거라고 말하고 싶은 사람들이 진심과는 달리 비꼬듯이 내 머리를 쓰다듬는 느낌이 든다.

제발요, 다들. 그게 당신들이 생각하고 있는 거라면, 그냥 솔직히 말하라고요. 난 몸집에 비해서 어깨는 넓으니까.

나는 오래전에 내 키를, 그러니까 내가 무지하게 작다는 사실을 운명으로 받아들였다. 사물함이 손에 닿지 않는 중학생이 되기 전부터, 유치원생으로 오해받는 초등학교 마지막 학년이 되기 훨씬 전부터.

늘 그런 식이었다. 경고도 반전도 없었다.

거울을 보면 키 작은 아이가, 아니면 키 작은 아이의 머리 꼭대기가 보인다.

그리고 사람들이 그 문장을 내 목구멍으로 계속 쑤셔 넣지만 않았다면 이 문제에 훨씬 훌륭하게 대처했을 것이다.

지난 2년 동안 너무 자주 들은 그 말이 도무지 머리에서 떠나지 않아서, 나는 객관적인 사실을 동원해 그 이론이 틀렸다는 것을 증명하려 애썼다.

그 고리타분한 말을 완전히 박살내며 이렇게 말하고 싶다. 바보같이 작은 이런 내 몸에나 어울리는, 찍찍거리는 듯한 우스꽝스러운 목소리로,

"하! 안 보여요? 나는 당신들이 말하는 '커다란' 꾸러미가 아니에요. 난 언제까지나 덜렁대는 나약한 실패자로 살 거라고요."

예를 하나 들어 보겠다. 사실, 예시는 무지 많다.

유명하지만 키가 작은 사람들의 이름을 쭉 나열할 텐데, 그들 모두에게는 심각한 결함이 있다.

앙리 드 툴루즈 로트레크(1864 – 1901).

화가, 판화가, 개혁가, 땅딸보.

로트레크는 작은 키 때문에 골머리를 앓다가 결국 술에 취해 슬픔에 잠겨서는 '어스퀘이크'('지진'이라는 뜻 – 옮긴이)라는 치명적인 칵테일을 발명했다. 로트레크는 그걸 특수 개조한 지팡이 속에 숨겨서 가지고 다니곤 했다.

스물아홉 때 로트레크는 술에 찌들었고 흉한 병이 몸에 퍼졌으며, 서른여섯 살 때는, 음, 죽었다.

로트레크는 성공을 거둔 편이었다. 적어도 다음으로 소개할 오합지졸과는 달리 자신의 작품을 유산으로 남겼으니까.

칭기즈칸, 폴 포트, 스탈린, 무솔리니, 히틀러. 고대사나 현대사에서 이들을 능가하는 독재자 조합은 없으며 이중에 키가 175센티미터를 넘는 사람은 없다.

*나폴레옹 증후군*이란 말씀!

덕분에 나는 정치계에 입문해야 할지 약 1000분의 1초 동안 고민했다. 저들은 극악무도한 폭군이었지만, 여자들이 그 폭군들에게 매달렸던 것은 분명하다. 그들의 엄마를 말하는 건 아니다. 정말이지, 우리 엄마보다 칭기즈칸의 엄마가 느긋한 성격이었을 것이다.

역사 속의 땅딸보들만 형편없는 작자들인 건 아니다. 지금 주변을 둘러보면 명백한 모델을 어렵지 않게 찾을 수 있다. 말하자면,

톰 크루즈. 오지랖이 문제다.

프린스. '자주색 성애자'라고? 프린스의 키가 더 컸더라면 사람들이 감히 그렇게 말하진 못했을 것이다(미국의 유명 팝 가수로 키가 157cm이다 – 옮긴이).

디에고 마라도나. 1986년 월드컵에 출전해 한 손으로 골을 넣어 잉글랜드를 기만했다.

이워크(영화 〈스타워즈〉에 등장하는 외계 종족 - 옮긴이). 전무후무 최고의 삼부작이었던 영화를 망쳤다.

목록을 계속 나열하면 적어도 한두 페이지는 더 채울 수 있지만, 그러면 나를 오해하게 될 것이다. 나는 독설가가 아니다. 내가 쓴 걸 읽고 그렇게 느낄 수도 있겠지만 그렇지 않다, 정말로.

기회가 다가오면, 나는 그 기회를 잡으려 애쓴다.

그러기 위해서 가장 가까운 사다리를 붙잡고 맨 위의 발판에 아슬아슬하게 기대야 하더라도 말이다. 필요한 일이라면 괜찮다. 감당할 수 있다.

문제는 노력할 때마다, 손을 내밀어 새로운 일을 시도할 때마다, 사다리가 온 세상이 보는 앞에서 고꾸라지고, 나도 함께 고꾸라진다는 점이다.

멍은 점점 흐려지겠지만 내 명성은 그렇지 않다.

나를 아는 모든 사람에게 나는 '중국인이 하는 음식점의 땅꼬마 찰리'다. 덜렁거리고 바보 같은 찰리 한. 나아질 때가 됐는데 도무지 발전이 없는 아이.

그리고 땅딸보라는 딱지가 붙는 것보다 그게 더 신경질 난다.

왜냐하면 내가 정말로 믿는 속담이 하나 있다면 바로 이것이기 때문이다.

누구나 한 가지 재주는 있다.

나는 *정말로* 그 말을 믿는다.

정말로.

그래야만 한다.

왜냐하면 다른 대안은 생각할 가치가 없기 때문이다.

내가 할 일은 내 재주가 뭔지 알아내는 것뿐이다.

나를 '이워크'에서…… 모르겠다, 아마도 '요다'(〈스타 워즈〉 시리즈에 등장하는 주요 등장 캐릭터 – 옮긴이)로 바꿔줄 무언가를.

그래, 요다. 한동안은 그걸로 해야겠다. 1000분의 1초라도.

귀는 이상하지만. 초록색 몸도 이상하지만.

결정했다. 내 재주를 발견할 때까지, 순전한 100퍼센트 요다가 되어 지내자.

내 재주를 찾아내야 한다. 그게 내 사명이다.

나 자신에게 쓰는 메모. 요다의 말투는 제외하도록 한다. 여자애들이 좋아하지 않을 거다.

2

숨을 깊이 들이마셨다. 의상 안쪽에서 신경이 찌릿찌릿했다.

'바보처럼 굴지 말자.'

어쨌거나 이건 가장 까다로운 역할도 아니다. 로미오나 줄리엣과 무대에 함께 서 있는 순간도 없고, 대사나 상호 작용도 없다. 뭐, 내가 무대 밖으로 끌어내야 할 머큐시오의 시신 정도는 있지만. 복잡한 연기로 평론가들을 괴롭히는 일은 상상할 수도 없다.

매티 다이어스가 머큐시오의 죽음 때문에 질질 짜는 걸 그치기를 기다리는 동안 매티가 몸부림치기를 그만두고 자기 엄마를 부를 때면 내 생일이 되어 버릴 것 같다는 생각이 들었다. 원작에 그런 부분이 있었는지는 기억나지 않았다.

하지만 나는 매티에게 샘이 나지는 않았다. 게시판에 걸린 배역 명단을 남몰래 살펴보려고 학생들의 다리 사이로 고개를 내밀면서도 주인공 역할 옆에 내 이름이 쓰여 있으리라고는 기대하지 않았다. 헬륨에 중독된 것 같은 목소리를 가진 사람에게 배역을 맡기는 건 용기가 필요한 일이었을 것이다.

그럼에도 나는 '시체 운반수2'보다는 이름이 있는 배역을 맡고 싶었다. 해당 극본에 뭐라고 나와 있는지 보려고 도서관으로 달려갔지만 어디에도 참고 문헌은 없었다. 구글 검색을 해 봐도 결과는 마찬가지였다. 그때 나는 그게 가장 하찮은 단역이라는 사실과 특정한 아이들, 그러니까 배역을 맡기기만 해도 공연에 참가한다고 느끼는 아이들에게 제공되는 그런 역이란 걸 깨달았다. '시체 운반수1'로 승격해 달라고 애원할 필요도 없었다.

그 사실을 극복하기까지 오랜 시간이 걸리지 않았다. 어쨌거나 첫발을 들여놓은 셈이었으니까. 하나의 디딤돌이었으니까.

다만 그 돌에 걸려 넘어지지 않을 거라는 확신만은 필요했다.

마침내 조명이 흐릿해지며 머큐시오를 비추자, 나는 모자를 고쳐 썼다. 내 의상이라면 언제나 그렇듯 모자도 너무 컸다. 무대 중앙으로 과감하게 성큼성큼 걸어가며 가상의 눈물을 한 번 훔쳤다. 나름대로 배역에 어울리는 정교한 몸짓을 넣은 것이었다. 총연습 때와 마찬가지로 머큐시오의 시신이 무대를 따라 미끄러질 거라 생각하며, 쓰러진 전사의 양 어깨 밑을 붙잡고 몸을 젖혔다.

그러나 아무것도 움직이지 않았다.

몸을 활처럼 젖히며 더욱 힘껏 당겼지만, 꿈쩍도 하지 않았다. 무거운 짐이 그 자리에 있는 것만 같았다.

객석에서 웅성거리는 소리가 들리더니 곧 킬킬대는 웃음소리가 뒤따랐고, 머큐시오를 잡아당길 때마다 킬킬대는 소리는 점점 커질 뿐이었다.

"뭐하는 거야?"

되살아난 시체, 머큐시오가 씨근거리며 말했다.

"너 죽은 거 아니었어?"

나는 나지막이 찍 내뱉었다. 그러나 그 소리가 무대 밖으로 나갔는지 앞에서 네 번째 줄까지의 관객 모두가 고개를 젖히며 웃음을 터뜨렸다.

왜 머큐시오가 끌려오지 않는지 알아내려고 애쓰던 중, 마침내 머큐시오의 칼이 내 눈에 보였다. 마루 판자 사이에 박힌 칼이 머큐시오를 무대에 고정시킨 것이었다.

"네 칼 때문이야. 이게……."

"그냥 당겨, 바보야!"

나는 정말로 그렇게 했고, 역사에 길이 남을 몇 차례의 굉장한 시도 끝에 마침내 칼날이 마루에서 훅 빠져나왔다. 그리하여 시체와 나는 무대 뒤쪽으로 미끄러졌다.

똑바로 서 있으려고 기를 썼지만 내 몸 위에 무거운 머큐시오가 올라와 있었다. 영국 무대 사상 가장 꼴사나운 춤을 선보이고야 말았다. 영국 왕립 발레단의 춤은 아니었다.

우리가 기둥에 쿵 부딪히자 객석에서 숨을 헐떡이는 소리가 들렸다. 그건 그날 저녁을 통틀어 가장 격렬한 반응이었기 때문에 내가 우연히 *진정한* 연극을 탄생시킨 게 아닐까, 하는 생각이 잠시 머리를 스쳤다.

그런데 곧 뒤에서 기둥이 흔들리며 점점 빠른 속도로 기울어지는 게 느껴졌다. 그 기둥은 사실상 세트의 가장 중요한 부분으로 줄리엣의 발코니 밑에 있었다. 그래서 그 기둥이 쓰러지면, 그러니까, 아마 그 발코니도…….

머큐시오는 구조물을 분석하는 실력이 나보다 월등히 뛰어났는지, 이제 완전히 살아나서 비명을 지르며 무대 옆으로 달려갔다.

아니나 다를까 기둥이 바닥을 향해 *돌진해 오자* 나는 재빨리 머큐시오를 뒤따라가며 발코니가 흔들리는 광경을 겁에 질려 바라보았다.

엎친 데 덮친 격으로, 무대 조명은 다시 밝아져 다음 장면으로 넘어갈 준비를 하고 있었다. 그때 학교 최고 인기남인 로비 부틀, 우리의 로미오가 무대 중앙으로 걸어오는 모습이 보였다. 자신만의 슬픔에 빠져있던 로비는 발코니가 무너지는 데도 전혀 알아채지 못했다. 다음으로 애도의 대상이 될 게 분명했다.

조치를 취해야 했다. 내가 발코니 뒤로 허겁지겁 뛰어가자 무대 세트 전체가 앞쪽으로 불안하게 기울어지는 모습이 보였다. 세트를 지탱하고 있던 무대 장치들이 급속도로 풀려나고 있었다. 고정축이던 중심 밧줄이 만화의 한 장면처럼 신나게 풀리고 있었다.

나는 무심코 전력 질주해, 밧줄을 잡기 위해 뛰어 올랐다. 다시 밧줄을 맬 수만 있다면 모든 게 제자리에 고정될 테고, 로비도 아직은, 아니면 말 그대로 완전히 죽지는 않을 것이다.

옳은 생각이었다. 당연한 얘기였다. 적어도 체격과 체중이 보통인 사람이었다면 말이다. 그러나 내가 밧줄에 미친 영향은 미미했다. 파리가 코끼리 위에 내려앉으며 쿵쿵 행진하는 코끼리의 걸음을 멈추려고 하는 것이나 다름없었다.

소용없는 짓이라는 건 금세 알 수 있었다. 발코니는 휙 하고 앞으로 기울었고 나는 덩굴에 매달린 타잔으로 변신했다. 나 자신이나 저 불운한 로비 중 하나만 구할 수 있다는 사실이 분명해졌다. 나는 겁쟁이는 아니었지만 바보도 아니었다. 꼴사나운 마지막 몸짓과 함께 바닥으로 나동그라지며 나는 외쳤다.

"뛰어, 로비! 뛰어!"

무너지는 목재와 겁에 질린 관객 300명이 내는 시끄러운 불협화음 틈에서, 로비가 내 목소리를 들었는지는 알 길이 없었다.

내가 할 수 있는 일이라고는 몸을 웅크리고 굴러가며, 좋은 결과를 바라는 것뿐이었다.

아름다운 도시 베로나는 이라크 전쟁터 같은 모습이었다.

조각난 무대 장치가 이상한 각도로 바닥으로부터 튀어나와 있었다. 무대 조명은 관객석 위에서 위태롭게 흔들리며 손상된 것이 무대 세트만이 아니라는 걸 강조하고 있었다.

객석 맨 앞줄의 시장님 부부의 무릎 위에는 상사병 걸린 로비가 팔다리를 벌리고 드러누워 있었다. 로비의 턱은 고위 관직을 상징하는 쇠줄 달린 훈장에 무참히 공격을 당한 뒤였다.

처음에는 아무도 움직이지 않았다. 나조차도. 안도의 한숨을 쉬려고 헐떡이기는 했지만. 시장님의 부인은 가장 큰 타격을 받았음에도 감정의 흔적은 거의 나타나지 않았다. 그저 얼어붙은 듯 자리에 앉아 손을 공중에 든 채로 몰티저스 초코볼 봉지를 여전히 꽉 움켜쥐고 있었다. 로비는 사장님의 부인이 초코볼을 좋아한다는 사실에 감사해야 할 터였다. 무척 부드럽게 착지할 수 있었으니까.

하지만 로비의 머리는 부드럽게 받쳐지지 못했다. 예복용 사슬이 로비 턱에 톱니모양 구멍을 파서, 시장님의 예복에 물보라처럼 피가 뿌려지고 있었다. 우리 엄마가 그걸 보았다면 졸도하고 말았을 것이다. 얼룩진 피는 지우기도 어려울 터였다.

나는 무대 앞쪽으로 어슬렁어슬렁 다가가 몸을 내밀며 물었다.

"괜찮아, 로비?"

"커튼 내려!"

무대 옆에서 외치는 소리가 들렸다. 내가 그토록 큰 곤경에 처하지 않았다면 그 소리에 낄낄거리며 웃을 수 있었을 것이다.

커튼을 내릴 적절한 때는 이미 지난 뒤였다. 30제곱미터짜리 붉은 벨벳은 대학살을 숨기기에는 턱도 없었다. 객석에도 커튼을 내리지 않는다면 말이다.

어쨌거나 커튼은 내려왔다. 그게 얼마나 맹렬히 나에게 달려들던지 하마터면 나도 로비 몸 위로 넘어질 뻔했다. 나를 에워싸는 커튼의 주름과 싸우며, 나는 지금이야말로 퇴장할 때라고 결론을 내렸다. 누군가 상황을 종합해서 '찰리 한'이라는 이름을 말하는 데는 그리 오래 걸리지 않을 테니까.

나는 게처럼 허둥지둥 무대 옆으로 달아났다. 고개를 푹 숙이고 '제 탓이 아니에요, 시장님.'이라는 표정을 최대한 연출하면서. 하지만 발이 그늘에 닿은 순간, 누군가 내 이름을 고막이 터지도록 불렀다.

이 순간, 그 아이가 나를 알아주는 이 순간은 특별한 순간이었어야 했다. 사실 나는 중학교 1학년이 된 후로 줄곧 칼리 스톤햄이 내 이름을 불러주기를 꿈꿔 왔기 때문이다.

비록 공상 속에서만큼은 칼리가 빙그레 웃으며, 내가 멋지고 재치 있는 말이라도 했다는 듯 내 이름을 쾌활하게 부르고 있었다.

분명 칼리는 그런 식으로 내 이름을 부르고 있는 건 아니었다. 단어 하나하나가 방울뱀의 독으로 빈틈없이 감싸여 있었다.

칼리는 이제 배역을 벗어던졌다. 알고 보니 줄리엣이 굉장히 적극적이고 공격적인 여자여서 로비가 당한 사소한 턱 부상을 보복하기로 한 게 아니라면 말이다.

결점 없이 완벽하게 땋아진 그 애의 머리칼이 로비처럼 대참사를 당하긴 했지만 칼리는 여전히 건강해 보였다. 격렬한 분노는 그 애에게 확실히 잘 어울렸다.

"왜 그런 거야?"

칼리가 외쳤다.

"뭘?"

나는 칼리가 건강한 만큼이나 너그럽기를 바라며 물었다.

"그렇게 밧줄을 놔 버린 거! 그게 발코니를 고정시키고 있다는 걸 알았으면서."

내 뺨은 수치심으로 붉어졌다.

"어쩔 수 없었어. 그 무게 때문에 내 몸이 딸려 올라가고 있었어. 손을 놓지 않았다면, 난 저 세상으로 갔을 거야."

"뭐, 세트가 로비 위로 무너진 것보다는 나았겠지. 로비의 운동신경이 그렇게 뛰어나지 않았다면 세트에 맞아 박살나고 말았을 거야."

"하지만, 로비는 괜찮지? 응?"

나는 아직도 턱에서 피가 솟구치는 로비를 보며 몸을 움츠렸다.

"로비는 중앙 공격수잖아……. 다이빙은 제2의 천성이지."

익살을 떨어 보려던 나의 어설픈 시도에 칼리는 화산처럼 폭발했다.

"아니! 괜찮지 않아! 응급실에 가서 턱을 꿰매야 할 거야. 시장님의 예복은 드라이클리닝이 필요하겠지. 선생님은 연극을 취소했고 이제 나는 절대 로비랑 사귈 수 없을 거야, 안 그래?"

칼리가 가여웠다. 진심이었다. 그래서 내가 로미오 배역을 맡아 이 상황을 해결하겠다고 나섰다. 정말로 나 자신을 위한 결정이 아니었는데도. 아이들은 나에게 달려드는 칼라를 떼어놓아야 했고, 나는 로미오 대사를 괜히 외웠다는 걸 깨달았다.

그래도 완전히 쓸모없는 짓은 아니었다. 얼마 뒤에 본 시험에서 그 대사를 그대로 되뇔 수 있었으니까. 머큐시오의 연설까지 외운 건 조금 과했는지도 모르겠다. 가장 고결한 의도로 그렇게 한 거긴 하지만. 머큐시오는 재미난 남자였고 즉석에서 예리한 기지를 발휘했다. 내가 아름다운 줄리엣이었다면, 아마 로미오의 우는 소리에 질려 로미오의 절친한 친구에게 몸을 내맡겼을 것이다.

내가 고개를 흔들어 덧없이 황홀한 상상으로부터 빠져나왔을 때, 칼리보다 안 예쁜 선생님이 칼리 대신 그 자리에 있었다. 선생님도 칼리와 마찬가지로 감명을 받지 않은 게 분명했고, 로미오의 행복이 내 행복보다 중요하다는 생각 역시 칼리와 같았다.

"왜 항상 그렇게 덜렁거리니!"

선생님이 고함을 질렀다.

"난 널 믿었다, 찰리. 밧줄을 놓는 게 끔찍한 생각이란 건 틀림없이 알았겠지?"

순식간에 상황 파악이 되었다. 인기남에게 상처를 입히느니 땅꼬마를 우주로 쏘아 보내는 게 낫다는 얘기였다. 나는 그 내용을 머릿속에 저장했다.

"아무래도 선생님께 방해가 되지 않도록 나가는 게 좋겠죠?"
내가 물었다.
"폐는 끼칠 만큼 끼친 것 같으니까요."
무대 곳곳에서 다들 타이츠에 꽂아 둔 단검을 빼어 드는 게 느껴졌다. 저들이 오늘 밤 표적을 붙잡지 못하더라도, 언제나 내일이 있기 마련이었다. '치욕의 길'을 걸을 시간은 얼마든지 있었다. 이번에도. 또다시.
"오, 난 그렇게 생각하지 않는다. 네가 일으킨 난장판을 다른 사람들이 치워줄 리는 없잖니. 특히 자신들이 발휘한 창의력이 결국 아무것도 아닌 게 되어 버린 뒤라면 말이야. 쇼는 계속되지 않겠지만, 파티는 계속될 수 있단다. 무대가 정리될 때까지 우리와 함께 있는 게 좋겠다는 생각이 들지 않니? 사실 네가 생각이란 걸 아예 하지 않는다면 가장 좋겠지만."
선생님은 눈물을 흘릴 듯한 칼리를 꽉 붙들고, 자신이 여주인공이라는 듯이 성큼성큼 자리를 떠났다. 뒤에 남은 나는 이 장면을 언젠가 본 듯한 기분이 들었다.
나는 빗자루를 여기저기로 밀며 나 못지않은 그들의 어리석음에 악담을 퍼부었다. 그러니까, 정신이 제대로 박힌 사람이라면 학교 역사상 가장 키 작은 아이에게 힘이 필요한 임무를 맡기겠느냐 말이다!
다른 아이들은 건들건들 지나가며 로비 대신 나에게 경고했다.

심술궂은 눈빛을 던지며 비아냥거렸고 살아있는 신이 두렵지 않느냐며 쏘아붙이거나 이따금씩 내 팔뚝을 때리기도 했다. 앞으로 더 나쁜 상황이 펼쳐질 터였다. 언제나 그랬다.

나는 상황을 긍정적으로 보려고 애썼다. 어떤 아이들은 내 이름을 들먹이며 위협했다. 이 정도면 발전한 셈이었다. 적어도 이번만은 그저 '중국인 땅꼬마'라고 하지 않고 내 이름을 불렀으니까.

빗자루를 들고 서 있자니, 주변의 쓰레기들이 작아 보이기는커녕 점점 더 커지는 것처럼 보여서 기분이 나아지지 않았다. 한 번의 사소한 실수가 이토록 많은 것을 망가뜨릴 줄 누가 생각이라도 했단 말인가?

무대의 부스러기를 마흔다섯 번째 쓰레기봉투에 쓸어 담았을 무렵, 나는 정말이지 파티 할 기분이 아니었다. 그리고 들려오는 소리로 미루어 볼 때 파티는 꽤 맥 빠진 분위기 같았다. 축하도, 환호성도 없었다……. 너무 조용해서 들리는 소리라고는 꽉 다문 턱 사이로 치즈 슈크림을 우적거리는 소리뿐이었다.

위험을 무릅쓰고 가 봐야 하나? 얼굴을 보이며 미안하다고 말해야 하나?

아이들의 표정이 눈에 선했다. 화가 나서 얼굴을 찡그리고서 그 감정이 가장 생생할 때 그 자리에서 나에게 '치욕의 길'을 걷게 하려고 안달이겠지. 아이들이 첫 강타를 날릴 준비를 끝내고 다리를 실룩거리는 게 눈에 보일 지경이었다. 정강이에 통증이 느껴지는 것만 같았다. 어떤 일이 일어날지는 불 보듯 뻔했다.

그게 오늘 밤 일정이라면, 건너뛰는 편이 나았다. 위험을 감수하고 아이들이 진정하기를 바라는 수밖에. 모든 일에는 처음이 있는 법이었다.

3

밖으로 나왔더니 뜻밖의 상황이 벌어졌다.

박수갈채가 한바탕 쏟아진 것이다.

음, '한바탕'이라고 말했지만 그건 한 사람 이상이 박수칠 때나 어울리는 표현이다.

당연히 그렇지 않았다. 딱 한 사람이었다.

내 친구, 사이너스였다.

내가 또 다른 속담을 떠올리도록 야무지게 이끌어 주는 인물. 그 속담이란 이렇다.

"가족은 선택할 수 없지만, 친구는 선택할 수 있다."

단단한 벽을 머리로 뚫어 버리고 싶게 만드는 종류의 속담이었다. 작은 보석 같은 그 말을 찾아낸 사람이 누구인지 몰라도, 나처럼 3사이즈 옷을 입고 단 하루도 지내보지 않았을 것이다.

선택이 그런 식으로 다가온 적은 없었다. 나는 지난 9년의 학창 시절 동안 운동장을 미리 살펴보고 턱을 긁적이며 그래, 오늘 나는

'너', 그리고 '너'의 친구가 될 테고 '너'하고는 절대 친구가 되지 않을 거야, 라는 생각에 잠겨 보낸 적은, 단언컨대 없었다.

좋은 생각이기는 하지만, 절대 일어나지 않을 일. 그런 선택은 다른 사람, 바로 정상적인 사람들의 것이다.

그리고 그게 바로 사이너스와 내가 서로에게 끌렸던 이유이자 친구가 된 이유였다.

음, 나는 '친구'라고 말했다.

내 생각에 사이너스는 그런 존재다. 우리가 왜 함께 다니는지 정확히 이야기한 적은 없다. 그냥 어쩌다 그렇게 되었다. 우리는 아주 여러 번 함께 서 있었다. 운동 수업 때나 운동장에서, 우린 매번 가장 나중에 뽑히는 아이였다. 그래서 결국 우리는 함께하게 되었다. 한 쌍의 나병 환자들처럼.

진정한 우정이 이런 식으로 생기는 지는 모르겠지만, 나는 녀석이 좋았다.

어느 정도는.

녀석은 나를 비웃거나 내 작은 키를 모욕할 새롭고도 색다른 방법을 찾아내지 않았다. 내가 사물함에 물건을 넣는 동안 시비를 걸지 않았다. 측은하게도 내 사물함이 맨 아랫줄에 있는 바람에 놀림은 극에 달했다. 요즘 내 등에는 운동화 모양 문신이 박혀 있다. 땅꼬마를 밟고 서는 건 올림픽 경기였고 모두 그 금메달을 원했다.

박수가 그친 뒤 가장 먼저 내 눈에 띈 것은 당연히 사이너스가 몰락한 원인, 즉 녀석이 나와 나란히 실패자라는 3군으로 전락한 원인이었다.

그건 바로 **코**였다.

이 단어를 굵은 글자로 표시한 건 우연이 아니다. 사이너스의 두 뺨 사이에 자리 잡은 기괴한 형체를 얇은 글자로 인용하는 건 말이 안 된다. 공정한 처사가 아니다.

녀석의 코는 매우 길고, 갈고리처럼 몹시 구부러졌으면서도 불룩하다. 그것이 곧 사이너스였다. 사람들이 사이너스의 코를 이야기할 때면 굵은 글자로 표시하려는 듯 목소리를 높이곤 한다. 노인들은 녀석이 거리를 걸을 때 입을 딱 벌리곤 한다. 어린 아이들은 사이너스의 기형적인 코를 똑바로 보지 못해 엄마의 치마폭으로 몸을 숨겼다.

간단히 말해, 녀석의 코 덕분에 나의 작은 키가 다행이라고 여겨졌다. 내 키가 자랄 가능성은 미미하게나마 늘 있었지만, 녀석의 코는 절대 오그라들 리가 없었다. 그래서 내가 녀석을 친구로 받아들인 건지도 몰랐다. 녀석은 나만큼이나 자주 '치욕의 길'을 걸어야 했으니까.

녀석의 이름도 도움이 되지 않았다.

라이너스 세즐리.

처음에 그 이름은 아무런 해가 되지 않았지만, 녀석의 이름과 코가 학교 불량배들에게는 종합 선물이나 다름없었다. 라이너스는 순식간에 사이너스가 되었고(영어로 '사이너스 sinus'는 곡선 모양으로 구부러진 형태나 '코 안쪽의 굴 같은 구멍'을 가리킨다 – 옮긴이) 그 이름은 책상 밑에서 화석처럼 변한 코딱지보다 훨씬 더 단단하게 붙어 버렸다.

모두가, 그러니까 아이들도 선생님들도 녀석을 그 이름으로 불렀다. 한 번은 녀석이 나에게 학교 성적표를 보여 주었는데 세 명의 선생님이 자기의 실수를 숨기려고 녀석의 이름 첫머리에 수정 테이프를 쓴 게 보였다. '개시'라는 나이 많은 영어 선생님은 심지어 실수를 굳이 바로잡으려 하지도 않았고 사이너스가 수업 때 보여 준 노력 부족에 대해 숨김없이 써 놓았을 뿐이었다.

그 꼬리표 때문에 괴롭더라도 녀석은 내색하지 않았다. 괴로운 감정도 받아들였다. 문서는 늘 녀석의 별명으로 마무리되었고 성적표도 마찬가지였으므로, 나는 녀석을 오로지 사이너스라고 불렀다. 그게 바로 녀석이었다.

녀석은 극장 벽에 등을 기대고 나를 기다리고 있었다. 녀석의 옆얼굴이 벽돌에 거대한 그림자로 드리워져 있었다. 그 모습이 나를 잡아채려고 기다리는 흰머리 독수리처럼 괴기스러웠다.

다행히 그 두려움이 현실이 되기 전에, 사이너스가 긴장을 깨뜨리며 말했다.

"브라보!"

녀석이 외쳤다.

"앙코르! 앙코르!"

놀랄 일도 아니지만 녀석은 콧김으로 말했고 단어 하나하나를 내뱉을 때마다 콧방울이 경주마처럼 치솟았다.

"그래, 그래, 마음대로 지껄여라."

나는 화난 것처럼 지나가려 했지만, 녀석은 내 등을 장난스럽게 찰싹 때리며 따라왔다.

"아니, 정말이야. 최고였어. 일단 다들 피를 닦고 나면, 웃을 일밖에 안 남아. 누군가 카메라로 찍어 뒀음 좋겠다."

"넌 지금 아무 도움이 안 돼."

나는 힘없이 웃었다.

"그 장면을 유튜브에 올리자. 입소문을 내자고."

녀석은 걸음을 멈추고 연극조로 숨 가쁘게 말했다.

"우린 그걸 입체 영상으로 배포할 수 있어!"

녀석의 코에서 악의 없이 쭉쭉 튀어나오는 단검들을 녀석에게 던지고 나는 말없이 터벅터벅 걸었다.

"그럼 다음은 뭐야?"

사이너스가 물었다.

"무슨 말이야?"

"그러니까, 넌 극장을 무너뜨렸잖아. 다음에는 뭘 망가뜨릴 것이냐……. 그러니까, 다음번에는 어떤 혁명을 일으킬 거냐?"

내가 왜 이 녀석과 함께 걷고 있는지 이해하기가 점점 어려워졌다. 혼자 있었다면 이보다 나았을 텐데.

“내가 모든 걸 망치지는 않아.”

“흠.”

“안 그런다고!”

“예를 들면?”

“축구!”

생각할 겨를도 없이 말이 튀어나왔다.

“내가 뛴 경기는 어때? 학교 역사상 데뷔전 때 해트트릭을 기록한 유일한 인물이 나라고!”

“그건 사실이지.”

사이너스가 고개를 끄덕였다.

“선수들이 죄다 잘못된 방향에 있어서 유감이었지, 안 그래?”

우리 팀의 그물에 들어간 골과 마지막 골이 내 귀를 스쳤을 때 머리에 느껴졌던 통증이 떠오르자 소름이 돋았다.

“경기가 3분의 1쯤 지나자 사람들이 너를 들것으로 실어 나르지 않았나?”

나는 고개를 끄덕였다.

“고막 천공, 맞지?”

또 한 번 고개를 끄덕이자, 얼굴이 달아올랐다.

사이너스가 웃음을 참으며 말하는 모습이 보였다.

“가장 다행스러운 건…… 너희 팀 선수들이 너를 갈기갈기 찢어

버리기 전에 네가 경기장 밖으로 나왔다는 거지.”

“그래, 대단하다, 사이너스. 네가 공을 터뜨리지 않고 헤딩하려 애쓰는 모습이 보고 싶다.”

“난 시도조차 안 할 거야.”

사이너스는 어깨를 으쓱했다.

“우리 둘을 위해 네가 이미 충분하게 활약했는데 왜 내가 바보짓을 해야 되냐?”

내 기억은 또 다른 치욕의 순간으로 거슬러 올라갔다. 마그네슘 딱 한 조각으로 과학실을 태울 뻔했던 일, 무디기 짝이 없는 컴퍼스 때문에 손가락 하나를 잃을 뻔했던 일, 내가 만든 간단한 잼 스펀지를 시식하고 학급 전체가 식중독에 걸릴 뻔했던 일. 그러니까, 난 대체 얼마나 불길한 아이일까?

사이너스는 대답을 알고 있었다.

“넌 분명 저주받은 거야. 넌 그런 것과 관련 있어. 네가 마법을 깨트리지 않으면 평생 이런 식일 거야.”

나는 눈을 동그랗게 뜨고 녀석을 노려보았다.

“와, 요약해 줘서 고맙다, 친구야. 단 한 문장으로 내 자신감을 되찾아 주다니.”

“문제없어, 친구야. 틀림없이 너도 나랑 똑같이 했을 거야.”

녀석을 비웃을 방법을 생각해 내려고 애썼다. 우주에서도 눈에 띌 웃긴 코 말고 다른 소재를 생각해 내려고 애썼다. 예를 들면 녀석의 바지가 늘 다리보다 5센티미터 짧다든지, 얼어 죽을 것 같은 추운 겨울에도 언제나 귀지가 가득해 정전 시에 연료를 공급해 준다든지.

아니면 간단히 녀석의 다른 약점을 걸고 넘어질 수도 있을 것이다. 녀석이 매우…… 멍청하다는 점.

녀석에게 아웃사이더 딱지가 붙은 건 단지 코 때문만은 아니었다. 그것뿐이었다면 중학교 1학년이 되면서 비웃음을 사지 않았을 것이고, 그저 익명의 괴짜 중 하나가 되었을 것이다.

녀석이 끈질기게 눈에 띄는 이유는 빌어먹을 만큼 괴상했기 때문이다.

특히 벽에 대한 집착이 심했다.

벽돌과 모르타르의 어떤 점 때문이었을까. 녀석은 벽에 사로잡혀 있었다. 녀석은 3제곱미터가 넘는 벽이 보이면 그 앞에 서서 웃음을 지으며 머리를 비스듬히 기울이고, 정신력만으로 무너뜨릴 수 있다는 듯이 벽을 뚫어져라 쳐다보았다. 녀석은 벽에 너무 딱 붙어 서지 않으면서도 노려보는 방법을 알고 있었다. 딱 한 번 그렇게 했다가 결국 벽돌 건물에 정면으로 부딪힌 적이 있었다. 코가 맞은 것처럼 멍들었는데 그 모양이 꼭 슈퍼마켓 선반에 남겨진 마지막 고깃덩어리처럼 보였다.

그랬던 녀석이 나를 몰아붙이다니.

나도 이런 사건을 꺼내서 녀석의 괴상한 점을 일깨우려고 했지만, 도무지 그럴 수가 없었다.

문제가 뭐였냐고? 모욕적인 말을 해 봤자 녀석에게서 튕겨져 나올 뿐이었다. 대신 우리는 사이너스네 정문 벽까지 말없이 걸어갔다. 그곳에서 녀석은 걸음을 멈추고 잠시 벽을 노려보았다.

"그럼, 내일 보는 거?"

내가 물었다.

"그럼."

녀석이 고개도 들지 않고 대답했다.

"학교까지 걸어가는 거?"

"그럼."

녀석의 시선은 벽돌을 떠나지 않았다.

"그럼 여기에서. 평소와 같은 시간에."

"응, 여기 있을게."

"물론, 그렇겠지."

나는 이렇게 중얼거리며, 최면에 걸린 것처럼 서 있는 녀석을 남겨 두고 걸음을 옮겼다.

20미터도 채 못 가 오늘 밤에 일어난 대재앙을 녀석 혼자만 알고 있으라고 말해 둬야 한다는 걸 깨달았다.

몸을 돌리니, 녀석은 아직도 벽을 노려보고 있었다.

"우리 엄마한테는 오늘 일을 말하지 않는 게 좋을 거다."

내가 외쳤다.

"그 연극 말이야. 우리 엄마가 어떻게 생각하실지 알잖아."

녀석은 나를 보지 않았지만 고개를 끄덕였다. 게다가 녀석은 우리 엄마의 성격을 알고 있었다. 녀석의 입에서 한 마디만 흘러나와도 나는 이번 크리스마스 전까지 집 밖에 나오지 못할 것이었다.

4

셰익스피어의 마지막 비극이 일어난 다음 날은 보통날과 상당히 비슷하게 시작했다. 계단 꼭대기에서 유아용 안전 문에 걸려 곤두박질친 것이다.

어깨가 첫 계단에 맞고 튀어 오르자 나는 큰소리로 욕을 내뱉었다. 팔레트에서 섞어 만들 수 있는 가장 음울한 단어였다. 뒤이어 나머지 계단을 하나씩 내려갈 때마다 상스러운 말이 변화무쌍하게 튀어나왔다. 계단은 모두 열다섯 개였다.

마지막 계단에 이르렀을 무렵, 엄마가 달려 나와 언제나처럼 공포 어린 표정을 짓고 있었다.

"무슨 일이니, 찰리?"

이목구비가 뒤틀려 보일 만큼 지나치게 가까이 몸을 내밀며 엄마가 말했다.

"계단에서 굴러 떨어졌어요!"

말해 봐야 입만 아프지.

"또? 도대체 왜? 그럴까 봐 안전 문을 잠갔는데!"

이 대화를 또 해야 한다니, 가슴이 무너졌다.

"엄마, 안전 문 때문에 떨어졌다고요. 나한테 왜 이래요? 나는 더 이상 아기가 아니에요. 열네 살이라고요. 얼른 저 문을 치워요. 그러면 내가 10년 넘게 계단에서 굴러 떨어지지 않았다는 걸 알게 될 테니까요!"

"터무니없는 소리."

엄마는 투덜거리며 혹이 생기지 않았는지 보려고 내 머리를 쓰다듬었다.

"지난주만 해도 잘 내려왔잖니."

"저 문이 닫혀 있었으니까요!"

나는 고함을 질렀다.

"저 문을 없애 버려요. 그럼 무사히 잘 내려올 수 있어요. 제발요, 제발. 이제는 저게 필요하지 않다니까요."

엄마는 10억분의 1초 동안 내 말을 곱씹었다.

"네 아빠와 이야기해 볼게. 어떻게 하면 좋을지 보자. 네 문제도 고려해야 하지만 말이야, 응?"

엄마가 무척 좋아하는 게 하나 있다면 바로 '문제'였다. 특히 나를 조금이라도 더 숨 막히게 할 수 있는 문제라면 더더욱. 나는 나를 감싸는 엄마의 팔을 수시로 느낀다. 그 팔은 껴안고 압박하고 달랜다. 엄마가 내 곁에 없을 때조차, 내 가슴을 꽉 에두른 엄마의 팔을 느낄 수 있다. 가끔은 숨쉬기 힘들 정도로 억센 두 팔을. 학교에 있을 때는 엄마가 내 곁에 절대 있지 못하게 할 것이다. 엄마의 용감한 꼬마 병사가 되었다는 이유로 치욕의 길을 걷는 벌을 받는 것은 내게 가장 불필요한 일이니까.

엄마가 이야기하는 문제는 심지어 문제도 아니다.

18개월쯤 전, 열이 난 적이 있었다. 큰일은 아니었고 그냥 고열을 동반한 독감이어서 한밤중에 약간 정신이 혼미했다. 엄마는 계단에서 부엌으로 내가 굴러 떨어지는 소리를 들었다. 그리고 내가 땀을 뻘뻘 흘리고 욕을 하며 뚜껑형 냉동고 속에 머리를 집어넣으려 하는 모습을 보았다. 뭐, 어느 때보다도 정신이 멀쩡했다고 할 수는 없을 것 같다. 하지만, 그때 체온이 섭씨 38도 정도였던 걸 생각하면 제정신이었다고 할 수도 없을 것 같다.

세 시간이 지나자 나는 조금씩 나아지고 있었지만, 엄마는 그렇지 않았다.

"넌 질식할 수도 있었어!"

엄마가 날카롭게 소리쳤다.

"냉동고에 빠져서 뚜껑이 닫혔음 어쩔 뻔했니? 우린 절대 몰랐을 거야."

"냉동고는 노아의 방주 못지않게 테두리까지 고깃덩어리로 꽉 차 있어요, 엄마. 노아가 쥐며느리 한 쌍도 쑤셔 넣지 못할 정도니, 더 말할 것도 없죠."

"너한테는 이게 꽤나 재밌는 일이지, 응? 흥, 내 눈에는 재미난 구석이 하나도 안 보인다, 찰리. 단 한 가지도."

그래서 예전과는 다른, 모성에서 비롯된 과대망상이라는 새 시대가 열린 것이다.

밤중에 화장실에 갈 때마다, 어느새 엄마가 거기 와 있었다. 야식으로 비스킷을 집어 오려 할 때마다 뒤에서 엄마가 나타났다. 홉노브 비스킷을 먹고 질식하는 재앙을 당할 경우 하임리히 요법(창시자인 하임리히 박사의 이름을 딴 응급처치법으로, 음식물이나 이물질이 목에 걸려 질식사할 위험이 있을 때 환자 뒤에서 몸을 껴안고 갈비뼈 부근에서 두 손을 모아 밀쳐 올려 음식물을 빼내는 방법 – 옮긴이)을 시행하려고 두 팔을 내민 채로 말이다.

나도 안다, 알아. 정상이 아닌 행동이었지만 엄마와 그 일로 말다툼을 하는 게 무의미하다는 게 문제였다. 노력하면 할수록 엄마는 더더욱 완강하게 버텼다.

나와 관련된 문제라면, 엄마는 모든 일에서 안전을 걱정했다.

예를 들면 크리스마스가 그랬다. 일 년 중 가장 행복한 때, 이 땅의 모든 것에 평화가 내리는 때, 가족이 모여 크리스마스트리를 꾸민다든지 하면서 함께하는 때.

우리 집은 다르다.

나는 다섯 살이 되어서야 트리에 장식 구슬을 달도록 허락을 받았다.

크리스마스트리는 위험한 것이었다. 솔잎은 날카로웠고 단 한 번 발을 헛디뎌도, 단 한 번 판단을 잘못해도 끝이었다. 한쪽 눈을 잃을 수도 있었다.

1년 동안 조르고 또 조른 뒤에야 비로소 엄마는 뜻을 굽혔다. 물안경을 쓰는 조건으로.

물! 안! 경!

8킬로미터는 가야 수영장이 나오는 우리 집 현관에서 물안경을 쓴 내 꼴이 어땠을지 상상할 수 있겠는가?

장담하는데, 그것 때문에 마법이 약간 사라졌다.

결국 나는 아빠가 나무를 장식하는 모습을 지켜보기만 했다. 아빠가 볶음밥을 만들고 있지 않은, 드문 순간이었다. 엄마는 아빠에게는 물안경, 아니 그냥 안경이라도 쓰라고 하지 않았다. 그랬다. 엄마의 과대망상증은 외아들인 나에게만 미쳤다.

엄마가 왜 그토록 강압적인지 알아내려 했지만, 아빠에게서도 뭐 하나 캐낼 수 없었다.

"네 아빠한테 말을 시키느니, 일을 시키는 게 나아."

엄마는 늘 그렇게 말했고 엄마가 옳았다. 아빠가 말을 알아듣지 못하는 건 아니었다. 아빠와 할아버지는 아빠가 열두 살 때 중국에서 영국으로 왔고, 그래서 아빠는 영어를 할 줄 알았다. 아빠는 그저 알아듣지 않기로, 혹은 알아듣지 못하는 척하기로 선택했을 뿐이었다. 그런 식으로 아빠는 문제에서 벗어났다. 전쟁터로 가는 엄마의 앞길에서 벗어난 채, 엄마가 아빠를 대표해 말하도록 내버려 두었다.

"엄마한테 얘기 좀 해 주시면 안 돼요?"

나는 애원했었다.

아빠는 '진심이냐? 네 엄마를 모르는 것도 아니면서?'라고 말하는 듯 나를 힐끔 쳐다보았다.

"엄마의 마음을 바꿀 수 있는 사람이 있다면, 그건 바로 아빠예요."

"그 정도로 상황이 나쁜 건 아니잖아?"

"그 정도로 나쁘진 않다고요? 엄마는 내가 아무것도 못 하게 할 거예요. 어디에도 가지 못 하게 할 거예요."

"과장은 그만둬라."

"과장이라고요? 아빠, 난 열한 살이 될 때까지 불꽃놀이에 가지 못 했어요. 위험하다는 이유로요. 엄마한테 억지를 부려서 이중창을 통해 겨우 그걸 봤다고요. 그러니까, 제가 불꽃을 갖고 싶다고 했으면 엄마가 뭐라고 했겠어요?"

"네 엄마잖아."

맙소사, 아빠가 그렇게 말할 때 정말 싫었다. 아빠의 틀에 박힌 대답. 그건 모든 걸 말하면서 아무것도 말하지 않은 거나 마찬가지다. '입 닥치고 하던 대로 해. 아무것도 변하지 않을 테니.'라는 말이나 다름없었다.

“그러니까 그게 다란 말이죠? 아빠가 저한테 줄 수 있는 보석 같은 지혜란 게?”

아빠는 서글프게 어깨를 으쓱하며 내 팔을 가볍게 두드렸다. 아빠의 손은 김이 피어오르는 뜨거운 볶음용 냄비를 오랜 세월 잡고 있었던 까닭에 거칠고 못이 박혀 있었다.

“재료를 썰어야 해.”

아빠는 안전지대인 부엌을 가리키며 덧붙였다.

“아빠와 아빠의 새콤달콤한 완자 사이에 저를 끼워 넣진 마세요.”

나는 한숨을 쉬며 다시 계단으로 향했고 계단 맨 위에 이르자 안전 문을 발로 걷어찼다.

아팠다.

빌어먹을 그 문이 치 떨리게 싫었다.

5

극심한 신체적 통증이라는 주제를 다루는 김에, 치욕의 길에 대해 이야기해 보겠다.

그건 학교마다 독특한 형태로 나타난다. 수세식 변기에 머리를 담그게 하거나, 개미가 득실거리는 멀리뛰기용 구덩이에 목만 내놓고 묻어 버리는 식이다. 하지만 우리 학교의 경우는 조금 특별하다. 디지털 시대의 정신을 제대로 살려, 특유의 플래시몹(서로를 모르는 불특정 다수가 이메일이나 휴대 전화 등으로 연락해 정해진 시간과 장소에 모여 미리 정한 행동이나 놀이를 하고 곧바로 흩어지는 현상 – 옮긴이)을 더한다.

연극 무대 붕괴 사건 이후로 '치욕의 길'을 걷게 되리란 걸 알고는 있었다. 피할 수 없는 일이었다. 예전에도 훨씬 사소한 잘못 때문에 치욕의 길을 걸은 적이 있었다. 알 수 없는 건 그게 언제냐, 하는 거였다.

아이들이 나를 장난감처럼 갖고 논 적이 몇 번 있었다. 이번만은 아이들이 잊어버렸을지도 모른다는 희망의 씨앗을 품을 수 있도록 며칠을 그냥 넘어간 적이 있었다. 하지만 아이들은 절대 잊지 않았다. 씨앗이 조심스럽게 땅 위로 새싹을 틔우자, 그 새싹을 밟아 버렸다. 그리고 내 몸을 짓밟으면서 아이들은 그 어느 때보다 즐거워했다.

휴대 전화는 도움이 되지 않는다. 페이스북도 마찬가지다. 일단 포스팅이 올라가 '치욕의 길'이 열릴 거라고 공지하면, 단 몇 분 만에 소문이 돈다. 누구도 그 포스팅에 '좋아요'를 누르거나 감히 댓글을 달지 않는다. 그래 보았자 선생님들이 개입해 뒤통수를 때릴 수 있도록 증거만 주는 꼴이니까.

대신 학생들은 그 정보를 주시하다가 떼 지어 몰려나온다. 구경만 하게 되더라도.

'치욕의 길'은 고문 치고는 복잡한 형태가 아니다. 펜치나 콘센트가 필요하지도 않으며, 고문을 가할 사람이 많이 필요하지도 않다. 나는 딱 네 사람만 참여한 '치욕의 길'을 당해 보았다. 그렇다고 고통이 덜했다는 뜻은 아니다. 터널이 짧을수록, 발길질은 더욱 가혹하다.

'치욕의 길'에 근접하면 알 수 있다. 아이들이 줄 지어 있기 때문만은 아니다. 오감으로 느낄 수 있다. 기대감으로 가득한 냄새. 나는 늘 로마 시대의 검투사들이 당했던 일이 이와 비슷하지 않을까, 생각했다. 다만 그 시대에는 군중이 시합을 보고 있었다. 아이들이 나에게 채찍이나 창을 건네줄 의향이 있다면 아마 비교해 볼 수 있겠지만, 현재 상황에서 그딴 건 잊어버리자. '치욕의 길'을 생각하면 다윗과 골리앗의 시합마저 정당한 경기처럼 보일 지경이다.

윙윙거리는 소리가 들려오면, 때가 가까이 왔다는 뜻이다. 사방에서 아이들이 가까이 다가오며 폭이 내 몸통의 두 배 정도 되는 통로를 만들어 낸다. 걸을 수 있을 정도는 되지만 위협적일 만큼 좁은 통로다. 다들 전쟁을 일으키기라도 할 듯이 일제히 안쪽으로 걸음을 옮기면 위협이 더욱 커진다.

그리고 드디어 시작이다. 통로가 보이면 내가 할 일은 그 길을 따라 걷는 것뿐이다. 단순한 일이지만 사방에서 다리들이 날아오기 시작하면 나는 1980년대의 엉터리 비디오 게임에 나오는 주인공처럼 펄쩍펄쩍 뛴다.

누군가는 '치욕의 길'에서 다치지 않고 살아남는 전략이 있다고 나에게 말해 주고 싶을지도 모르겠다. 하지만 그 분야의 최다 경험자로서 확실히 말한다. 그런 방법은 없다.

나는 별별 방법을 다 써 보았다. 전력 질주, 폴짝 뛰기, 깡충거리기…… 심지어 공포가 극에 달한 순간에는 옆으로 재주넘기를 할 생각조차 했다. 마지막 방법을 제외한 이 모든 방법은 이론적으로 문제없어 보이지만, 장담하는데 어느 순간에는 누군가 다리를 마구 휘두르며 나를 덮칠 것이다. 그리고 거기에 한 번 걸리면? 게임 끝이다. 중요 부위를 가리고 쓰러지지 않도록 기를 쓰며 최선을 다해 그 길을 통과하라. 아, 고통스럽다는 사실은 아이들에게 절대 내색하면 안 된다. 눈물은 오직 마음으로만 흘려라.

나는 '치욕의 길'을 겪고 망가지는 피해자들의 모습을 많이 보았다. 치욕의 주인공들은 열 쌍의 다리가 달려드는 물웅덩이 속으로 처박히곤 했다. 하지만 나는 아니다. 아이들은 원하는 만큼 혹독하게, 그리고 오랫동안 발길질을 할 수는 있겠지만 나를 바닥으로 쓰러지게 하지는 못할 거다. 나는 아이들에게 만족감을 주지 않을 것이다. 대신 아이들이 소비하고 있는 에너지를 내 안에 차곡차곡 쌓아서 이용할 것이다. 나만의 비책을 찾는 데 그걸 활용할 것이다.

일단 나만의 비책을 발견한다면? 나와 아이들을 떼어 놓을 환상적인 것을 발견한다면! 그래, 아이들은 비로소 눈을 뜨게 될 테니까 말이다.

나는 아이들보다 훨씬 뛰어난 존재가 될 테니 아이들을 향해 발길질할 필요가 없을 것이다. 나는 매우 높이 날아오를 것이므로 아이들 쪽으로 갈 수도 없을 것이다. 그리고 더 중요한 건, 그 아이들은 나에게 닿지 못할 것이다.

6

"스페셜 프라이드 나이스?"

나는 호의적인 말투를 쓰려고 노력하며 전화기에 대고 한숨을 쉬었다. 그 문구를 들으면 쪼갠 젓가락 한쪽으로 내 혀를 난도질하고 싶은 심정이지만.

세상에 알려진 가장 어설픈 이름을 단 테이크아웃 음식점 이름, 꼭 그것 때문이 아니더라도 이미 '스페셜 프라이드 나이스' 위층에 사는 중국인 아이라는 이유로 인종과 관련해 생각할 수 있는 온갖 고정 관념을 실현하느라 나는 버거울 지경이었다.

아빠가 '블루 로터스' 가게를 사들인 당시, 나는 그 이름으로 충분하다고 생각했다. 하지만 엄마는 내내 고집을 부렸고 우리만의 개성을 동네에 각인시켜야 한다고 했다. 또, 그 가게의 예전 주인은 남들의 웃음거리였으며, 먹을 수 있는 것이건 아니건 모든 것을 초주검이 될 만큼 난타하기로 유명했다고 말했다.

그래서 엄마는 뉴랜드 거리에 있는 '컬 업 앤 다이'('머리를 말고 염색하세요'라는 뜻이면서 '기력을 잃고 죽다'라는 뜻도 있다 – 옮긴이)라는 미용실처럼, 사람들이 허기를 느낄 때마다 기억해낼 만한 재치 있는 말장난을 찾아내야 한다고 생각했다.

'스페셜 프라이드 나이스'('볶음밥'을 뜻하는 '프라이드 라이스 fried rice'에서 'rice' 대신 '친절한, 멋진'이라는 뜻이 있는 'nice'를 넣었다 – 옮긴이)가 최종적으로 선택되었다. 그 이름과 '원하는 건 볶든지' 중에서 동전 던지기로 정했다. 둘 다 어설프게 들렸지만, 나는 부모님에게 물안경을 쓴 데다 불꽃놀이에 굶주린 신문 배달원 같은 아들일 뿐이었다. 내가 뭘 안다고?

엄마는 그 이름이 괜찮다고 생각했다. 그러나 매일 밤 전화기를 들고 주문을 받으며 낄낄대는 웃음소리를 듣는 건 엄마가 아니라 나였다. 나는 이 어색한 이름만으로 다음 날 아침 아홉 시에 '치욕의 길'을 걸어야 하는 건 아닐지, 생각했다.

엄마는 가게에 되도록 짧은 시간만 머물렀다. 자신의 품위에 걸맞지 않는다고 생각해서가 아니라, 가게가 너무 어지러웠기 때문이다. 건강과 안전을 위협하는 악몽 같은 상황을 옆에서 도저히 지켜볼 수 없었기 때문이다.

아주 오래전부터 엄마의 관심은 야간 학교와 수많은 강좌에 쏠렸다. 그건 새롭고 흥미로워 보였지만 솔직히 말하면 기이하게 느껴질 때가 많았다.

정말이지 엄마는 좀 더 공부하고 싶다는 생각에 빠져 있었다. 그

과목이 무엇인지와는 거의 상관없이, 엄마는 일단 도전했다.

꽃꽂이
바구니 짜기
도기 제조
목공
벽돌 쌓기
종이접기

엄마에게는 너무 남성적이거나 여성적인 주제도, 너무 힘든 과목도 없었다. 엄마는 그걸 죄다 수강했는데 이상하게도 수료증이나 졸업장이 없었다. 그것보다 더 이상한 점은, 엄마가 만든 견본이 없다는 것이었다. 강좌를 들으러 다닌 오랜 세월 동안 종이 반죽으로 만든 재떨이 하나도 집으로 가져오지 않았다.

이상했다. 당연한 일이었다. 잘난 척하거나 비웃는 것처럼 보이지 않도록 그 이유를 물어볼 방법을 찾아내고 싶었지만, 엄마는 강좌를 들을 때마다 무척 열심이었고 단 하룻저녁도 수업에 빠지지 않아서 물어볼 수가 없었다. 그걸 묻는 게 잔인한 행동처럼 느껴졌다. 어쩌면 엄마가 수업 중에 만든 작품이 좀 형편없어서 가져오지 않았을지도 몰랐다. 어쨌든 엄마가 일주일 중 사흘 저녁을 외출하는 건 마음에 들었다. 아빠가 일하는 동안 나는 좀 더 내키는 대로 행동할 수 있었기 때문이다. 물론 부엌은 출입 금지였다. 그 많은 칼과 뜨거운 기름이 있는데 내가 부엌에? 설마! 엄마가 돌아와 내 몸에서 긁힌 자국 하나만 발견해도 아빠는 볶음면 1인분과 함께 냉동실에 처박히게 될 것이다. 아빠의 목숨은 파리 목숨이었다.

오직 종이접기 채널만 틀 수 있는 텔레비전 앞에서 전화 주문을 받는 것에도 유통기한이 있었다.

하룻밤에 한 시간이 한계였다. 그 시간이 조금이라도 지나면 나는 보이는 모든 것으로 종이학을 접었다. 메뉴판, 신문, 그리고 그때까지 서서 기다리는 손님들이 있다면 그들까지. 그런 순간이면 하늘에 감사한 마음이 들었다. 지난 세월 엄마가 그토록 야단을 떨었지만 결국에는 내가 거둔 한 번의 승리 때문에.

작은 승리였지만 나는 격하게 기뻐했다. 나로서는 챔피온스 리그에서 거둔 우승과 노벨 평화상 수상을 합친 것과도 같았다.

2년 전, 몇 달 동안 조르고 애걸복걸하고 극적인 악어의 눈물을 흘려댄 끝에, 마침내 엄마를 설득해 '스페셜 프라이드 나이스'의 배달을 맡았다. 그보다 더 좋은 건, 나에게 배달용 자전거를 사 주도록 엄마를 설득한 것이다.

이건 엄청난 소식이었다. 여섯 살 때 내가 자전거에서 떨어져 무릎 살갗이 1센티미터 벗겨진 뒤로, 자전거는 나에게 오랫동안 접근 금지 대상이었던 것이다.

응급실에서 지루하게 한참 기다렸는데, 엄마가 엑스레이를 찍어 주지 않으면 돌아가지 않겠다고 하자, 의사들은 처음에는 웃다가 나중에는 소리를 질렀다. 그 뒤로 자전거는 헛간으로 들어가 열 개쯤 되는 망가진 볶음용 냄비 뒤에 처박혔고, 다시는 주인을 태우지 못했다.

이러한 까닭에, 나의 새 자전거가 도착하는 날은 그 어떤 크리스마스 날보다 멋진 날이 될 게 분명했다.

인류 역사를 통틀어서.

하지만 불행히도 그날은 머릿속에서 지워 버리고 싶은 날이 되었다. 가벼운 알루미늄 프레임과 사미노 기어가 달린 번쩍거리고 매끈한 산악자전거 대신, 내가 마주한 것은 1970년대식 납 프레임 **세발자전거**였다. 바구니까지 딸린 데다 공항 경사로보다 더 많은 전구가 어지럽게 달려 있었다.

엄마는 내 눈물을 기쁨의 눈물로 오해했다. 내가 장차 다가올 굴욕의 고통으로 몸을 떨자 나를 품속으로 끌어당겼다.

이 정도로는 부족하다는 듯 엄마는 보너스 선물을 꺼내 보였다. 체중이 100킬로그램에 육박하는 교통 정리원에게서 회수한 엄청나게 큰 형광색 옷, 그리고 꼭대기에 손전등을 테이프로 붙인 승마용 헬멧.

나는 죽은 거나 다름없었다.

내가 밤하늘에서 가장 화려하게 빛나는 우스꽝스러운 별처럼 엄마 앞에 서자, 엄마는 뿌듯함에 얼굴이 환해졌다.

"자, 배달할 때는 규칙이 있다. 낮 시간 동안만 배달을 하는 거야. 저녁 7시 이후로 들어오는 주문은 다른 사람에게 맡길 거다."

"하지만 아홉 시 전까지는 어두워지지 않잖아요!"

"7시 아니면 안 돼."

"하지만 조명이 이렇게나 많이 달렸잖아요."

"그러니까 배달을 할 때마다 조명을 켜고 안전장비를 써야 해."

"네?"

"배달을 할 때마다 그래야 돼, 찰리."

"하지만 그랬다간 자동차 운전자들 눈을 죄다 멀게 할 텐데요."

나는 호소했다.

"사람들이 걸음을 멈추고 쳐다볼 거예요. 비웃을 거예요. 내가 땅 가까이에서 날고 있는 UFO라고 생각하고 사진을 찍을 거예요."

"넌 안전할 거야. 중요한 건 그것뿐이고 이게 최종 결론이다."

호소하는 눈빛으로 아빠를 얼른 쳐다보았지만 아빠는 언제나처럼 '네 엄마잖아.'라는 표정으로 회피했다. 나는 복수해야겠다는 생각을 머릿속에 저장한 다음, 승마용 헬멧이 내 머리를 조이자 얼굴을 찡그렸다.

"자, 그럼 어서 타렴. 한번 타 봐야지."

"나중에요, 엄마. 네 시간 뒤면 어두워질 거예요. 위험을 무릅쓰지 않는 게 좋겠어요."

"잠깐은 괜찮을 거야, 분명."

하지만 엄마의 얼굴은 다른 말을 하고 있었다.

나는 자전거 가로대 위로 다리를 넘겨 페달을 밟고 밀었다.

자전거는 움직이지 않았다.

다시 페달을 밟고 또 밟았지만 자전거는 꿈쩍도 하지 않았다. 페달을 밟고 서서 탈장된 하마처럼 몸에 힘을 준 다음에야 마침내 톱니바퀴가 돌아갔다. 나는 간신히 앞으로 나아갈 수 있었지만 바퀴 세 개가 한꺼번에 회전하더니 다시 멈추었다.

길 건너편에 작은 아이들이 웃음을 터트리며 손가락질을 하고 있었다. 궁극의 망신을 향한 첫걸음, 내 살과 피는 거기에 뒤따르는 무료 서비스였다.

결과적으로 내 생각이 옳긴 했다. 동시에 틀리기도 했다. 2년 동안 정신적, 신체적 고통을 준 뒤, 그 비운의 세발자전거는 나를 다른 길로 인도했기 때문이다.

흥미진진한 길이었다. 종종 자전거를 타고 다니며 만났던 막다른 골목과는 달랐다. 그 길은 예상을 뛰어넘었다. 단 하나의 이정표만 있는 최고의 고속도로였다. 이정표에는 간단히 '인기는 이쪽'이라고만 적혀 있었다.

7

내가 사는 마을은 그다지 멋지진 않았다. 하지만 돼지고기 완자를 배달하기 위해 세발자전거를 타고 벨필드 거리 59번지에 있는 뚱뚱한 남자의 집에 갈 때마다 평평한 지면을 만들어 준 모든 행운의 별에게 감사할 수밖에 없었다.

고통스럽고 쥐가 나는 몇 달을 보낸 뒤 세발자전거에는 그럭저럭 적응했지만, 절대 빠른 속도를 내진 못했다. 허벅지 근육은 이제 뽀빠이의 팔뚝만큼 우람해졌지만, 그렇다고 달라지는 건 없었다. '강철 코뿔소'라고 이름 붙인 자전거는 느릿느릿 전진할 뿐 더 빨리 움직이지 않았다.

초반에는 특히 굴욕적이었다. 보조 바퀴가 달린 자전거를 탄 다섯 살짜리 꼬마들은 나를 비웃으며 빠르게 내 옆을 지나가곤 했다. 심지어 한번은 새 한 마리가 나를 해변 산들바람에 부드럽게 흔들리는 나뭇가지로 여겼는지 자전거 손잡이에 내려앉았다. 어느 순간 그 새는 둥지를 틀 기세로 가족과 함께 거처를 옮기고 있었다.

어느 때보다 끔찍한 악몽이었고, 시간은 형편없는 치료사였다.

나는 그런 모습이었다. '**신속 배달** 스페셜 프라이드 나이스'라는 이름표를 바구니에 달고 모두에게 그게 나라는 걸, 바보 찰리 한이 자전거를 타고 있다는 걸 일깨워 주며 카 거리를 따라 움직이는 형광색 유령.

그 굴욕에 대처하느라 정신이 없어서 모든 게 변하고 있다는 사실도 깨닫지 못했다.

태양이 여전히 목 뒤에서 타오르고 있던 어느 날, 마지막 배달을 하고 있었다. 등 뒤에서 덜컹거리는 소리가 들리더니 무지막지하게 커지고 있었다.

시비비즈(영국 공영방송 BBC의 어린이 전문 채널 – 옮긴이)의 광팬 집단이 평소처럼 나를 괴롭히려는 줄 알고 마음의 준비를 하고 있었는데, 내 또래의 어떤 소년이 스케이트보드를 타고 지나갔다. 맙소사, 그 아이는 바람처럼 달리고 있었다.

그 아이가 휙 하고 나를 스치던 느낌. 분명 그 아이는 나를 신경 쓰지 않았고 모욕한 것도 아니었을 것이다. 그런데 그건 내가 본 광경 중 의심할 여지없이 가장 멋졌다. 그 아이는 공중에 떠 있는 것처럼 길을 누비며 지나갔다.

그 순간, 자전거 바구니에 든 음식들이 머릿속에서 싹 사라졌다. 나는 죽을힘을 다해 페달을 밟았다. 시야에서 그 아이를 놓치지 않고 그 아이가 뭘 하려는지 정확히 봐야만 했으니까. 다행히 그 아이는 50미터쯤 가다가 벤치 옆에 멈춰 섰다.

나는 미친 듯이 땀을 흘리고 있었지만 침착하게 보이려 애쓰며 자전거를 더 가까이 몰고 갔다. 그 아이는 여전히 나에게 눈곱만큼의 관심도 없었다. 벤치에 앉아 쉬려고 멈춘 것도 아니었다. 그 아이는 전속력으로 벤치를 향해 스케이트보드를 굴리고 있었다.

무섭고도 어설픈 행동이었다. 내가 평소에 하는 바보짓 같았다. 나는 잠시 오래전에 잃어버린 형제를 찾은 게 아닌가, 생각했다. 지켜보려니 무척 괴로웠지만 그 아이에게서 눈을 뗄 수 없었다. 바로 여기 서서 다른 사람들의 눈을 통해 나 자신을 보고 있다니…….

그런데 다음 순간 이상한 일이 일어났다. 이상하면서도 멋지고 완전히, 완전히 끝내주는 일이!

그 아이는 벤치를 붙잡으려는 듯이, 병원에 입원할 작정이라는 듯이 뛰어올랐다.

그리고 어떻게 되었을까? 스케이트보드도 그 아이와 함께 뛰어올랐다. 스케이트보드는 접착제처럼 아이의 발에 달라붙어 아무 어려움 없이 벤치의 좌석을 따라 쭉, 쭉, 쭉 미끄러지며 그 아이를 옆으로 옮겨 주었다. 그러다…… 퍽! 스케이트보드의 바퀴가 다시 보도에 내려앉았다. 그 아이를 태운 그대로.

그 일이 벌어졌을 때 나는 두 가지 행동을 했다. 일단 바닥까지 쩌억 벌어진 내 턱을 닫았고, 그다음에는 박수를 쳤다. 미치광이처럼. 비록 그 아이는 박수소리를 듣지 못했고, 길 건너 어느 노부부가 나를 미심쩍은 눈으로 지켜보고 있었지만 말이다.

할아버지가 손가락으로 관자놀이에 대고 소용돌이를 그리는 걸 보았지만 상관없었다. 지금 막, 태어나서 가장 멋진 광경을 보았기 때문에! 그리고 그 광경을 더 봐야만 했다.

고개를 드니 아이가 웰가 쪽으로 좌회전을 하는 모습이 보였다. 그 아이가 어디로 가고 있는지 알 것 같았다. 공원이었다.

나는 힘을 얻어 시속 800미터로 전진했고, 하늘을 나는 스케이트보드를 탄 그 아이가 다시 시야에 들어올 때까지 페달을 멈출 수가 없었다.

그 아이와 다른 스무 명의 아이들을 찾는 데는 많은 시간이 걸리지 않았다.

아이들은 더 이상 쓰지 않는 오래된 물놀이터 옆에 모여 있었다. 어떤 아이들은 스케이트보드를 타고, 어떤 아이들은 스케이트보드에 앉아 신나게 이야기를 나누고 있었다.

물놀이터는 오랫동안 빈 상태였다. 어떤 아이가 17세기 이후로 나타나지 않았던 기묘한 병에 걸리자, 부모님들이 사용을 중단시켰기 때문이다. 물놀이터는 BMX(익스트림 스포츠의 하나로 자전거모터사이클을 뜻한다 – 옮긴이) 선수들이 발견할 때까지 슬프고 지친 모습으로 그 자리에 있었는데, 스포츠 기구를 즐기는 이들과 함께 스케이트보드족도 모여든 것이었다.

이제는 물놀이터 가운데에 새로운 고갯길 같은 게 있었다. 나무로 된 경사로였는데 유(U)자 모양이었고 몹시 높았다. 얼마나 큰지, 그게 있다는 걸 지금까지 몰랐다는 사실이 믿기지 않았다. 그게 벽돌로 만들어졌다면, 사이너스가 한 달은 거뜬히 노려보았을 것이다.

그 경사로는 스케이트보드를 타는 사람들의 키보다 세 배나 높이 솟아 있었고, 양 끝에는 경사면을 따라 내려오도록 도와주는 넓은 선반이 튀어 나와 있었다.

나는 코뿔소를 나무 옆에 풀어 주었다. 정신 나간 누군가가 그걸 훔쳐가기를 바라는 마음으로 자물쇠도 잠그지 않았다. 그런 다음 물놀이장에서 조금 떨어진 곳에 책상다리를 하고 앉았다.

정말 굉장한 광경이었다.

아이들은 한 명씩 선반에서 출발해 맹렬한 속도로 바닥을 향해 돌진했다가 하늘을 향해 획 방향을 바꿨다. 꼭대기에 이르면 몸을 날렸는데 발밑에서 스케이트보드의 바퀴가 빙그르르 돌면 아이들은 등을 구부린 채 스케이트보드를 붙잡고 몸을 비틀었다. 바로 그 순간 바퀴는 다시 바닥에 닿았다.

내 입은 15분 동안 '와우' 모양으로 완전히, 완전히 굳어 버렸다.

그런데 가장 멋진 게 뭐였을까?

이따금씩, 정확히 말하면 몇 번이나, 아이들은 스케이트보드에서 떨어졌다. 그건 서투르고 어리석어 보였다. 하지만 누구도 비웃지 않았다. 아이들은 서로를 일으켜 주고 등을 두드리고 하이파이브를 한 다음 다시 도전했다.

그때, 이것이 나에게 온 기회임을 깨달았다. 내가 조금 서투르게 해도 괜찮은 뭔가를 발견한 것이었다. 여기에서는 그래도 좋았다. 벌써 등을 두드리는 손길이 느껴질 정도였고, 심장은 쿵쾅거렸으며 흥분은 고조되었다.

바로 이거였어!

휴대 전화가 울리고, 전화기 너머로 아빠가 내 귀에 대고 속삭이기 전까지는 그랬다.

"펑크라도 났느냐, 아들아? 59번지 손님이 음식 언제 오냐고 아우성이다."

꿈에서 펑크 난 타이어보다 더 빠르게 공기가 빠져나가는 느낌이 들었다.

나는 스케이트보드 계에서 악명 높은 인물이 되기를 꿈꾸며 그곳에 있었지만 내게는 강철 코뿔소가 전부였다. 쓸모없기로는 그야말로 최고였다. 나는 어떤 조치든 취해야 한다는 걸 알고 있었다.

하지만 무슨 돈으로 스케이트보드를 사지? 더 중요한 건, 새롭게 찾아온 이 위험한 사랑을 어떻게 엄마에게 들키지 않을 수 있느냐는 것이다.

8

사이너스는 벽돌 건물에 시선을 고정한 채 내 질문에 답했다. 녀석이 벽에 너무 가까이 서 있어서 재채기 한 번만으로도 벽 전체가 침으로 도배될 지경이었다.

"스케이트보드? 난 잘 몰라. 하지만 시작하게 되면 나한테 말해 줘. 장례식 정장을 살 수 있게 저금을 해야 하니까."

"바보 같긴."

나는 웃음을 터뜨렸다.

"그렇게 위험하진 않아. 애들이 반원 모양 경사로에서 내려오는 걸 지켜봤어. 떨어지더라도 큰일이 아니야. 원래 그런 거지."

두 개의 눈동자가 나를 흘끗 보았고, 치켜 올라간 한 쌍의 눈썹도 거기에 동참했다. 머리는 애석하다는 듯이 흔들리더니 곧 다시 원래 방향으로 돌아갔다.

사이너스는 적당한 대화 상대가 아니었다. 하지만 정말이지 다른 선택지가 없었다. 엄마에게 스케이트보드 살 돈을 달라고 할 수는 없었고, 엄마의 손아귀에 있는 아빠는 사실을 죄다 불어 버릴 지도 모를 일이었다. 그러니 나에게 남은 건 사이너스뿐이었다.

일주일 전, 경사로에 처음 다녀온 뒤로 다른 생각은 조금도 나지 않았다. 구글에서 스케이트보드 관련 내용을 샅샅이 뒤져 보았고, 읽으면 읽을수록 더 깊이 빠져들었다. 이른바 모든 스케이트보드족의 아버지라는, 토니 호크의 영상도 찾아냈다. 토니 호크는 논리나 중력을 무시한 행동을 많이 했다. 와이어나 허접한 컴퓨터 그래픽을 이용한 속임수의 흔적을 열심히 찾아보았지만 그런 건 없었다. 토니 호크는 전설이었다.

나는 모든 영상과 모든 인터뷰를, 화면이 뚫어져라 쳐다보았다. 그 모든 것이 똑같은 말을 들려주었다. 이건 내 운명이고, 이것이야말로 나를 수렁에서 끌어올릴 바로 그것이라고 말이다.

문제는 스케이트보드를 사는 것이었다. 새 물건을 사는 건 내 능력 밖의 일이었다. 저금통에는 동전 1.14파운드와 1975년도에 만들어진 반 페니짜리 동전 하나, 그리고 저스틴 비버 배지만 들어 있었기 때문이었다. 웬 배지가 거기 들어 있느냐고 묻지 말아 주길. 나도 전혀 짐작이 안 가는데, 사이너스 같은 놈의 짓이 아니었을까 싶다.

음식 배달로 얻은 팁도 곧이곧대로 내 주머니 속으로 들어오지 않았다. 코뿔소가 너무 느린 나머지, 주문한 사람의 집 앞에 도착할 때쯤이면 음식이 미지근하게 식어 있었기 때문이다. 아빠는 주문보다 불만을 듣느라 더 많은 시간을 보냈다.

이베이(종합쇼핑몰 및 전자상거래 중개 사이트 – 옮긴이)를 샅샅이 뒤져서 반경 15킬로미터 이내의 물건이 있으면 무조건 입찰을 했다. 1파운드짜리 특가품을 획득했다고 생각할 때마다, 어리석게도 나는 사기를 당한 거였다. 1파운드짜리 스케이트보드가 있을리 없었다. 꿈의 스케이트보드는 1.14파운드와 1파딩(파딩은 4분의 1페니에 해당하는 영국의 옛 화폐 – 옮긴이)과 저스틴 비버 배지 두 개라는 '거금' 때문에 사라지곤 했다.

나는 실패하고 있었다. 시작도 하기 전에 실패하고 있었다.

바로 그 때문에 사이너스를 찾아간 것이었다. 최후의 수단이랍시고 말이다.

"그러니까 예비로 스케이트보드를 하나 가지고 있는 사람을 찾아야 해."

나는 한숨을 쉬었다.

"그런 것 같군."

사이너스는 관심이 없었다. 그 사실을 숨기지도 않았다. 오히려 새 공책 속에 코를 깊이 처박느라 바빠 보였다.

"아니면 스케이트보드를 타려다가 포기한 사람을 찾아내는 거지. 이제는 보드가 필요 없어져서 나한테 줄 수 있는 사람."

나는 말을 이었다.

"그래, 그런 일이 가능할 수도 있지. 이봐, 꿈을 버리지 말라고."

그것뿐이었다. 그게 사이너스가 한 조언의 전부였다.

우리는 20분 동안 그곳에 앉아 있었다. 녀석은 공책에 뭔가를 미친 듯이 계속 끼적이다가 정면의 과학실 벽을 꿈꾸듯이 바라보다가 했다.

내가 포기하려는 순간에서야 녀석이 입을 열었다.

"물론, 버니언 형에게 물어볼 수는 있겠지."

나는 사이너스를 빤히 쳐다보았다. 버니언. 사이너스의 형인 버니언의 발은 엄청나게 커서 사이너스의 코가 여드름처럼 보일 정도였다.

나는 녀석 가족의 유전자에 무슨 일이 있었는지 궁금할 때가 많았다. 사이너스의 부모님에게 아이가 둘 뿐이라 다행이었다. 바닥까지 귀가 질질 늘어진 아이가 태어났다면 세상의 시선을 도무지 버텨내지 못했을 테니까.

"장난하냐?"

나는 소리쳤다.

"버니언 형한테 그게 있다고? 버니언 형이 그걸 가지고 있는데 나한테 말해 줄 생각도 안 했어?"

"네가 20분 전에 말했잖아."

"네 코를 빙 돌아서 머리까지 가는 데 그렇게나 많은 시간이 걸렸고?"

녀석은 언제나처럼 나의 빈정거림 따위는 저 멀리 날려 버렸다.

"코가 아니라 귀로 듣는 거야, 멍청아."

내가 던진 말이 실패로 끝나는 게 싫었다. 사이너스에게 통하지 않아서 더더욱 싫었다.

짜증이 나서 자리에서 일어나 단호하게 걸음을 옮겼다. 사이너스가 무거운 숨을 내쉬면서 허둥지둥 따라왔다.

"어디 가?"

드라마 '찰리에게 자살 충동이 있어요'의 흥미진진한 다음 회를 놓치고 싶지 않다는 듯이 사이너스가 물었다.

"어디일 것 같아?"

나는 중얼거렸다.

"버니언 형한테."

9

버니언 세즐리의 외모에서 긍정적인 면을 발견하려면 매우 유심히 바라보아야 한다.

형은 도무지 매력적인 데가 없다. 솔직히 말하면, 세상에 알려진 가장 험악한 채찍으로 고문을 당한 것처럼 보인다.

버니언 형의 독특한 외형에서 찾을 수 있는 유일한 장점은 형이 어떤 바람이나 강풍, 허리케인, 열대 태풍에도 절대 넘어진 적이 없다는 것이다. 버니언 형의 발은 너무나 길어서 결코 그런 일이 일어날 수 없었다. 그 발은 인간의 몸에 달린 나무뿌리 같았다.

버니언 형이 일곱 살이었을 때부터 형의 신발은 특별히 제작되었다. 카약 한 쌍을 형의 발에 잡아맨다 한들, 형은 여전히 커다란 발가락을 편안하게 움직일 수 없을 것이다.

버니언 형은 확실히 축구 같은 것에 소질이 없었다. 형이 공을 한 번 찰 때마다 잔디를 고정하려면 150개의 장식 못을 박아야 할 것이다. 하지만 기이하게도 나는, 버니언 형이 학교에서 '치욕의 길'

을 걷는 걸 본 적이 전혀 없다. 반대로 버니언 형이 치욕의 길에서 발길질을 한다면 그 길의 끝에는 서 있고 싶지 않다. 내 다리가 깨끗하게 나가떨어질 테니까.

버니언 형은 사이너스와 그런 면에서 비슷했다. 기이한 신체 특징 때문에 괴로울망정 절대 내색하지 않았다. 사실 버니언 형에게서는 진정한 거만함마저 풍겼다.

형은 볼록한 발바닥 앞부분을 까딱까딱 흔드는 습관이 있었다. 얼마나 넓게 흔들어대는지 형과 2분만 같이 있어도 뱃멀미가 났다. 형은 그걸 무기처럼 사용했다. 특히 내가 뭔가를 부탁하고 있다는 사실을 알게 된 순간부터.

"물론 너한테 줄 수 있지……."

형은 비열하게 히죽 웃었다.

나는 형의 순순한 태도에 속는 대신, 스케이트보드 발판에 무슨 결점이라도 있나, 하고 의심했다. 형의 섬세한 새끼발가락을 감당할 수 있도록 정말 길이가 15미터에 이르는 걸까?

"하지만 값을 치러야 해."

"이미 말했잖아요, 형. 난 돈이 없다고요."

형은 연극을 하듯이 헐떡거리며 말했다.

"돈 얘기를 하는 게 아니야. 날 뭘로 보는 거야? 짐승?"

형은 단 한 걸음 만에 내 주위를 돌았다.

"아니, 임대료 얘기야. 매주 스케이트보드를 갖고 가고, 대가로

네 아빠의 가게에서 만드는 음식을 나한테 주면 돼. 난 네 아빠가 만드는 새우 차우멘에 늘 사족을 못 쓰지. 일주일에 네 번이면 돼."

"일주일에 네 번? 새우 값이 얼마인지 알기나 해요?"

"글쎄, 왕새우 크기도 아니지 않나? 네 아빠가 내놓는 새우는 훨씬 작아."

"일주일에 한 번요."

"세 번."

형은 완강했다.

"두 번으로 해요. 새우 크래커도 넣을게요."

"그리고 달걀 피클도!"

급기야 형은 군침을 흘리고 있었다.

"좋아요……."

나는 신음하듯 대답했다.

"즐거운 대화였다."

형은 환한 얼굴로 말하고는 창고로 성큼성큼 걸어가더니 20분 뒤에 스케이트보드 모양의 거미집을 들고 돌아왔다.

"여기 있다."

형은 소똥이라도 되는 듯이 그걸 내 손으로 떠밀었다.

"어쨌든 난 그걸 좋아한 적이 없어. 바보나 하는 놀이지."

"고마워요."

대꾸는 했지만 진심은 아니었다. 대체 이걸로 뭘 할 수 있을까?

강철 코뿔소보다 상태가 훨씬 나빴다.

“목요일 여섯 시 반에 첫 임대료를 받을게. 늦지 마.”

“그러거나 말거나.”

나는 이렇게 중얼거리며 형에게 줄 음식에 내 귀지를 조미료로 뿌리겠다고 맹세했다.

하지만 나쁜 기분은 오래 가지 않았다. 일단 엄마 몰래 스케이트보드를 가지고 들어온 다음 거미줄과 먼지를 박박 문질러 닦아냈더니, 그렇게 형편없어 보이지 않았다. 어쨌거나 세 발 자전거처럼 보이지는 않았다. 윗면은 밋밋한 검은색이었고 뒷면에는 잔인한 악마가 실없이 웃고 있었다. 그림에 긁힌 자국 하나 없는 걸 보면 죄악에 가깝도록 이걸 쓰지 않은 모양이었다.

문제는 바퀴였다. 불그스름한 형광색 바퀴는 경사로를 휙휙 오르내릴 때 돋보이기 위해 확실히 필요한 것이지만 제대로 사용하지 않은 탓에 심하게 녹슬어 돌아가지가 않았다.

바퀴를 움켜쥐고 이제 제발 움직이라고 30분 동안이나 설득해 보고, 윤활유WD－40을 반 통이나 발랐는데도 바퀴는 꿈쩍도 하지 않았다.

최후의 시도를 위해 나는 부엌에서 아빠가 만든 식용유를 가져와 바퀴 하나하나에 뿌렸다. 그리고 돌아가기를 바라면서 2분 동안 그대로 두었다. 그리고 어떻게 되었을까? 바퀴들은 삐걱거리며 두 번 돌더니 점점 빠르게 돌았다. 마침내 프라이팬을 흔들며 채소를 볶을 수 있을 만큼 식용유가 한껏 달아오른 소리가 났다.

나는 주먹으로 공중을 때리며 자축했다. 바로 이거였다. 일은 이렇게 시작돼야 하는 거였다.

자신감이 차오르는 게 느껴졌다. 그래서 보드 발판에 두 발을 올리고 발뒤꿈치를 보드의 꼬리 쪽으로 밀면서 다른 아이들이 했던 것처럼 하늘을 향해 튀어 올라 보았다.

그러자 발밑에서 휙 빠져나간 스케이트보드가 옷장에 쾅 부딪히더니, 옷장으로부터 커다란 나무 파편이 떨어져 나왔다. 나는 뒤로 쿵 떨어졌고 침대 다리에 머리를 심하게 부딪쳤다. 스케이트보드에서 느꼈던 감동은 그림자도 보이지 않았다.

나는 큰소리로 신음했지만 자기 연민에 빠져 있을 시간이 없었다. 엄마가 천둥이 치는 듯한 발소리를 내며 계단을 올라왔기 때문이었다.

"찰리? 찰리, 아가? 괜찮니?"

나는 망설일 겨를도 없이 벌떡 일어나 스케이트보드로 몸을 날렸다. 그리고 그걸 침대 밑으로 밀어 넣은 순간, 엄마가 방에 모습을 드러냈다. 나는 바보처럼 보였을 것이다. 테니스공만한 상처가 부풀어 오르는 머리 꼴을 하고 침대 밑에서 몸을 내밀고 있었으니.

"어디 다쳤니?"

엄마가 소리쳤다.

"아니, 아니에요. 괜찮아요, 정말."

"정말이야?"

"말짱해요."

하지만 내 머리뼈는 비명을 지르고 있었다.

의심스럽다는 듯 방을 살펴보던 엄마는 나를 습격한 게 무엇인지 찾고 있었다. 엄마의 시선이 아빠의 식용유로 향했다.

"대체 여기에서 뭘 하고 있었던 거니?"

엄마는 식용유 병을 들며 물었다.

머리가 빙빙 돌아서 나는 가장 어리석은 말을 내뱉고 말았다.

"피부가 건조해서요."

나는 재빨리 덧붙여 말했다.

"팔꿈치가요. 따가워서 그만 바르려던 참이었어요."

"어쨌든 이건 쓰지 마."

그리고 내 팔꿈치와 무릎과 몸의 다른 모든 관절을 상대로 엄격한 조사가 시작되었다. 사마귀나 버짐, 습진, 건선, 구루병의 징후를 전혀 찾지 못한 엄마는 방을 나서며 말했다. 20분 뒤에 다시 살피러 오겠노라고.

엄마의 발소리가 계단에서 희미해지자, 나는 대담하게 침대 밑에서 다시 보드를 꺼냈다. 보드 표면에 처음으로 흠집이 나 있었다. 얼굴이 저절로 확 찌푸려졌다. 하마터면 더 심한 흠집이 날 수도 있었다.

생각보다 일이 더 어렵게 돌아가고 있었다.

엄마는 나에게 어떤 종류의 사생활도 허락하지 않았다. 비밀 유지는 선택 사항이 아니었다. 그리고 설령 비밀이 지켜진다 하더라도 내가 이 빌어먹을 물건 위에 똑바로 서서 마음껏 타는 일이 가능하기나 한 것일까?

10

그래서 훈련이 시작되었다. 무지막지하게 힘들고, 엉덩이가 마비되는 극비 훈련이었다. 보통 영국 특수부대나 미국 FBI의 비밀부서를 위해 마련되는 그런 훈련 말이다. 어쨌든 내가 느끼기엔 그랬다. 그런 식으로 생각하면 거의 한 시간 간격으로 감지되는 고통에 좀 덤덤해질 수 있었다.

나는 옷 밑에 숨겨진 멍의 수를 세다가 말았다. 너무 많아서 셀 수가 없었다. 멍은 서로 더해져서 마구 쑤시는 커다란 골칫덩어리가 되었다. 내 몸은 데이비드 베컴의 문신을 넣은 팔과 같았다. 뭐, 여자들이 나를 보고 괴성을 지른다면 그게 매우 다른 이유 때문일 거라는 사실만 빼면.

그것만은 확실했다.

엄마의 눈에 띄지 않기란 어려운 일이었다. '여자들'이 아니라 멍 말이다. 자려고 옷을 갈아입을 때나 목욕하려고 준비할 때는 특히 그랬다. 엄마는 그럴 때 나타나서 물에 거품을 더 많이 내줄까, 침대 옆에 마실 것을 놓아둘까 하고 물어보는 습관이 있었다.

정말이지, *그냥 나가 줘요, 엄마!*

물론 엄마한테 그렇게 말했다는 건 아니다. 대신 목욕탕 문을 좀 더 주의 깊게 잠그고 눈에 띄는 물체로 문을 막았는데, 심지어는 만전을 기하기 위해 화장지까지 동원했다.

엄마가 그토록 나를 짜증나게 한다는 생각을 하면서도 가끔 가책을 느꼈다. 그러니까 엄마는 내 엄마였고, 엄마의 눈에서 진심으로 나를 걱정하고 있으며 나에게 가장 좋은 걸 해 주고 싶어 한다는 마음이 엿보였다. 하지만 대개의 경우에 나는 그걸 참을 수가 없었고 아빠처럼 부루퉁하게 규칙을 따르면서 점점 더 의기소침해졌다. 아빠가 말을 거의 하지 않는 이유가 이해되기 시작했다.

하지만 머릿속이나 몸이 고통스러울지언정 스케이트보드를 포기하고 싶지 않았다. 아주 드문 순간이었지만 그럭저럭 똑바로 서 있게 되면 그 기분이란 이루 말할 수 없었다. 움직인 것도 아닌데 말이다.

처음에는 그냥 스케이트보드 위에 서는 데 많은 시간을 쏟았다. 넘어지지 않고 옆으로 조금씩 몸을 기울이다 보면 바퀴들이 발밑에서 구르겠다고 위협하는 것 같았다. 경사로에 있는 내 모습을 상상했다. 스케이트보드와 함께 하늘로 솟아오를 때 보드는 발밑에서 천둥처럼 울리고, 영국 해변에서 결코 선보인 적 없는 묘기를 해냈을 때 바람과 스케이터들이 헉, 하고 숨을 멈추는 소리가 들리는 것만 같았다.

좋다. 사실 너무 지나친 상상이었다. 날아오르기는커녕 아직 이걸 타고 움직이는 법도 전혀 터득하지 못했으니까. 하지만 그 꿈은 나를 흥분시키고 분발시키고 전진시켰다.

일단 똑바로 흔들림 없이 설 수 있게 되자, 텅 빈 운동장에 남아 스케이트보드 위에서 움직이려고 시도해 보았다. 바닥이 가장 매끄러운 자동차 주차장을 가로지르며 천천히 바퀴를 굴려 보았다.

다른 사람의 눈에 띄지 않는 일도 사이너스를 뿔나게 하지 않고 연습하는 일도 어려웠다. 사이너스는 왜 매일 혼자 집에 돌아가야 하는지 이해하지 못했다.

"아하."

녀석은 발끈했다.

"그걸 하는 게 더 낫다 이거지, 응?"

녀석을 화나게 하고 싶지 않았을 뿐 아니라 학교에서 연습하는 건 이상적인 환경과 거리가 멀었다. 나는 비밀 유지라는 명목으로, 기억할 수 있는 것보다 훨씬 자주 덤불에 뛰어들어야 했다. 그래도 준비를 마치기 전에 누군가에게 목격되느니 멍 하나 더 드는 게 나았다. 내 발전 속도를 고려해 보았을 때 누군가에게 목격되어도 괜찮을 시점은 2037년쯤이 되겠지만.

문제는 간단했다. 일단 움직이기 시작하면 아무리 열심히 노력해도 균형을 잡을 수가 없었다. 몸을 움츠려도 소용없고 엉덩이를 뒤로 쭉 내밀어도 마찬가지였다. 나는 빌어먹을 얼음 위의 아기 사슴 밤비처럼 팔을 휘젓고 있는데, 다른 사람들은 어떻게 그리 쉽게 해내는 걸까?

막 포기하려는 순간, 돌파구가 나타났다. 몹시 언짢은 기분으로 코뿔소를 타고 배달을 가는 중이었는데, 깨진 병을 밟고만 것이다. 타이어가 순식간에 납작해졌고 불평이 심하기로 악명 높은 두 사람에게 배달할 요리 두 봉지와 나는 오도 가도 못하게 되었다. 59번지의 남자는 지난번에 늦었을 때 그 음식을 나에게 뒤집어 씌워 옷으로 만들어 주겠다고 위협했다. 그런데 데리야키 바지는 사실 올 여름 유행이 아니지 않나? 뭐, 안 봐도 비디오다.

나는 매우 당황했다. 유일한 방안은 자전거 바구니에 숨겨둔 스케이트보드였다. 음식을 배달하는 *사이사이*에 연습하려고 했었는데, 이제는 어쩐담? 어쨌든 시도해 볼 가치는 있었다. 그래서 나는 양손에 음식 봉지를 들고, 왼발을 스케이트보드에 올린 다음 오른발로 밀었다.

어디에서 이런 용기가, 아니 신념이 생겨났는지 잘 모르겠지만, 떨리는 몸으로 출발한 뒤에 나는 움직이고 있었다. 넘어지지 않고 움직이고 있었다. 몸에 3센티미터짜리 멍을 다시 남기지 않고서 움직이고 있었다.

놀라웠다. 뭐, 육상 신기록 같은 걸 세우고 있는 건 아니었지만, 그래도 나는 똑바로 서 있었다. 똑바로 서서 움직이다니! 이런 차

이를 만든 게 뭐였을까? 바로 음식 봉지였다. 음식 봉지들은 자전거의 보조 바퀴처럼 작용해 내가 균형을 잡고 순조롭게 전진하게 해 주었다.

가슴속의 기쁨을 뭐라 설명해야 할지 모르겠지만, 그 느낌이 점점 커지고 있음이 내 몸의 모든 혈관을 통해 퍼지고 있었다. 그러니까 이게 아드레날린이 주는 느낌이었다. 엄마는 무척 오랫동안, 내가 기억하는 한 언제나, 내가 아드레날린을 느끼지 못하게 해 왔다. 그래서 나는 그토록 걱정했던 엄마가 틀렸음을 이제는 말해 주고 보여 주기 위해 엄마에게 소리칠 수 있으면 좋겠다고 생각했다. 누구 하나 죽지도 않았다. 나는 이걸 하면서도 동시에 안전할 수 있었다.

59번지까지의 여정은 설명할 수 없는 경험이었다. 물론 기묘하게 비틀거리기는 했지만 나는 킥보드를 탄 일곱 살짜리 아이를 앞질렀을 때의 그 쾌감을 결코 잊지 못할 것이다. 나는 방향을 바꾸고 포즈를 취하지 않으려고 애써야 했다.

배달받을 첫 집의 뚱뚱한 남자는 내가 그의 집 문 앞 계단에 뛰어들자 깜짝 놀란 표정이었다.

뚱뚱한 남자는 시계를 확인하고 다시 한 번 더 확인하더니 마지막으로 음식이 뜨거운지 알아보려고 봉투를 만져 보았다.

"이런!"

뚱뚱한 남자는 히죽 웃었다.

"오늘 밤에는 전자레인지를 쓸 필요가 없겠군."

그리고 내 손에 10달러 지폐를 밀어 넣었다.

"잔돈은 가져라."

1.5 파운드가 팁이었다! 보람이 있었다. 예전에 팁을 받을 가능성이 있는 것 같아서 기대하며 손을 내밀었을 때, 이 남자는 깨진 병으로는 엉덩이를 닦지 말라고 말했을 뿐이었다. 이제 현금을 모아 스케이트보드에 쓸 새 부품을 살 수 있으리란 생각이 들었다.

하지만 음식 봉투 하나만 들고 가는 다음 여정은 기껏해야 비틀거리기만 했다. 특히 아슬아슬하게 넘어진 뒤에는 상자의 내용물을 다시 퍼 담아야했지만, 그래도 그럭저럭 스케이트보드를 굴렸다. 성공할 것처럼 느껴지더라도 양팔은 반드시 옆으로 뻗었다.

두 번째 남자의 집에 도착했을 때 남자가 음식 봉투를 의심스럽게 바라보자 나는 바보처럼 헤벌쭉 웃었다. 봉투 속은 폭탄이라도 터진 모양새였다. 팁은 없어도 괜찮았다. 왜냐하면 난 해냈으니까.

나는 찰리 한이었다. 스케이트보드계의 유망주. 하루 빨리 그 경사로에 발을 올려놓고만 싶었다.

11

비밀은 다른 사람들에게 어울리는 것이지, 나에게는 아니다.

내가 비밀을 선택한 게 아닌데, 비밀이 생겼다.

비밀 하나를 마음속 깊이 묻고서, 비밀이 주는 우쭐한 기분을 마음껏 즐기고 싶다. 다른 사람들도 그러는데, 나라고 안 될 이유가 있을 리가?

하지만 비밀은 머릿속에서 이글이글 타오르다 결국, 열기가 되어 피부 바깥쪽으로 새어 나오는 것을 느낄 수 있다. 내 얼굴은 횡단보도 신호등처럼 빛이 난다. 반경 3킬로미터 이내에 사는 사람이라면 무슨 일이 벌어지고 있음을 순식간에 알 수 있을 것이다.

특히 엄마는.

엄마는 아침 식탁 위로 몸을 숙이더니 갑자기 손으로 내 이마를 짚고 그대로 있었다.

"오늘 학교에 가도 괜찮을지 모르겠구나, 우리 아들."

엄마는 걱정스러운 얼굴이었다. 언제나처럼.

엄마의 걱정을 아무렇지 않은 척하며 넘기려고, 시리얼을 계속 씹었다.

"열이 있어……."

엄마는 한숨을 쉬었다.

"정말 괜찮니? 두드러기나 다른 증상 없어?"

"괜찮아요, 엄마. 정말이에요."

"하지만 땀을 흘리고 있잖니."

"별일 아니에요. 방에서 운동을 하고 있었어요. 그게 전부예요. 팔굽혀펴기랑 이것저것."

나는 이두박근에 힘을 주었지만 대단치는 않았다. 정육점 주인의 연필에 달린 고깃덩어리가 더 많을 지경이었다.

"글쎄, 내 보기엔 아파 보이는구나. 오늘은 집에 있는 게 좋을 것 같아. 위험을 감수할 필요는 없지."

나는 의자에서 펄쩍 뛰어오르다가 위에 달린 램프 갓에 머리를 부딪혔다.

"그럴 필요 없어요!"

나는 필요 이상으로 급하게 소리쳤다.

"정말이에요. 괜한 걱정은 그만두세요. 저는 아무 이상 없어요."

집에 머무르는 건 고려해 보지 않았다. 오늘은 용기를 끌어올려 처음으로 스케이트보드장인 공원에 가기로 한 날이었다. 학교 아이들이 나를 다르게 보기 시작할 날, 아니면 처음으로 나를 보게 될 날이었다.

지난 두 달은 바로 이 순간을 향해 달려온 시간이었다. 수많은 연습을 거듭하고 책과 기사를 끝없이 탐독했다. 준비는 끝났다. 그러니 그날은 바로 오늘이어야 했다. 아니면 늘 핑계만 댈 것이다. 그렇게는 살 수 없었다.

"제발요, 엄마."

나는 엄마의 얼굴에 드러난 괴로움을 보고 목소리를 낮추었다.

"걱정할 필요 없어요. 전 괜찮아요. 괜찮은 정도가 아니에요. 사실 믿기지 않을 만큼 좋아요. 하지만 엄마의 걱정을 덜 수 있다면 옷을 한 겹 더 입을게요."

"착한 아이구나. 야단 떨어서 미안해."

엄마는 금방이라도 울 듯한 표정을 지었다.

"하지만 감기가 온다는 첫 신호잖아. 네가 집에 있으면 좋겠다, 알겠니?"

"알았어요."

죄책감을 숨기려고 엄마를 껴안았다. 엄마가 멍 든 내 몸을 너무 힘껏 조여 얼굴을 찡그리지 않으려고 애써야 했다.

"됐어요, 엄마. 이제 놔도 돼요."

엄마는 그렇게 하지 않았다. 나는 엄마의 품에서 빠져나오기 위해서 사실상 바닥으로 주르르 미끄러져야 했다. 문 앞에 이르렀을 때 엄마 쪽에서 분명 코를 훌쩍이는 소리가 커다랗게 들렸다. 그게 감기 때문이기를, 절대 내가 한 말 때문은 아니기를 바랐다.

하지만 5분 뒤, 나는 엄마가 할 만한 행동을 가장 기괴한 방식으로 따라하고 있었다.

궁둥이를 하늘로 치켜 올리고 엎드린 채, 길 끝에 있는 덤불을 샅샅이 뒤지고 있었던 것이다. 내가 스케이트보드를 파낼 때까지 나뭇가지와 나뭇잎이 사방으로 날아다녔다.

지난 몇 주 간 그곳에 스케이트보드를 숨겨 두었다. 엄마가 내 방을 '정리 정돈' 하면서 스케이트보드를 발견할 뻔했기 때문이었다.

엄마는 가끔 정리 정돈을 했는데, 아빠와 나는 알고 있었다. 엄마가 방을 더 깔끔하게 정리하는데 관심이 있는 건 아니라는 사실을.

엄마의 진짜 목적은 거기에 위험한 물건이 있는지, 모서리가 날카로운 연습장이 있는지, 청바지에 혹시 심한 상처를 입힐 수 있는 위험한 지퍼가 있는지 등을 살피는 것이었다.

물론 엄마는 언제나 빈손으로 방을 나섰다. 내가 비오는 날을 대비해 옷장 위에 숨겨 둔,닌자의 치명적인 투척무기 수리검이나 3등급 플루토늄 등을 찾지 못하고 말이다.

스케이트보드를 집 밖에 숨기는 건 위험한 일임을 알고 있었다. 그걸 다시 찾아낼 때마다 늘 심장이 쿵쾅거렸다. 하지만 나에게 이보다 좋은 방법은 없었다.

어느새 스케이트보드와 보낸 시간이 꽤 많기도 했고 마을 곳곳을 질주하며 모은 팁으로 대가를 지불하기도 했기 때문이었을 것이다. 더 이상 스케이트보드가 버니언 형의 것처럼 느껴지지 않았다. 스케이트보드는 내 것이었다. 내게 맞게 주문 제작한 물건 같았다.

손가락을 스케이트보드 바퀴에 얹으면 안심이 되면서 심박수가 떨어졌다. 그런데 그 순간 누군가 뒤에서 나를 붙잡자 심박수는 다시 하늘로 치솟았다.

머리가 아찔했다. 엄마의 불호령을 상상하며 고개를 돌렸지만, 우뚝 서 있는 사이너스가 보일 뿐이었다. 언제나처럼 녀석은 코를 들이밀고 서 있었다.

"뭐하고 있냐, 바보 녀석아?"

사이너스를 보자 마음이 놓여 녀석의 점퍼를 붙잡았지만 녀석에게 키스를 해야 할지, 몰래 다가왔으니 때려 줘야 할지 알 수가 없었다.

"아무것도."

최대한 멋지게 보이려고 가방에 스케이트보드를 집어넣으며 소리쳤다.

"그거 스케이트보드잖아?"

나는 사이너스의 머저리 같은 말에 어리둥절해서 혹시 계략이 숨어 있는 질문이 아닐까, 생각하며 녀석을 빤히 바라보았다.

"어, 뭐?"

"그러니까 계속 스케이트보드를 타고 있었단 말이지?"

사이너스의 얼굴에는 상처를 받은 것 같은 분위기가 어른거렸다.

문제는 스케이트보드가 사이너스의 자리를 빼앗다시피 했다는 점이었다. 이것 때문에 사이너스가 괴로워할 줄은 몰랐다. 사이너스에게 인상적인 형태의 새로운 벽이 나타나면 언제고 내 자리를 차지할 수도 있다고 생각해 왔으니까. 하지만 사이너스의 짜증스런 표정을 보니 내가 잘못 생각한 게 분명했다.

"그래서 잘하고 있냐? 아직 이가 많이 부러지진 않았고?"

나는 진주처럼 하얀 이를 보여 주었다.

"아무 문제없어."

내 몸이 멍투성이라는 얘기는 꺼내지 않고 거짓말을 했다.

"버니언 형은 그렇지 않아."

사이너스가 발끈하며 말했다.

"너와 거래를 시작한 뒤로 형은 몸무게가 6킬로그램 이상 늘었어. 엄마는 형한테 다이어트를 시키려고 해. 새우 크래커를 그만 먹지 않으면 체중 감량 캠프에 보낸다고 계속 겁을 주고 있다고."

버니언 형과 맺은 노예 계약은 내 스트레스 수치를 낮추는 데에도 별로 도움이 되지 않았다. 나는 주문을 꾸며내서 아빠에게 말해야 했고, 음식 값 없이 돌아와서 손님이 돈을 내지 않았다고 주장해야 했다. 덕분에 그토록 말없는 아빠를 둔 게 얼마나 행운인지 깨달았다. 성질이 불같은 사람이었다면 돈을 내놓을 때까지 식칼을 흔들며 문을 쾅쾅 두드렸겠지!

뚱뚱한 버니언 형에게는 전혀 안타까운 마음이 들지 않았다. 탐욕스러운 얼간이가 제대로 벌을 받은 거지. 그러려고만 들었다면 나에게 대가 없이 스케이트보드를 빌려줄 수도 있었을 것이다.

우리는 학교를 향해 터벅터벅 걷기 시작했다. 사이너스는 걸으면서 공책을 휙휙 넘겼다. 나는 공책에 뭐가 적혔는지 몰랐지만, 녀석은 몹시 뿌듯한 표정이었다.

"얼마나 잘 타는데?"

사이너스가 물었다.

"뭐, 스케이트보드?"

"아니, 발레. 농담이고. 그야 당연히 스케이트 얘기지."

"그럭저럭."

"묘기 같은 것도 부리고?"

"그건 아니야. 아직은 못해 봤어. 하지만 이제는 방향을 바꿀 수 있어."

"*방향*을 바꿀 수 있다고? 맙소사!"

비아냥거리는 느낌이 물씬 풍겼다.

"지난 몇 주 동안 *꽤나* 보람 있는 시간을 보내셨군."

녀석은 내 마지막 자존심을 건드리고 있었다. 내가 하는 일마다 사사건건 트집을 잡아야만 하나? 녀석이라고 그보다 나은 일로 하루하루를 보내고 있는 것 같지 않았다.

그러는 너는? 너를 괴짜라고 생각하는 사람들의 생각을 바꾸기 위해 뭘 하고 있는데? 적어도 난 노력하는 중이잖아.

"나를 비웃는 대신 응원해 주려고 애쓸 수도 있어. 그게 바로 친구가 하는 일이라던데."

사이너스는 몹시 황당하다는 얼굴로 나를 바라보았다.

"엉?"

"도대체 왜 나랑 돌아다니는 거냐, 사이너스? 진지하게 묻는 거야. 나를 좋아하기는 해?"

"그건 전혀 상관없어, 찰리."

사이너스는 몹시 진지하게 말했다.

"모르겠어? 우린 잘 어울려, 안 그래? 다른 누구도 우리와 친구가 되고 싶어하지 않아. 그러니 우린 그 사실을 그냥 받아들이는 게 나아."

사이너스는 진심으로 하는 말이었지만 나는 그 말을 믿지 않으려고, 아니, 새로 생긴 자신감이 그 말 때문에 허물어지지 않도록 애썼다. 대신 고개를 저으며 걸음을 재촉했다.

"왜?"

사이너스가 물었다.

"내가 무슨 말을 했다고 그래?"

"아니야. 넌 아무 말도 안 했지. 어쨌든 예상 밖의 말은 하지 않았다고."

"그러지 마."

사이너스는 코로 신음 소리를 냈다.

"내 말 들어봐. 내가 지켜봐 줄게. 스케이트보드 탈 때 말이야. 학교 끝나고 오늘 저녁에."

"와, 통도 크셔라."

나는 빈정거리며 말했다.

사이너스는 자부심 가득한 가슴을 내밀고 내 등을 찰싹 때렸다. 녀석의 반어법 탐지기는 제대로 고장 나 있었다.

"내가 그런 사람이야."

사이너스는 히죽 웃었다.

"그게 바로 친구란 거지!"

대답할 말이 없었다. 나는 계속 걷기만 했고, 사이너스가 학교 문 앞에서 회반죽을 새로 바른 벽에 정신을 빼앗겼을 때도 걸음을 멈추지 않았다.

12

이건 나쁜 아이디어였다. 사실 끔찍했다. '타이타닉 호'의 선장이 마지막 밤교대 근무 때 안경 쓰는 걸 잊어버린 이래, 최악의 아이디어였다.

맹세컨대 스케이트보드 경사로는 밤새 1미터는 더 자라 있었다. 그게 아니라면 내가 줄어든 거였다.

어느 쪽이 더 나쁜 상황일지 알 수 없었다.

그리고 사이너스도 일을 더 쉽게 만들어 주지 않았다. 놀랄 일도 아니지만.

"하!"

사이너스가 날카롭게 외쳤다.

"지금 장난해? 정말 저 위로 몸을 날리겠다고?"

"그럴 계획은 아니야."

나는 한숨을 쉬며 말했다.

"하지만 닥치지 않으면 널 저 위로 던져 버릴지도 몰라."

"해보든가."

사이너스는 어깨로 내 몸을 툭 쳤는데, 애정 어린 몸짓이라고 하기에는 좀 격렬해서 나는 스케이트보드를 요란하게 떨어뜨리고 말았다.

경사로 옆의 아이들이 눈치채지 않았기를 바라면서, 나는 쭈뼛쭈뼛 스케이트보드를 집었다.

"지금은 공원의 다른 곳에 있어야겠어. 물론 분위기에 익숙해지기 위해서지."

나 자신에게 하는 말이었지만 당연히 사이너스가 듣고 있었다.

"좋은 생각이군. 얕은 쪽에서 물장구나 치는 게 어때? 반바지 입고 와. 그럼 내가 호스를 붙잡을게."

사이너스는 콧바람을 내뿜으며 자가용 크기만 한 코딱지를 튕기고 있었다.

품격 한 번 끝내주는군.

"여기 좀 앉지 않을래?"

나는 스케이트보드 지대 바깥의 잔디밭을 가리켰다.

"안 그러면 네 응원 때문에 맥을 못 출 것 같아."

"좋은 생각이야."

사이너스는 털썩 주저앉자마자 화장실 벽과 자기 공책을 동시에 응시했다. 그마나 다행인 것은 녀석이 앞으로 한 시간 동안 내가 아니라 벽과 공책을 바라보고 있을 것이라는 사실이었다.

문으로 걸어 나오는데 심장이 터질 듯이 쿵쾅거렸다. 평생 동안의 당혹감을 잊고 다시 시작할 기회를 얻은 느낌이었다. 그야말로 제대로.

그 순간, 미끄러지듯 지나가던 소년과 부딪혀 그 소년을 스케이트보드에서 떨어지게 하고 말았다.

"미안!"

내가 소리쳤다.

소년은 빙그레 웃으며 손을 흔들고는 다시 스케이트보드에 올랐다. 내 심장은 가슴속에서 천천히 속도를 줄이며 다시 일을 망치지 말라고 경고했다.

사방에 사람들이 있었다. 다들 서로 다른 방향에서 날고 있었다. 어떤 사람들은 인간이 도달할 수 있는 높이보다 더 높이 공중을 날았다. 그 사람들이 지나갈 때면 휙휙 지나는 바람을 느낄 수 있었다. 여러모로 내가 생각했던 것만큼 흥미진진했다.

나는 벤치 끝에 자리를 잡았지만, 스케이트보드를 타는 다른 소년이 그걸 경사로로 쓰려고 다가왔다. 소년은 굳이 나에게 비키라고 말하지 않았다. 자유자재로 스케이트보드를 다루며 일부러 몇 센티미터의 틈을 두고 공기를 가르며 내 옆을 지나갈 뿐이었다. 그 순간 나는 전보다 더욱 스케이트보드와 사랑에 빠지고 말았다.

두 소년이 휴대 전화로 동영상을 찍으며 동작을 관찰하고 있었다. 함성으로 서로를 격려한 뒤 내 쪽으로 미끄러져왔다. 학교에서 본 아이들이었고 고등학교 1학년이었다. 둘 다 맥없는 주변인이었고 서투르게 발을 질질 끄는 위인들이었다. 두 사람이 우아하게 스케이트보드를 타게 될 거라는 건, 상상할 수 없는 일처럼 보였다.

"우리 아는 사이지, 안 그래?"

키가 더 큰 소년이 물었다.

"그래, 너 중국 음식점 아이잖아. 스페셜 니즈 어쩌고 하는 곳."

나는 그 명칭을 바로잡아 줄 용기가 없었다. 이런 압박감 속에서 무슨 말을 꺼내든 상대방의 의견에 힘을 실어 줄 뿐이었다. 특히 찍찍거리는 내 목소리에 대한 의견을.

경사면에서 어설프고 엉뚱한 시도를 하며 장난치고 있던 키 큰 소년이 나를 가리키며 웃음을 지었다.

"맞아, 나 너 알아. 수위 아저씨의 다리를 부러뜨린 애잖아. 그건 정말 전설적인 추락이었어. 엄청난 사다리였지!"

"그 아저씨 못을 열다섯 개나 박았다지."

다른 소년이 떠들썩하게 말했다.

내가 바랐던 익명성의 수준을 이미 넘어가고 있었다.

"저는 찰리예요."

나는 손을 내밀며 재빨리 말했다.

"나는 댄."

한 명이 말했다.

"난 스탠."

다른 소년이 말했다. 둘 다 정교한 방식으로 손을 흔들다 내 손을 붙잡기에 나는 그 동작을 따라하려고 기를 썼다. 둘은 총명하다기보다는 재주가 좋았다. 두 사람의 이름과 라임이 맞도록 내 이름을 바꿔서 이들을 좀 더 편안하게 해 줘야 하는 게 아닐까, 하는 생각이 들었다.

"보드 탄 지는 얼마나 됐어?"

스탠이 내 스케이트보드를 바라보며 물었다.

"얼마 안 됐어요. 몇 주도 안 돼요."

혹평을 받을 경우를 대비해서 기간을 더 늘려 말하고 싶지 않았다. 나는 두 사람에게 오싹함이 아니라 감동을 주고 싶었다.

"보드 멋지다. 바퀴가 새 거네?"

나는 내가 좋은 선택을 했기를 바라며 두 사람을 바라보았다.

"맞아요, 아르바이트 비를 한참 모았어요. 강렬한 느낌을 줄 게 필요했거든요."

나는 정말이지 두 사람이 강철 코뿔소를 탄 나를 보지 않았기를 빌었다. 아무래도 그 오명을 씻을 수는 없을 것 같았다.

"월등한데. 저렴한 것도 아니고."

두 사람은 내 스케이트보드 바퀴를 돌려보며 그 빠른 속도에 말 그대로 군침을 흘렸다.

내 스케이트보드가 대화를 할 수 있도록 말문을 활짝 열어 주었다. 두 사람은 나보다 나이가 많았고 분명 실력도 훨씬 뛰어난 스케이터였지만, 뭐랄까……. 그러니까 관심을 보였다. 나에게. 둘은 내가 어디에서 연습을 해 왔는지, 그리고 그보다 내가 어떤 묘기를 터득했는지 물었다.

"별로 많지 않아요."

나는 얼굴을 붉혔다.

"사실은 떨어지지 않으려고 집중하고 있는 중이에요."

맙소사! 혹시 해서는 안 되는 말이었나? 나는 알 수가 없었고 최악의 상황이 벌어질까 봐 두렵기만 했다.

댄은 손사래를 쳤다.

"아니, 보드에서 나가떨어질 걱정은 안 해도 돼. 발을 딛고 그대로 있는 사람은 분명 제대로 힘을 다해 밀고 있지 않은 거니까."

"맞아."

스탠이 맞장구를 쳤다.

"이 문제아의 몸을 살펴보라고."

스탠이 소매를 걷어 올리자 내 몸의 어떤 멍과 비교해도 손색없는 멍이 드러났다.

"이건 도서관 계단에서 생긴 멍이야."

스탠은 자랑스럽게 웃음을 지었다.

"처음 여섯 계단은 그럭저럭 올랐지. 하지만 일곱 번째 계단에서는 다리가 걸렸지."

"다음번에는 성공할 거다, 친구야."

댄이 스탠의 등을 탁 때리며 말했다.

"그렇고말고요."

나도 스탠의 등을 두드려야 할지, 아니면 너무 이른 행동일지 생각하며 말을 덧붙였다.

경계가 어디쯤인지 알 수 없었다. 나에게는 미지의 영역이었다. 사이너스가 아닌 다른 사람과의 대화라니!

그 뒤로 두 사람은 나를 공원 한쪽으로 데려가서 알리(스케이트보드 뒷부분을 한 발로 세게 차며 하는 점프–옮긴이)를 하는 방법을 가르치기 시작했다.

"여기는 시작하기 가장 좋은 장소야. 보드와 바닥 사이로 지나가는 공기보다 더 기분 좋은 건 없지."

그러면서 댄은 감상적인 표정을 지었는데, 할머니가 크리스마스에 입을 오므리며 지을 법한 표정이었다.

하지만 나에게 설명을 시작하면서부터 두 사람의 감상적인 표정은 싹 사라졌다. 그리고 맙소사, 그들은 최고의 선생이었다. 30분 안에 둘은 나에게 보드를 공중으로 튀길 수 있게 해 주었다. 100만분의 1초 만에 내 보드의 바퀴는 다시 포장도로에 닿았지만, 나는 날고 있는 것처럼 느꼈다.

댄과 스탠도 꽤 감명을 받은 것 같았다.

"기술 좋은데."

댄이 높은 목소리로 말했다.

"그러게. 난 저걸 터득하는 데 무지 오래 걸렸는데."

스탠이 맞장구를 쳤다.

"몇 주만 더 있으면 넌 저 경사로 가운데에 있게 될 테니, 두고 봐."

기이할 정도로 일이 잘 풀리고 있었다. 전설이 되기 위한 첫걸음이었다. 나는 사이너스가 지켜보고 있다는 걸 기억하고 그쪽으로 고개를 돌렸지만, 사이너스는 돌아보지 않았다. 아니, 처음에는 아주 잠시 돌아보았지만 곧 얼굴을 다시 공책에 묻었다.

"네 친구야?"

댄이 물었다.

"그게……."

스탠이 끼어들었다.

"학교에서 저 애를 봤어. 다들 재가 정신이 온전치 않다고 생각하더라고. 한자리에 마냥 서서 미치광이처럼 허공을 빤히 쳐다보잖아."

뒤이어 나온 이야기는 학교에서 늘 쏟아지던 인신공격이었다. 복도를 걸어가며 엿들었던 나 자신에 대한 이야기, 학교 정문을 들어선 아웃사이더 중에서도 내가 최악이라고 느끼게 했던 그런 종류의 이야기였다.

댄과 스탠은 킬킬대며 몹시 무신경하게 사이너스를 가리켰지만, 나는 어떤 이유에서인지 그들의 말을 바로잡으며 사이너스는 정상이라고, 내 친구라고 말하지 않았다.

대신 그들이 사이너스를 비웃는 동안 나는 말없이 그 자리에 서 있었고 사이너스가 우리 쪽을 돌아보았을 때도 여전히 목소리를 내지 못했다. 그보다는 보드를 바닥에 놓고 다시 알리를 연습하러 가면서, 사이너스가 짐을 챙겨 가 버리는 모습을 보고 뜨끔한 죄책감을 느꼈다.

"다른 사람들 좀 만나볼래?"

사이너스가 슬그머니 시야에서 벗어나자 댄이 물었다.

아니라고 말했어야 했다. 댄과 스탠에게 도와줘서 고맙다고, 오늘은 이걸로 됐다고 말했어야 했다. 사이너스를 따라갔어야 했다. 하지만 나는 그렇게 하지 않았다.

대신 나는 사이너스에 대한 생각을 모조리 묻어 버리고 자동차 창문에 매달린 강아지처럼 고개를 끄덕였다. 평생 처음으로 세상에 태어난 기분, 어딘가에 속했다는 기분이 들었다. 나는 순진하게 그들을 따라갔다.

13

그 뒤로 나는 경사로에서 살았다. 방과 후에 그리고 주말마다 그곳으로 전력 질주했고, 배달은 최대한 빠르게 끝냈다. 터득하려 노력 중인 묘기를 연습하기 위해, 5분이라도 확보하려고 갖은 애를 썼다.

나는 알리를 어느 정도 할 수 있게 되었다. 무릎을 깊이 숙인 다음 스케이트보드와 함께 하늘을 향해 도약했다. 한 달 동안 시험 삼아 다른 기술에도 도전하는 중이었다. 셔빗(발밑에서 스케이트보드를 180도 이상 돌리는 기술-옮긴이), 킥플립(스케이트보드를 360도 돌리면서 알리를 곁들이는 기술-옮긴이), 힐플립(스케이트보드를 몸 바깥쪽으로 한 바퀴 회전시키고 착지하는 기술-옮긴이), 그밖에도 유튜브에서 보았지만 실제로 해 볼 거라고는 꿈도 꾸지 못했던 기술들을. 댄과 스탠, 그리고 내가 만난 다른 아이들은 놀라웠고 언제나 나를 격려해 주었으며 내가 서 있는 자세를 교정해 주거나 넘어지기 전에 최대한 오래 균형을 잡을 수 있는 방법을 알려 주었다.

구경거리가 될 만큼 요란하게 넘어지더라도 문제가 되지 않았다. 그 아이들도 넘어졌다. 내가 공원에서 가장 키가 작은 아이라는 사실도 전혀 문제가 되지 않았다.

문제가 있다면 그게 나에게 도움이 된다고 그들은 생각했다.

"찰리는 주머니 로켓(Pocket Rocket, 작지만 강력한 자동차를 뜻함 - 옮긴이)이야."

"중력의 중심이 낮아. 그러니 찰리가 성공하는 데 매번 도움이 되지."

그런 칭찬을 들으면 기분이 묘했다. 그 아이들을 어떻게 대해야 할지 알 수가 없었다. 익숙한 일이 아니었다. 평생 그 어느 때보다 더 열심히 귀를 기울였다. 아이들이 말하는 게 다른 아이일지 모르니까. 그러니까, 유일한 친구인 사이너스도 닥치는 대로 나에게 친절한 행동을 하지는 않았다. 그래서 아이들이 나를 치켜세울 때마다 중요한 인물이 되는 기분이었다.

이 때문에 스케이트보드장 밖에서도 변화가 생겼다. 학교 안으로 들어설 때 그다지 쑥스럽지 않았다. 대부분의 아이들은 나의 새 취미에 대해서 몰랐지만 말이다. 나는 바닥을 보는 대신 사람들의 정강이를 보기 시작했고, 누군가 내 사물함 옆에서 나를 밟으면 그럭저럭 목소리를 높여 항의하기도 했다.

유일한 하락세는 사이너스였다. 사이너스는 사라졌다. 쉬는 시간과 점심시간 마다 녀석을 찾아보았지만, 녀석은 땅 밑으로 꺼지고 없었다. 그리고 드디어 녀석의 자취를 찾아내면, 녀석은 말없이 무뚝뚝한 얼굴을 하고 있었다. 어떤 종류의 예리한 혹평도 하지 않고, 내 쪽으로 시선을 던지지도 않았다. 어쩌면 녀석은 내가 찾아낸 것에 샘이 났거나 넌더리가 났는지도 몰랐다. 어느 쪽이건 녀석과의 사이는 변했고 내가 할 수 있는 일이란 없는 듯했다. 경사로의 아이들이 녀석을 헐뜯는 걸 무력하게 지켜보기만 했다는 죄책감 때문에, 나는 정말 노력했다. 하지만 그에 대한 보답이 어깨를 으쓱하며 침묵하는 모습뿐이어서 나는 노력하지 않기로 했다. 경사로가 주는 즐거움이 너무나 크기도 했다.

집에서의 생활도 달라졌다. 엄마는 새로운 강좌에 몰두했는데 뜨거운 돌을 이용한 치료 요법 같은 거였다. 내게는 즐겁다기보다 고문처럼 느껴졌지만. 어쨌거나 엄마는 강좌에 몰두하며 야간 대학에서 더 많은 저녁 시간을 보냈고, 엄마의 얼굴을 볼 수 있는 시간이 점점 줄어들었다.

하지만 이상하게도 엄마는 그다지 즐거워 보이지 않았다. 엄마는 심란해 보였고 이마에는 거미줄처럼 주름이 잡혀 있었다.

"정말로 이 강좌에 *즐겁게* 참여하고 있는 거예요, 엄마?"

내가 물었다. 내 물음에 되돌아온 미소에는 확신이 없었다.

"아주 좋아."

엄마가 말했다.

"왜 묻는 거니?"

"모르겠어요. 엄마가 활기차 보이지 않아서요."

그건 사실이었지만 전부는 아니었다. 엄마는 몇 주 동안 나 때문에 야단법석을 떨지 않았다. 공원에서 정말 열광적인 연습을 하고 뺨에 긁힌 상처가 났을 때조차. 엄마는 당연히 상처를 알아보았고 내가 면봉으로 상처를 닦는 동안 욕실로 쳐들어왔다.

"괜찮니, 찰리, 우리 아들?"

몸이 뻣뻣해지는 느낌이 들었다. 머리는 어떤 대답이 적당할지 살펴보느라 어지럽게 돌아갔다.

"네, 아무것도 아니에요. 여드름 하나가 좀 성이 났어요, 그것뿐이에요."

내 머리에서 나온 설득력 없는 변명에 스스로도 혀를 차고 싶은 심정이었다.

보통은 그 정도만 되어도 엄마는 구글에 '얼굴 상처'라는 단어를 치고 분노의 검색을 해댔을 텐데, 그날은 아니었다. 엄마는 상처를 살펴보려고 나에게 덤벼들지 않았다. 회복에 도움이 되는 자세로 눕히려고 나와 실랑이를 벌이지도 않았다. 대신 엄마의 시선은 내 몸을 스르르 관통해, 뒤쪽 벽에 있는 훨씬 중요한 뭔가를 바라보고 있는 것만 같았다.

"제대로 보살피지 않으면 피부는 그렇게 터지고 말아."

엄마는 한숨을 쉰 다음 찬장에서 소독용 연고를 꺼내 나에게 주었다.

나로서는 마음이 놓이거나 다행이라는 생각을 하거나, 두 가지 마음이 다 들어야 마땅한 상황이었다. 하지만 그렇지 않았다. 문제가 생긴 거였다. 성격이 하룻밤 사이에 변할 리 없었다. 적어도 우리 집에서는 아니었다.

그래서 이번만은 걱정 어린 질문의 주인공이 바로 내가 되었다.

"저, 그러니까, 괜찮아요, 엄마?"

"관심을 가져 주다니 정말 자상하기도 해라, 우리 아들."

엄마는 나를 품속으로 끌어당겼다. 엄마의 몸이 잠시 떨리는 게 느껴졌다.

"엄마는 괜찮아. 정말이야. 네가 너의 가여운 얼굴에 손대지 않고 내버려 둔다면 내 기분은 더더욱 좋아지겠지."

그게 전부였다. 엄마는 몸을 떼고, 버스를 타러 갔다. 의심할 줄 모르는 자기 영혼을 뜨거운 조약돌로 괴롭히러.

"엄마 정말 괜찮아요?"

손님이 뜸해졌을 때 아빠에게 물었다.

아빠는 엄마가 길 끄트머리의 모퉁이를 돌 때까지 바라보다가 언제나처럼 도움이 되는 한 마디를 던졌다.

"네 엄마가 어떤지 알잖니……."

아빠는 쭈뼛거리며 서둘러 부엌으로 달아났다.

그 말을 곱씹으며 카운터 뒤에 앉아 새우 크래커를 봉지에 담는데 마음이 괴로웠다. 염려해야 하는 일일까? 아니면 그렇게 했다가 엄마처럼 불안해지기만 할까? 나는 솟구쳐 오르는 걱정을 납작하게 찌그러뜨리고 가볍게 축하하기로 했다. 이 새로운 통로가 나에게 숨 쉴 여유를 준다면, 스케이트보드를 탈 여유도 많아질 것이었다. 결국에는 좋은 일일지도 몰랐다.

엄마가 다른 곳에 있다는 점을 최대한 이용했다. 스케이트보드를 타고 포장도로를 쿵쾅거리며 달렸고, 점점 더 빠른 속도로 날아가듯 배달했으며, 침대 밑에 숨겨 둔 깡통 속에는 팁이 쌓여갔다.

하지만 그러는 내내 한 가지 생각을 멈출 수가 없었다. 바로 반원형 경사로였다. 그 경사로. 어떻게 해서든 길들이고 싶은 그 거대한 짐승. 그 짐승을 때려눕힐 수 있다면, 다른 아이들의 한없는 존경을 받게 될 테고 다시는 덜렁이로 불리지 않을 거라는 걸 알고 있었다. 그 생각을 하면 손바닥에 땀이 났다.

나는 왜 다른 사람들 앞에서 연습을 시작한 걸까? 그러니까, 다들 넘어져도 괜찮다고 입버릇처럼 말했지만, 경사로에는 한번에 모인 아이들의 수가 너무 많았다. 내가 모두를 쓰러뜨리면 어떤 일이 벌어질까? 스케이트보드 여러 개가 한 번에 쌓이겠지. 내 머리는 당황한 구급대원들이 뒤엉킨 수십 쌍의 팔과 다리, 그리고 스케이트보드를 마구 풀어내는 광경을 상상하며 마구 돌아갔다. 과대망상이 내 머릿속을 채웠다. 거긴 내가 있기에 적당한 장소가 아니었다.

나는 어두워진 뒤, 조용한 시간에 경사로를 찾아가려고 애썼다. 정말 위험한 일이었다. 엄마의 시간표는 예측불가였기 때문에, 가게 카운터에서 엄마와 마주칠 때면 사이너스의 집에 숙제를 하러 간다고 거짓말을 해야 했다. 거짓말의 냄새가 무척 고약해서, 탐욕스러운 파리들이 내 주변을 에워쌀 것만 같았다.

그래도 엄마는 내 말에 수긍했지만 그건 엄마가 사이너스나 사이너스의 가족에게 민감하게 굴지 않았기 때문이었다. 다만 엄마는 내가 그 가족의 거대한 신체 일부분에 걸려 넘어져 입원이라도 할까 봐 걱정스러운 모양이었다.

결과적으로 내 생각은 쓸모없는 것이었다. 경사로를 둘러싼 어둠을 밝히기에 공원 조명은 너무 흐릿했고 엄청 큰 투광 램프가 없는 한, 연습을 할 방법은 없었다. 결국 링거를 다는 꼴이 되고야 말 터였다.

나는 괴로워지기 시작했고 필요 이상으로 신경이 쓰였다. 삼각법을 연구해야 할 수학 시간에 경사로를 스케치하고 있었다. 선생님이 눈치챘고 부모님께 통보하겠다고 위협했다. 굉장히 기분이 나빴다.

결국 나는 새 친구 댄과 스탠에게 도움을 청하러 갔다.

그 둘을 학교에서 자주 보았는데 우리는 사실 공원에 있을 때가 아니면 많은 이야기를 나누지 않았다. 나는 두 사람이 나누는 대화 언저리를 맴돌며 그들이 하는 말에 웃었고 고개를 끄덕였지만, 그것도 괜찮았다. 둘은 나보다 나이가 많았으니까. 학교에서 두 사람의 숨결을 들이마실 수 있다는 것만으로 나로서는 받아들여졌다는 느낌이 들기에 충분했다.

내가 경사로 때문에 초조한 심정을 털어놓자 둘은 웃었다.

"이봐! 당연히 두렵겠지. 그게 핵심이야. 두려움이 없으면 열광할 일도 없을걸."

댄은 눈을 휘둥그레 뜨고 이렇게 말했는데, 마치 레드 불(카페인을 다량 함유한 에너지 음료-옮긴이) 열두 캔을 30초 만에 빨대로 빨아들이기라도 한 것 같았다.

스탠도 똑같이 기운이 넘쳤다.

"그렇고말고. 네가 경사로를 존중하지 않으면, 그게 널 먹어치울 거야. 걱정할 건 전혀 없어. 공원을 통틀어 최고의 선생들이 여기 있으니까. 우리가 요령을 알려 줄게."

나는 둘에게 격려를 받자 성급하게 스케이트보드를 붙잡았다.

"워, 워, 이봐."

댄이 숨 가쁘게 말했다.

"지금은 아니야. 거긴 너무 북적거려. 일요일 아침이 좋아. 더 조용하고 미친 열기도 덜하지. 부상당할 확률도 적고."

둘은 고개를 한 번 끄덕이고는 손가락이 안 보일 정도로 빠르게 움직이는 악수를 한 번 더 한 다음, 스케이트보드를 타고 가 버렸다. 나는 재깍거리는 초침만 바라보며 일요일을 기다려야 했다.

14

마침내 일요일이 되었다. 그날은 천식에 걸린 듯 숨을 쌕쌕거리며 다가왔지만 호흡기 착용은 딱 잘라 거절하는 듯했다. 거기에 피해망상까지 더해지자 안 그래도 예민한 신경이 더더욱 곤두섰다.

처음에는 경사로 꼭대기에서 떨어질 거라는 생각에 사로잡혀 있었다. 그 생각이 자나 깨나 다른 생각을 모조리 잡아먹었다.

일요일 아침, 나는 초조하게 이를 닦으며 거울을 노려보다가 눈 밑에 늘어진 살을 보고 움찔했다. 나보다 더 지쳐 보이는 사람은 없을 거라고 생각했다. 엄마를 보기 전까지는.

엄마는 식탁 앞에 주저앉아 있었다. 몸 전체가 축 처진 모습으로, 김이 피어오르는 커피 잔을 움켜쥐고 있었다. 엄마에게 괜찮냐고 물었지만 세 번이나 물은 뒤에야 엄마는 겨우 내 목소리를 들었다.

"야간 대학 때문에 힘드셨어요?"

말 대신 수화를 써야 하나, 고민하면서 다시 물었다.

엄마는 웃음을 지으려 했지만 잘 되지 않았다.

"아니, 아니. 무척 재미있어. 이젠 감을 잡은 것 같아."

엄마답지가 않았다. 우리 엄마라고 할 수가 없었다. 성격 납치라도 당한 모양이었다. 혹시 UFO의 흔적은 없는지 뒤뜰을 살펴봐야 할 것 같은 생각이 들었다. 대체 뭐가 문제인지, 그 해답이 거기에 있을 것만 같았다.

엄마는 무척 달라보였다. 누군가 엄마의 얼굴을 휴지 조각처럼 구겨서 20년은 더 늙어 보이게 만든 것 같았다. 엄마는 겸연쩍은 듯 뺨을 문질렀고 주름은 잠시 흐려졌다가 다시 나타났다.

그 모습에 마음이 괴로웠다. 당연한 일이었다. 엄마는 어떤 일에도 결코 좌절감을 드러내지 않았기 때문이다. 좌절은 엄마의 사전에 없는 단어였다.

사람이건 뭐건, 감히 엄마에게 도전하거나 엄마가 틀렸다고 증명하면 엄마는 맞서 싸웠다. 필요하면 손톱을 드러내고 목소리를 높였다. 지옥이 있다면 엄마는 엄청난 골칫덩이였을 것이다. 그러나 적어도 엄마에게는 활력과 열의가 있었다. 그게 없었다면 지난 8년 동안 끊임없이 야간학교에 다니지 못했을 것이다.

그런데 무슨 일이 벌어진 걸까? 엄마에게 꼭 물어봐야 했다.

"정말 괜찮아요, 엄마?"

엄마는 간신히 내 눈을 바라보았고, 엄마의 눈은 100만분의 1초 동안 애정으로 빛나고는 다시 어두워졌다.

"그렇게 말해 주다니 정말 상냥하구나, 찰리. 엄마는 괜찮아. 그냥 좀 피곤해서 그래. 그것뿐이야."

"그럼 다시 침대에 눕는 게 어때요? 필요하면 마실 것 좀 가져다 드릴게요."

그 말을 꺼내는데 기분이 안 좋았다. 엄마가 그 말을 받아들일 리 없었지만, 혹시라도 엄마가 깃털 이불을 다시 덮는다면 몰래 빠져나가기가 훨씬 쉬울 것이었다. 문 밖으로 나가며 거짓말을 하지 않아도 된다면 내 죄책감의 정도도 훨씬 약해질 테고.

"그게 좋을지도 모르겠구나. 30분 더 누워있더라도 나쁠 건 없겠지?"

"물론이죠."

엄마의 대답에, 무슨 일이 생긴 건지 철저히 파헤치고 싶은 마음이 들었지만 나는 대신 고개를 끄덕였다.

우리는 잠시 말없이 앉아 있었다. 엄마는 나에게 버림받기라도 하면 찻잔 속에 빠져죽을 것만 같은 표정을 하고 있었다.

"그럼 어서 가세요."

엄마의 귀에 격려하듯이 속삭였다.

"침대에 누워요."

나는 엄마를 계단까지 안내했고, 계단을 오르는 엄마에게 음료를 건넸다.

"잠깐 나갔다 올게요. 점심 먹으러 돌아올 거예요."

나는 '어디 가는데?'라는 피할 수 없는 질문에 대비하며 마음을 다잡았지만 그 질문은 나오지 않았다. 대신 엄마는 그저 알았다고 말하고 등 뒤로 침실 문을 닫았다.

나는 얼굴을 찡그렸다. 이렇게 쉬우면 안 되는 거였다. 질문도 없고 통행금지령도, 심지어는 죄책감에 물든 내 눈을 들여다보는 날카로운 시선도 없었다.

어리둥절한 기분으로 모든 계획을 취소할까도 생각했지만 결국 기대감이 다시 배 속에서 입을 벌리고 날뛰었다.

다른 생각을 모두 떨쳐 버리고, 운동화를 신고 끈을 조인 뒤, 현관문을 조심스레 닫았다.

거리로 나선 뒤 엄마의 침실 창문을 힐끔 뒤돌아보았다. 유리창을 가득 채운 엄마의 모습이 보여 가슴이 쿵쿵 뛰었다.

사실 엄마는 전부 알고 있는 걸까? 나를 달래기 위해 가짜로 안심시킨 걸까?

엄마의 시선을 살폈다. 엄마가 멍하게 허공을 바라보고 있다는 걸 깨닫자 마음이 진정되었다. 엄마의 얼굴이 무척 슬퍼 보여서 다시 돌아갈까도 생각했다. 다행히도 엄마가 창가에서 터덜터덜 멀어졌다. 내 죄책감도 엄마와 함께 사라졌다.

이 정도면 충분했다. 마음이 바뀌기 전에 재빨리 경사로로 가야만 했다.

댄과 스탠은 경사로 꼭대기에서 다리를 대롱거리고 레드 불을 벌컥벌컥 마시면서 나를 기다리고 있었다. 그 속에 용기가 들어있다면야 나도 레드 불 한두 캔을 샀을 것이다. 공원이 전혀 조용하지 않았기 때문이었다. 북새통이 따로 없었다.

이미 열두어 명의 아이들이 경사로를 쌩쌩 오르내리고 있었고 적어도 그와 비슷한 수의 아이들이 물놀이터 근처에서 기교를 연습하고 있었다. 후드 티 밑으로 땀이 모였다가 등골을 따라 흘러내리며 나를 놀려대는 것 같았다.

하지만 두 친구는 전혀 걱정스러운 얼굴이 아니었다. 처음으로 거기 들른 나를 보고 그들 역시 흥분해 있었다.

"이 날을 음미해."

스탠이 꿈꾸듯이 말했다.

"처음은 기억에 남기 마련이지."

댄이 맞장구를 치더니 또 말했다.

"무슨 일이 일어나든지 말이야."

그들의 흥분에 동참할 수가 없었다. 내 배는 당장이라도 속에 있는 걸 비워낼 기세였다. 나는 경사로에서부터 난간 너머에 있는 섬뜩하게 버려진 화장실까지의 거리를 머릿속에 저장했다.

용기가 사라지고 있었지만, 티를 낼 수 없었다. 여기까지 온 지금은 그럴 수 없었다.

"우선 근처에서 슬슬 타 봐야겠어요. 알리를 연습하면서 몸 상태를 최상으로 끌어올려야죠."

"그렇게 해."

둘은 이렇게 말하고 내가 옛 물놀이터 곳곳을 씽씽 달리는 모습을 지켜보았다. 내 놀이터였던 오르막과 내리막을 그럭저럭 넘나드는 동안 자신감이 온몸에 퍼졌지만, 경사로라는 괴물 근처에는 얼씬도 하지 못했다.

서서히, 두려움이 가라앉았다. 탄력도 받았겠다, 스케이트보드도 내 발밑에 순순히 달라붙었기 때문이었다. '나에게도 몇 가지 기술이 있잖아. 경사로에서 시도해 보지 말란 법 있어?'라고 스스로를 일깨웠다. 스케이트보드에서 떨어지는 게 일어날 수 있는 최악의 일이라면, 그렇다면, 난 이미 그걸 백 번은 겪었음에도 불구하고 아직 여기 있다. 아직 걸어 다니고 있다.

그래, 올 것이 온 거였다. 지금이 바로 그때였다.

셋이서 함께 경사로 꼭대기에 서서 경사로가 다시 오르막이 되기 전의 우묵한 부분을 내려다보고 있을 때였다. 댄과 스탠이 손뼉을 쳤다.

"올 것이 온 거야, 친구. 인생이 지금까지와는 영영 달라질 거야."

댄이 히죽 웃으며 말했다.

"그리고 기억해. 기교 부릴 생각은 마. 게임의 목적은 스케이트보드에 달라붙은 채로 짜릿함을 느끼는 거야. 무릎을 굽히고 팔로 균형을 잡아……. 그럼 성공이야."

나는 두려움이나 흥분을 뛰어넘어 그곳에 서 있었다. 모든 감정이 소용돌이치며 갈비뼈를 후려쳤다. 나는 초조하게 스케이트보드 앞부분을 경사로 가장자리에 걸고 발을 보드 끝부분에 올린 다음 몸을 꼿꼿이 세웠다. 시선을 경사로에 집중하고 마음이 진정되기를 기다렸다…….

몇 초 뒤, 뚜렷한 두 갈래 길이 나타났다. 지금 도전할 것인가, 아니면 영원히 회피할 것인가. 꼴사나운 죽음을 맞이할 것인가, 품격 있는 영광을 누릴 것인가.

보드의 돌출부에 압력을 가하며 내 모든 열정을 다해 몸을 앞으로 내밀었다. 바닥이 빨리, 너무나 빨리 사라졌고 공포심이 저 위에 걸린 구름만큼이나 높이 치솟았다. 나는 내려가고 있었다. 겁에 질린 나머지 체중을 좀 더 앞쪽으로 실었고, 경사로의 벽이 스케이트보드의 바퀴를 붙들고 나를 앞으로 몰아대자 배 속이 요동치는 느낌이 들었다. 미처 깨닫기도 전에 나는 처음으로 위로 올라가고 있었다. 바퀴는 맹렬하게 돌았고 기이하고 짜릿하고 오싹한 탄성이 입에서 터져 나왔다. 다른 사람이 그 소리를 들었는지 모르겠지만 아무래도 상관없었다.

나는 해내고 있었다. 성공하고 있었다. 날고 있었다. 모든 조롱을, 나를 마구 찔러대던 그 모든 팔꿈치를, 내가 당해야 했던 그 모든 치욕의 길을 잊고서. 나에게 스케이트보드가 있는 이상 그런 것은 조금도 중요하지 않았다. 조금도.

나는 아빠의 요리가 담긴 봉투로 몇 시간 동안이나 계속 균형을 잡았던 걸 떠올렸고, 연습 중에 내 몸에 생긴 모든 멍이 희미하게 전율하는 것을 느꼈다.

계속 집중해.

나는 마음속으로 생각했다.

집중하고, 균형을 잡고, 집중해. 망치면 안 돼, 지금은.

또 나는 엄마를, 그리고 이걸 숨기느라 마음에 품고 다녔던 죄책감을 생각했다. 이제는 모두 털어 버릴 수 있다는 생각도 들었다. 솔직히 털어놓고 엄마에게 보여 주자. 엄마가 두려워하지 않고 자랑스러워해도 된다는 걸 보여 주자.

나는 이런 일을 할 수 있는 사람이었어요. 나를 봐요!

방향을 전환하는 일은, 순간순간 더 중요하게 느껴졌다. 방향을 전환하기 위해 내가 스케이트보드의 꼬리에 실은 압력은 정확하고 정밀했으며 조금도 서툴지 않았다.

그 순간, 내가 세상의 왕이 된 순간을 간직할 수 있도록 카메라 같은 게 있으면 좋겠다고 생각했다.

나중에 알았지만 누군가 그때 내 모습을 영상으로 찍고 있었다. 후대에 남기기 위해서, 영예를 위해서가 아니라 내가 처하게 될 당혹스러운 상황을 더욱 과장하기 위해서.

몇 번째였는지 경사로의 바닥을 향해 뛰어들었을 때, 아래쪽에 뭔가가 보였다.

그곳에 속하지 않은 사람이었다.

스케이트보드를 타는 아이가 아니었다. 후드 티나 헐렁한 청바지를 걸치고 있지 않았다.

그리고 발밑에 분명 스케이트보드가 없었다.

그곳에는 있는 건 엄마였다.

두 손으로 엉덩이를 짚고 벼락이 치는 듯한 표정을 한 우리 엄마.

내 심장은 멈췄다. 스케이트보드는 여전히 엄청난 기세로 달렸지만 오래 가지 못했다. 벽에 글이 쓰여 있었는데 딱 두 단어였다.

게임 끝.

15

나는 감히 눈을 뜰 수 없었다.

뭔가를 부러뜨렸을까 봐 두려웠기 때문은 아니었다.

아니, 두려웠던 건 스케이트보드와 따로따로 떨어지기 전에 마지막으로 보았던 모습이었다.

엄마가 어디에서 나타났고, 어떻게 이 모든 것을 알아냈는지 알 수가 없었다. 내가 아는 것이라고는 내 위에 우뚝 서 있는 존재가 분명히 엄마라는 사실뿐이었다. 엄마가 내뿜는 분노가 느껴졌다.

나는 벌떡 일어났다. 내가 기절한 척하더라도 엄마가 스케이트보드를 네 바퀴 달린 러시안룰렛(19세기 제정 러시아 시대에 시작된 게임으로, 담력 자랑이나 내기의 일환으로 회전식 6연발 권총에 총알을 하나만 넣고 한 사람씩 돌아가며 머리에 대고 총을 쏜다. 무모한 도전이나 모험을 비유하는 말로 쓰인다 – 옮긴이)으로 보지 않았으면 좋겠다는 생각이 손톱만큼 들었다.

하지만 엄마의 얼굴에서 분출되는 크라카토아(인도네시아의 화산.

크라카토아 화산 폭발은 최악의 화산 폭발로 여겨진다 – 옮긴이)를 한 번 보기만 해도, 상황이 안 좋다는 걸 알 수 있었다.

엄청난 꾸지람이 예정되어 있었다. 엄마가 요구하는 엄청나게 강압적인 기준을 생각하면 더더욱.

"찰리 한!"

엄마는 단 두 단어로 공원 전체를 침묵에 빠뜨렸다.

"너 도대체 뭐하고 있는 거니?"

"아, 그러니까, 그냥 놀러 와서……."

문장을 끝마치기도 전에 거짓말이 바닥난 나는 '충실한 아들' 카드를 내밀어 보았다.

"제가 엄마를 덮치진 않았죠? 아까 어처구니없이 넘어지기 전에……."

"어이, 넌 엄마를 스치지도 않았어."

등 뒤에서 스탠이 끼어들었다.

"넌 네 엄마를 피하려고 말도 안 되게 근사한 에스키모 롤(카약이 뒤집어졌을 때 카약에 탄 채로 물속에서 노를 움직여 카약을 회전시키며 원상태로 뒤집는 기술 – 옮긴이)을 보여 줬어. 내가 본 동작 중에 최고로 대담했어. 헬멧도 없이 말이야."

엄마는 스탠을 죽일 듯이 노려보다가, 다시 고개를 돌려 더욱 매서운 눈빛으로 나를 노려보았다. 전멸시켜야만 하는 적을 보듯이.

"여기에서 뭐하고 계세요?"

내가 물었다.

"침대로 가셨잖아요. 지금 거기에 계셔야죠. 엄마는 아픈 걸지도 몰라요. 망상증이거나……."

나는 횡설수설하고 있었고 스스로도 그 사실을 알고 있었다.

"오, 내가 뭘 보고 있는지는 잘 알고 있다. 하지만 정말이지 꿈이라면 좋겠구나. 엄만 잠을 잘 수가 없었단다, 알겠니? 산책 좀 하면 머리가 맑아질 것 같았어. 덕분에 네가 얼마나 상황을 잘못 해석할 수 있는지 알게 됐잖니, 응?"

엄마가 화를 억누르려 애쓰고 있지만 잘되지 않는다는 걸 알 수 있었다. 엄마의 목에서 핏줄이 불룩불룩 튀어나왔다. 엄마는 더 이상 피곤해 보이지 않았다.

"그래서? 대체 무슨 일인지 엄마한테 말해 줄래?"

엄마는 날카롭게 내뱉었다.

아무리 못해도 가족 싸움이 벌어질 것이고 최악의 경우에 피를 보게 될 것 같은 낌새를 채고, 아이들이 북적북적 모여드는 게 느껴졌다. 나는 "싸워라, 싸워라, 싸워라!" 커져가는 노랫소리가 우리를 집어삼키지는 않을까 반쯤 기대했다. 하지만 그런 일은 없었다. 아이들은 확실히 나만큼이나 두려워하고 있었다.

"아무 일도 아니에요. 그냥 놀고 있었어요. 스케이트보드를 타면서요. 그것뿐이에요."

태연한 목소리를 내려고 했지만 소용이 없었다. 공원의 모든 개를 소집할 만큼 목 졸린 소리처럼 들리기만 했다.

"그게 전부야?"

엄마는 단어 하나하나를 더욱 날카롭게 발음하며 소리쳤다.

"그게 전, 부, 야? 너 미쳤니? 이걸 얼마 동안이나 했으며, 대체 왜 나한테 말하지 않았니?"

나는 무엇이 적절한 대답인지 확실히 알 수 없어서 당황했다. 오늘이 처음이라고 거짓말을 할까? 아니면 무슨 말인지 모르겠다고 주장하며, 추락한 탓에 기억을 잃었다고 할까? 내가 가장 간절히 감동시키고 싶은 사람들 앞에서 창피를 당하지 않으려면 어떤 대답을 해야 할까?

내 머리는 우연으로 가득한 정교한 거짓말을 만들어 냈지만 마지막 순간에 내 입은 나를 배신했다. 구두점도 없는 부자연스러운 사과와 더불어 진실을 내뱉고 만 것이다.

"지금으로부터두달전에엄마한테말하고싶었지만엄마가못하게할것같았어요나는이게너무하고싶고정말잘하기도해요다른사람들한테물어보세요똑같은대답이나올거예요."

우스꽝스럽게 들렸다. 양탄자에 똥을 누고 주인의 양가죽 슬리퍼까지 찢어 버린 강아지가 미안하다는 듯 낑낑거리는 소리 같았다.

모든 신뢰가, 모든 희망이 사라졌다. 쌓아올리는 데 걸렸던 시간보다 훨씬 빠르게 그것들이 사라지는 모습을 나는 지켜보았다.

하지만 엄마는 그 점에 대해서 신경 쓰지 않았다. 댄이나 스탠의 생각은 듣고 싶어 하지 않았다. 어쨌거나 그들도 몹시 놀라서, 아니면 겁에 질려서 엄마에게 아무 말도 하지 못했다.

"그래서 내 등 뒤로 몰래 다녔구나, 응? 넌 엄마한테 거짓말을 했어. 몇 달 동안. 그리고 이 *물건*은 어디서 난 거니?"

엄마는 업신여기는 태도로 내 스케이트보드를 가리키며 물었다.

"훔쳤니?"

나는 내가 한 거짓말에 발이 걸려 넘어진 것인데도, 이유 모를 화가 솟구쳤다.

"당연히 훔치지 않았어요. 전 그런 짓 하지 않잖아요!"

"네가 무슨 일을 할 수 있는지 모르겠다, 찰리. 이제 나는 모르겠어."

"버니언 형한테 빌렸어요."

엄마가 넌더리 난다는 듯 눈을 굴렸다.

"하지만 그뿐 아니라 돈도 모으고 있어요. 제가 배달해서 받은 팁으로요."

이건 엄마가 듣고 싶었던 말이 아니었다. 이 말 때문에 엄마는 내 거짓말이 훨씬 뿌리 깊고 계획적인 것이라고 느끼게 되었다.

"그동안 줄곧 이걸 계획하고 있었던 거니? 너랑 네 아빠랑 말이야. 나를 무너뜨리려고 했구나. 내가 너를 돌보고 안전하게 지켜주려고 온갖 애를 쓰고 있는 동안 말이야."

이제 아이들은 훨씬 가까이 모여들어서 우리가 말할 때 우리 사이에서 눈을 반짝였다. 입으로 하는 테니스 경기를 구경하고 있는 것 같았다. 우리 사이에서 대화가 튀어오를 때마다 가끔씩 헉, 하고 숨을 멈추는 소리가 들리는 것 같았다.

"저를 안전하게 지켜줘요? 엄마는 아무것도 못하게 하잖아요! 볼링도 한번 못 해 봤고, 친구들이 다 떠나고 없는데 자전거도 못 타게 했어요. 심지어 사이너스랑 영화관도 못 가게 했죠. 어둠 속에서 팝콘을 먹다가 목이 막힐지도 모르는데 아무도 눈치 채지 못할 테니까."

"그런 얼토당토……."

누군가 콧방귀를 뀌었지만, 엄마와 내가 노려보자 얼른 그 소리를 억눌렀다.

"그리고 이 일에서 '아빠'는 입에 올리지도 말아요."

나는 부르짖었다.

"아빠는 무슨 일이 벌어지고 있는지 짐작도 못해요. 아빠가 알았다면 곧장 엄마에게 갔겠죠. 엄마가 악몽처럼 무섭다는 걸 알고 있으니까요!"

이제 엄마는 폭발할 준비를 마친 듯했고 나는 군중들이 간접적 피해를 입을까 봐 한 걸음 물러섰다.

"악몽이라고, 내가? 악몽이 뭔지 말해 주마. 네가 저 죽음의 덫에서 추락해서 다음 주 중에 쓰러지는 게 악몽이야. 네 침대 옆에 앉아서 네가 깨어나기를 기다리는 게 악몽이야. 네가 뭘 하고 있었는지 우리에게 말할 만큼 용기를 충분히 내지 못했기 때문에 말이지."

엄마는 숨도 쉬지 않고 말했다. 아가미라도 달린 것 같았다.

"하지만 너한테 말해 주마, 아가야. 넌 내가 아무것도 못 하게 한다고 생각하겠지만……."

"그래요, 맞아요. 엄마가 하는 일은 솜으로 나를 감싸는 것뿐이죠!"

"글쎄, 앞으로 두고 보렴. 내가 널 어마어마하게 많은 솜으로 감싸면 움직일 수도 없을 테니!"

그리고 엄마가 나를 한 번 떼밀자 내 몸은 아이들 쪽으로 움직였고, 아이들은 우리 둘을 쳐다보며 말없이 길을 내주었다.

엄마가 내 팔에서 스케이트보드를 낚아채자, 나는 뼈아픈 수치심을 견딜 수 없어 고개를 떨어뜨렸다.

압도적인 침묵이 모두를 뒤덮었고 침묵을 가르는 건 오직 쿵쿵거리는 내 심장소리뿐이었다.

침묵은 우리가 10미터를 더 걸어간 뒤에 깨졌다.

경사로에서 눈사태처럼 쏟아진 웃음소리 때문이었다. 그 소리는 우리를 향해 벼락처럼 달려와 순식간에 나를 덮쳤다.

나는 1분 만에 영웅에서 '바닥'이 되었다. 완벽한 치욕이었다.

16

감금 생활은 힘들었다.

벽이 더 높이 솟은 앨카트래즈 섬(미국 캘리포니아 주의 섬으로 한 번 들어가면 나올 수 없는 연방 교도소가 있어 '악마의 섬'이라고도 불렸다 – 옮긴이)이나 더 크게 소리 지르는 간수들이 있는 쇼생크 감옥을 상상해 보라.

집에 도착하자마자 엄마는 규칙을 정했고 나한테 했던 것만큼이나 가혹하게 아빠를 혼냈다. 이 모든 게 아빠에게는 처음 듣는 소식이었는데도.

아빠는 몇 번인가 부엌으로 다시 달아나려 했지만 결국에는 우리 곁에서 좀처럼 멀어지지 않는 엄마에게 저지당했다. 엄마는 우리의 주머니를 뒤져 그 속에 든 것을 카운터에 쏟아놓거나 우리 몸에서 이를 잡은 뒤에야 부엌 가까이에 가는 걸 허락해 줄 것 같았다.

이렇게 말하니 내가 그 사건을 사소한 일로 취급하려고 애쓴다고 생각할지 모르겠는데, 사실 그런 것 같다. 이미 구름이 잔뜩 낀 인생이지만 그중 가장 어두운 순간에서 유머를 찾는 게 나에게는 중요하게 느껴졌다.

그렇게 우리는 15분을 더 서 있었고, 아빠는 아직 가게 문을 열지 않았음을 행운의 별에게 감사했다. 단골손님 앞에서 두들겨 맞는 건 너무 지나친 모욕이었을 테니까.

마침내 눈물이 분노를 집어삼킬 지경이 되자, 엄마는 나에게 평생이라고 느껴지는 기간 동안 외출 금지를 명한 뒤에 위층으로 우당탕 올라가 버렸다. 나는 남아서 아빠의 반응을 기다렸다.

아빠는 아직도 손에 식칼을 들고 있었다.

아빠와 아빠의 차분한 성격을 잘 알고 있었는데도, 약간 초조해지지 않을 수 없었다.

하지만 아빠는 엄마처럼 격노하지 않았다. 그보다는 놀라면서 동시에 실망한 눈치였는데 왜 그런지 그게 더 기분이 안 좋았다. 아빠는 엄마가 어디에서 나를 찾아냈는지 이야기하는 동안 자리에서서 고개를 저었다. 여태껏 아빠에게서 본 것 중 가장 활기찬 몸짓이었다.

"너한테는 별로 좋은 때가 아니구나, 아들아."

"알아요. 엄마는 저에게 선택권을 주지 않겠죠?"

"엄마는 너에게 가장 좋은 걸 해 주고 싶어 할 뿐이고……."

"지금 하려는 그 말 하지 마세요."

내가 말을 잘랐다.

아빠는 무슨 소리냐는 듯이 나를 바라보았다.

"저에게 늘 하는 그 말요. '네 엄마잖니.'라는 말이요. 오늘은 하지 마세요, 아빠."

"무슨 말을 해 주면 좋겠니?"

"엄마에게 상황을 잘 설명해 주겠다고요. 엄마에게 제가 또래 아이들이 모두 하는 행동을 하고 있을 뿐이라고 말해 주세요. 엄마가 어처구니없이 굴고 있고, 제가 성장하도록 내버려 둬야 한다고 말해 주세요. 제가 넘어질 때를 대비해 쿠션을 들고 제 뒤를 쪼르르 쫓아다니지 말고 제 일은 제 스스로 하게 내버려 두라고요."

아마 그건 내가 몇 달 동안 아빠에게 했던 가장 긴 말이었을 테고 분명히 가장 솔직한 말이었다. 아빠는 엄마와 엄마의 간섭에 영향을 미칠 수 있는 유일한 사람이었다. 혹시라도 엄마가 귀를 기울일지 모르는 유일한 사람.

나는 내 말이 흡수되는 과정을 지켜보았다. 아빠가 어떤 일을 할 수 있을지 생각하는 동안 아빠의 얼굴이 실룩거리는 모습을 보았다. 어쩌면 때가 됐을지도 몰랐다. 아빠가 경계선 밖으로 걸음을 옮기고 내 편이 되는 때. 이번 한 번만은 말이다. 내가 부탁하고 있는 건 그게 전부였다.

"내가 할 수 있는 게 없구나."

아빠는 검지로 식칼의 날을 훑으며 한숨 쉬듯 말했다.

"그게 다예요? 아빠의 힘이 닿는 범위가? 이번만은 제 편 좀 들어주세요, 네?”

“지금은 네가 누구에게든 편을 들어달라고 할 처지가 못 되는 것 같다. 나한테건 네 엄마한테건.”

“하지만 아빠도 알 거 아니에요? 엄마가 나한테 무슨 짓을 하고 있는지! 난 엄마 때문에 웃음거리가 됐어요. 게다가 상황이 점점 나빠지고 있다고요. 제가 어디를 가든 뭘 하든 우뚝 솟은 엄마가 배경으로 따라온다고요. 이건 옳지 않아요, 아빠…… 엄마는 제정신이 아니라고요.”

“엄마도 이유가 있어서…….”

“그래요? 정말이에요? 그러면 이유가 뭔지 저한테 말해 주세요. 왜 늘 이런 식이어야 하는지 저는 눈곱만큼도 모르겠으니까요.”

하지만 대답해 달라고 해 봤자 소용없었다. 긴장감이 흘렀음에도. 꾸지람도 어느새 자취를 감춰 버렸다. 나에게 지금은 왜 이 모든 일이 벌어지고 있는지, 진상을 밝혀낼 완벽한 기회였다. 하지만 부모님 입장에서는? 나는 환영받지 못하는 인물이었다.

딱 10초 만에 아빠의 셔터가 다시 내려와 탕, 하고 닫혀 버렸다.

“글쎄, 그걸 알아낼 시간은 많이 있지 않겠냐? 외출 금지도 당했으니.”

그걸로 끝이었다. 아빠는 피난처나 다름없는 부엌으로 다시 후퇴했다. 하지만 그 전에 걱정스런 시선으로 계단 위를 한참 쳐다보았는데 그곳에서 엄마는 부글부글 끓고 있거나 눈물을 흘리고 있을 것이었다.

어느 쪽이 더 나쁠지, 나는 알 수 없었다.

외출 금지 기한은 불확실했다.

무기한이었다.

가석방은 없었고 텔레비전이나 인터넷, 게임기는 접근 금지였다. 내가 교훈을 얻을 때까지, 아니면 서른 살이 될 때까지. 어느 쪽이 먼저 다가올까.

나는 어른이 되어 '스페셜 프라이드 나이스'의 카운터에 앉아 엄마가 뜨개질로 만들어 준 점퍼를 입고 여전히 주문을 받으며, 빛을 반사할 능력을 모조리 잃어버린 형광색 옷을 입고 여전히 코뿔소의 페달을 밟는 모습을 그려 보았다.

엄마가 어떻게든 간섭하는 한, 나는 길고 지루하고 보호 받는 삶을 살게 될 터였다. 백오십 살까지 살게 될지도 모르지만, 다시는 내 안전지대 밖으로 대담하게 나가지 못할 터였다.

하루하루가 수십 년처럼 이어졌다.

지난 몇 달 동안 있었던 일을 머릿속으로 되풀이해 보았지만, 엄마에게 스케이트보드에 관해 솔직하게 말할 별별 방법을 생각해 보아도, 결과는 같았을 게 뻔했다. 엄마는 절대 허락할 리 없었다.

엄마 때문에 내가 *어쩔 수 없이* 거짓말을 한 거야,라고 생각하면 기분이 더 나아질 줄 알았다. 하지만 소용이 없었다. 나는 내 방에

유배되었고 내 스케이트보드는 비밀 장소에 갇혀 있었다. 엄마가 그걸 이미 태워 버렸거나 콘크리트 속에 봉인해서 북해에 버리지 않았다면 말이다.

하지만 이 갈등으로 생긴 가장 나쁜 결과는 엄마가 이 처벌에 만족하지 못하는 것 같다는 점이었다. 그리고 그보다 더 나쁜 게 있다면 엄마가 더 심하게 야단법석을 떤다는 점이었다.

"앞으로는 약간의 변화가 생길 거야."

엄마가 선언했다.

"너를 다시 믿을 수 있게 될 때까지, 넌 보호자와 함께 등하교 해야 돼."

뱃속이 발딱 뒤집어졌다.

"네? 농담이죠?"

"내가 웃고 있는 것 같니?"

아니었다. 확실히.

"하지만 사이너스는 어쩌고요?"

몇 주 동안 같이 등하교 하지 않았지만 나는 이렇게 물었다.

"우린 늘 서로를 기다린다고요."

"그 집에서 죽음의 덫과도 같은 스케이트보드를 얻은 걸 보니, 그 집 식구들도 나를 속이면서 재미있어했다고 생각할 수밖에 없구나. 그 애랑 어울리면 안 된다. 안 되고말고."

"그럼 아빠가 저를 데려다 주시는 거예요?"

엄마는 다 알겠다는 듯이 손가락을 흔들었다.

"아니, 네 아빠는 가게 일이 너무 바빠서 그렇게 못해. 그리고 어쨌든 아빠가 얼마나 잘 속는 사람인지 알잖니. 내가 너를 매일 학교에 데려다 주고 데리고 올 거야. 교사용 주차장에서 오후 3시 40분에 기다리고 있으마."

"하지만 그건 교내잖아요."

나는 항의했다.

"다들 엄마를 볼 거예요. 전 웃음거리가 될 거라고요."

"그렇게 되면 넌 *내* 심정을 이해할 수 있겠구나, 응? 굴욕감이 뭔지 알게 될 거야."

엄마는 얼음처럼 차가운 시선을 나에게 고정했다.

"곧 너를 다시 믿게 되겠지, 찰리. 하지만 네가 그렇게 만들어야 해."

"그럼 말썽을 일으키지 않고 지내면 언젠가는 그 경사로에 다시 갈 수 있는 거예요?"

엄마는 카운터를 쾅, 하고 세차게 내리쳤다. 그 파장으로 건물 전체가 부르르 떨리는 것 같았다.

"안 돼! 스케이트보드장에 다시는 발도 들여놓지 마라. 엄마가 계속 상냥하기를 바란다면. 무슨 말인지 알겠니?"

나는 고개를 끄덕였다. 엄마의 처벌이 주는 고통은 스케이트보드를 타다 넘어져 생길 수 있는 그 어떤 타박상보다도 강렬했다.

엄마에게 장점이 있다면 자신이 한 말을 그대로 지키는 것이었다. 그래서 그 뒤로 2주 동안의 학교 생활은 지상 지옥이었다. 엄마는 어처구니없는 보호자 노릇을 하겠다고 고집을 부렸고 하루하루 지날 때마다 학교 정문에 더 가까이 주차를 했다. 혹시라도 내가 엄마를 슬그머니 지나쳐 자유를 찾으려고 할지 몰라서였다. 다른 아이들이 눈치 채지 않을 수가 없었다. 아이들은 웃음을 터뜨렸고 손가락질을 했으며 내가 차에 올라탈 때면 자동차 지붕을 쾅쾅 두드렸다. 나는 아이들이 우리를 둘러싸고 자동차가 뒤집힐 때까지 차를 흔들어 댈까봐 두려웠다.

그렇다, 나는 피해망상에 사로잡혀 있었다. 누구든 그 정도의 모욕을 당하면 똑같이 느끼지 않을 수 없을 것이다.

하지만 괴롭힘 당하는 느낌은 터무니없지 않았다.

경사로에서 벌어진 말다툼 소식이 이미 퍼진 뒤였기 때문이다. 아이들은 내가 지나가면 조롱했고, 어떤 아이들은 휴대 전화 위로 몸을 구부린 채 어깨를 들썩이며 웃음을 터뜨렸다. 처음에 나는 무슨 이유인지 깨닫지 못했다. 그러나 몸집이 유난히 큰 고등학교 1학년 형이 나에게도 그 비밀을 알려 주었다.

"어이, 너희 엄마 엄청 **사납더라.**"

그 형은 웃어댔다.

"경사로에서 네 엄마가 너를 말리는 모습을 누가 영상으로 찍었어. 네 엄마는 괴물이야!"

나는 최대한 예의바르게 그 형의 휴대 전화를 붙잡았다. 보고 싶지 않았지만 그래야 한다는 걸 알고 있었다.

그리고 그곳에는 우리의 모습이 있었다. 내 기억보다 훨씬 포악하게 나를 공격하는 엄마가. 음질이 별로 좋지 않았지만, 다른 사람들의 뭉그러진 함성 위로 엄마가 나를 맹렬하게 비난하는 소리는 잘 들렸다. 하지만 내가 가장 두려웠던 건 엄마의 얼굴에 나타난 격렬함이었다. 엄마는 주위 아이들이 나를 비웃는 것만큼이나 엄마를 비웃고 있다는 걸 전혀 몰랐다. 엄마는 자신의 분노에 산 채로 잡아먹히고 있었고 수십 개의 휴대 전화가 엄마의 말 한 마디 한 마디를 녹화하고 있어도 아랑곳하지 않았다.

땅이 나를 통째로 삼켰으면 좋겠다는 생각이 들었다.

얼마나 많은 아이들이 그 영상을 보았고, 다른 각도에서 그 장면을 찍은 아이들은 또 몇이나 될까?

그들은 얼마나 오랫동안 나에게 '치욕의 길'이라는 끝없는 벌을 줄까? 앞날을 예감한 내 정강이가 초조하게 떨리는 게 느껴졌다.

스케이트보드 연습이 순조롭게 진행되고 있을 때는 왜 학교의 그 누구도 나에 대해 전혀 알지 못했을까? 그때도 나는 계속 존재감 없는 아이였다. 하지만 일이 엉망진창이 되자마자 모두가 조롱에 동참했다. 부당하다는 생각이 저항할 수 없이 밀려왔다.

원점으로 되돌아온 것이었다. 사실 더 나쁜 상황이었다. 이제 사이너스조차 내 편에 있지 않았기 때문이었다. 복도에서 웃음소리가 나를 따라올 때 나는 사이너스를 주시했다. 녀석은 멀찌감치 서서 다른 아이들이 나를 분해하는 모습을 지켜보았고 웃지도 않았다. 하지만 동시에 사이너스는 나에게 다가와서 괜찮아질 거라고 말하거나 대놓고 놀리지도 않았다. 그렇게 해 주기만 했다면, 우리가 다시 친구가 될 수 있다는 걸 알았을 텐데.

이건 새로운 바닥이었다.

더 낮아질 수 없을 정도였다.

림보(춤을 추면서 낮게 가로놓인 막대기 밑을 빠져나가기도 하는 중앙아메리카의 춤 - 옮긴이) 전문 무용수도 바닥으로 떨어진 내 자존감과는 겨룰 수 없을 터였다. 그 정도로 상황은 바닥이었다.

그리고 어떻게 되었을까?

상황은 더 나빠지려는 참이었다.

17

그 일은 희소식이 담긴 문자 메시지로 시작됐다.

오늘 밤에 시험이 있어서 데리러 갈 수 없단다.
집까지 걸어오렴. 공원 근처에는 얼씬도 말고. 널 믿는다.
엄마.

몇 주 만에 찾아온 엄청나게 반가운 소식이었지만 엄마가 내 몸에 두른 밧줄을 생각하면 의외였다. 엄마가 새로 듣게 된 그 강좌는 종잡을 수가 없었다. 다른 강좌들은 늘 규칙적인 날에 수업이 있었고 늘 저녁 시간이었지만, 이번 강좌는 예측불허에다 주먹구구식인 듯했다. 엄마가 일부러 그 수업을 듣고 있는 게 아닐까, 하는 생각이 들었다. 내 피해망상을 위험 수준으로 높여서, 내가 또 덜미를 잡힐까 봐 경사로 근처에 감히 얼씬거리지도 못 하게 하려고 말이다.

엄마의 동기가 무엇이건, 불평이 나오지는 않았다. 엄마가 데리러오지 않는 날은 그저 축복일 따름이었다. 집까지 스스로 걸어가야 한다고 해도 말이다.

하지만 오후 수업이 느릿느릿 지나가는 동안, 스케이트보드장이 머릿속에 단단히 자리를 잡으면서 몸이 근질거리기 시작했다. 엄마와의 말다툼 이후로 그곳을 보거나 거기에 발을 들여놓지 않았다. 하지만 갑자기 내 앞에 은빛으로 빛나는 자유가 나타나자 다른 생각은 할 수가 없었다.

처음에는 엄마가 지시한 대로 집으로 가자고 마음속으로 되뇌며 강하게 버텼다. 어쨌든 이제 나에게는 스케이트보드도 없었다. 교문을 나설 때까지도 내 마음은 여전히 집을 향해 슬금슬금 움직이고 있었다. 댄과 스탠을 마주칠 때까지는.

“어이, 이봐!”

고작 1미터 떨어진 곳에 있었는데도 스탠은 큰소리로 외쳤다.

“어디 숨어 있었냐?”

“숨다니요? 그랬으면 좋겠네요.”

내가 대답했다.

“요즘엔 다들 휴대 전화에 제 사진을 하나씩 갖고 다니니까요. 알고 있었어요?”

“마음에 담아두지 마.”

댄이 말했다.

"지나갈 거야. 특히 네가 다시 경사로로 돌아온다면 말이야. 사람들한테 다시 네 기술을 뽐내 봐. 더 멋진 남자가 되라고."

나는 댄과 스탠이 어느 정도 진심인지 혹은 진심이 아닌지 저울질하며 신중하게 그들을 바라보았다.

"그렇게 생각해요?"

"그렇고말고."

둘은 한목소리로 우렁차게 외쳤다.

"다들 네가 할 수 있다는 걸 알아. 네 엄마가 거기 없을 때 얼른 한 차례 보여 주기만 하면 되는 거야. 뻔한 얘기지……."

내 가슴은 어서 그들을 따라가라고 말했지만 결심이 무너지기 시작했다.

"하지만 전 스케이트보드가 없잖아요?"

그러나 댄과 스탠은 내가 그들과 함께 가는 데 걸림돌이 생기도록 가만있지 않았다. 사실 둘은 무척 간절해 보였고 따라오라고 애원하는 느낌이었다.

"그거야, 애들이 하나 빌려줄 거야. 네가 되돌아온 걸 보면 엄청 기뻐할 걸."

"우리랑 거기로 가자. 네가 도착할 때쯤이면 보드 하나가 널 기다리고 있을 거야. 운이 좋으면 환영 파티도 하고."

내가 듣고 싶었던 말은 그게 전부였다. 전부. 그리고 그 말이 내 안에서 무척 큰 소리로 울려 대서 더 이상은 엄마의 목소리가 들리지 않았다.

내가 향할 장소는 오직 한 곳이었고, 거긴 분명 집은 아니었다.

공원 한가운데에서 언제나처럼 인상적이고 웅장한 모습으로 높이 솟은 경사로를 보니 눈이 부셨다. 그러나 한편으로 그 경사로는 내가 스케이트보드를 타는 것뿐만 아니라 그곳에서 발견했던, 인정받는다는 느낌을 얼마나 그리워했는지를 일깨워 주었다.

그곳은 방과 후에 늘 그렇듯 북적거렸다. 포물선을 그리며 회전하는 사람들이 곳곳에 보였다. 포장도로를 덜거덕거리며 달리는 바퀴 소리, 그리고 누군가 끝내주게 멋진 기술을 성공했을 때 터져 나오는 기묘한 환호와 고함이 내 귀를 가득 채웠다.

'저게 내가 될 수도 있었어. 혹시 아직도 가능할까?'라는 생각만 났다.

상사병에 걸린 얼간이, 혹은 새로 지어올린 황홀한 벽에 집중하는 사이너스처럼 난간에 몸을 기댔다. 공원 안에서 크게 외치는 소리가 들려왔다. 댄이 웃으며 들어오라고 손짓했다.

"왜 그렇게 오래 걸렸어?"

댄이 히죽 웃으며 말했다. 나는 엄마가 덤불 속에 숨은 흔적이라도 찾아보려고 눈을 휙휙 돌리느라 비틀대며 문을 통과했다.

"해리 알지?"

댄은 옆에 있는 소년을 가리켰다. 앞 챙이 달린 커다란 모자가 머리와 얼굴을 거의 덮고 있었다. 그래도 해리가 미친 듯이 히죽히죽 웃고 있는 모습은 볼 수 있었다.

"찰리! 어디 갔다 온 거야, 이 괴물!"

"엄마가 외출 금지령을 내려서."

나는 콧물을 줄줄 흘리는 어린애 같은 인상을 풍기지 않도록 신음하듯 말했지만 처참히 실패하고 말았다.

"뭐, 그동안 내내? 몇 주나 지났잖아. 언제 내보내 준대?"

"모르겠어. 몇 달이 될 수도 있지. 몇 년이 걸릴 수도. 내가 집을 떠나서 일자리를 구할 때쯤이 될 수도 있고."

그때쯤 나는 다른 아이들 몇 명이 댄과 해리에게 합류했다는 걸 깨달았다. 그중에는 당연히 스탠도 있었지만, 그 운명의 날에 그 자리에 있었던 다른 아이들 몇몇도 보였다. 그 아이들이 나를 보고 반가워한다는 사실이 놀라웠지만 기뻤다.

"너희 엄마 사납더라."

오늘은 나에게 맹렬한 악수를 청하지 않는 스탠이 말했다.

"너희 엄마는 언제 그렇게 이상해진 거야?"

나는 어깨를 으쓱했지만 다른 사람이 엄마를 헐뜯는 소리를 들으니 기분이 묘했다.

"내가 본 것 중에 가장 웃긴 광경이었어."

한 아이가 말했다.

"실화 프로그램 같은 데 나가셔야 해. 〈영국에서 가장 미친 여자〉

같은 방송 말이야."

엄마는 갑자기 뜨거운 화젯거리가 되었고 농담과 모욕이 파도처럼 밀려와 그 무리를 한 바퀴 돌더니 더욱 거세졌다. 어느새 아이들이 스무 명 정도 모여들었고 나는 불편한 마음만 커질 뿐이었다.

"나한테 그런 엄마가 있다면 어찌할 바를 몰랐을 거야."

"나라면 도망쳤을 거야. 딴 집에 입양을 가겠어."

"할머니랑 사는 게 낫지."

이제 들을 만큼 들었으니 가야할 때라는 생각이 들었다. 하지만 떠나려고 했을 때 나는 아이들이 에워싸고 있다는 걸 깨달았다. 나는 기겁하지 않으려 애썼다. 모두가 나를 보고 빙글빙글 웃고 있었기 때문에 더더욱. 그건 '곧 어떤 일이 벌어질 거야'라고 말하는 듯한 웃음이었다. 학교 아이들이 나에게 조롱을 퍼붓기 직전에 보였던 웃음이었다. 그 웃음이 나타난 뒤에 아이들은 다리를 휘둘러 대기 시작했고 나는 그 사이로 걸어가야 했다.

"나랑 친구들은 지난번 일이 안타깝다고 생각했어."

댄이 몹시 뿌듯하다는 듯 히죽 웃으며 말했다.

"소문으로 듣자 하니 너희 엄마가 스케이트보드를 불태웠다더군. 그래서 너를 위해 두 가지 선물을 준비했어. 네 문제를 해결해 줄 선물이지. 네가 다시 마음껏 돌아다닐 수 있고 너희 엄마도 만족스러워 하도록 말이야."

일이 돌아가는 상황이나 그들이 꾸며낸 소문의 내용이 마음에 들지 않았다. 엄마는 스케이트보드를 숨겼을지는 몰라도, 불태우지 않은 건 확실했다. 정말 아니었다.

낄낄대는 웃음소리가 한바탕 퍼지며 나를 조여 왔다.

"첫 번째는, 이거야."

스탠이 말했다.

사람들 틈에서 스케이트보드가 나타났다. 그러니까 스케이트보드의 발판이. 사실은 지저분하고 금이 간 나무 판자였고, 트럭(스케이트보드의 발판과 바퀴를 잇는 부분–옮긴이)도 바퀴도 달리지 않았으며 스프레이로 어떤 그림도 그리지 않은 것이었다. 돈을 쏟아붓고 몇 주 동안 손보더라도, 내가 가지고 있었던 스케이트보드의 발끝에도 미치지 못할 것이었다. 어떻게 반응해야 할지 알 수가 없었다. 불쾌한 표정을 지으면 처음부터 모든 걸 다시 시작해야 할지도 몰랐다. 그래서 나는 가슴을 내밀고 마음에 드는 척하려 애를 썼다.

"와. 뭐라고 말해야 할지 모르겠네요. 정말이에요. 그러니까, 고마워요. 집으로 가지고 가야겠어요. 그럼 이젠……."

"하지만 그럼 우리에게 고민이 남게 돼."

댄이 갈라질 듯한 목소리로 내 말을 잘랐다.

"우린 이 문제에서 네 엄마도 생각해야 했어. 네 엄마가 네 안전을 걱정하는 마음 말이야. 그래서 우린 머리를 쥐어짜서 특별한 걸 떠올렸지."

이런. 드디어 왔다.

"그게 뭔데요?"

스탠이 앞으로 걸어 나와 내 어깨에 한쪽 팔을 둘렀는데, 너무 꽉 조이는 느낌이었다.

"네 엄마에게서 영감을 얻었지. 최첨단 기술이라 할 수는 없지만, 그래도 네 엄마가 괜찮다고 생각할 거야. 네 엄마가 너를 솜으로 감싸 버리겠단 말을 했잖아?"

나는 그 제안을 먼저 한 게 나였다는 생각을 하며 고개를 끄덕였다. 본능적으로 뒷걸음질 치려 했지만 내 뒤에 모여 있던 아이들에게 부딪혔다. 사람들이 내 위로 우뚝 솟아 있는 건 익숙한 일이었지만, 이건 아예 새로운 구도였다.

"그런데, 그건 효과가 없을 거야. 정말 아이러니하지만 솜은 네가 넘어지자마자 찢어져 버릴 거야. 하지만 우리가 마련한 대책은? 실패할 염려가 없지."

그리고 그 말과 함께 태양이 사라졌고 여러 개의 팔이 나를 바닥에 눕히고 꼼짝 못하게 붙들었다.

들리는 것이라고는 웃음소리와 테이프를 쫙쫙 뜯어내는 소리뿐이었다.

무슨 일이 벌어지고 있건, 빨리 끝나지 않을 것 같았다. 그리고 틀림없이 좋은 일일 리가 없었다.

18

싸워 봤자 소용없었겠지만 그 때문에 참은 건 아니었다. 나는 내 생각을 고집하려 하지도 않았고 그들을 내 몸에서 밀어낼 수 있을 거라고 생각하지도 않았다.

나는 그저 겁에 질려 있었다. 그 밖에 뭘 할 수 있었을까?

나를 꼼짝 못하게 누르고 있는 아이들의 수가 매우 많아서, 힘을 쓰기는커녕 손가락 하나도 굽히기 어려웠다. 그래서 눈곱만큼도 소용없었던 격렬한 몸부림을 그친 뒤에는 저항을 포기하고, 대신 벗어나고 싶다는 생각 때문에 눈물이 솟구치자 그 눈물을 억누르는 데 집중했다. 대체 어느 정도까지 할 작정일까? 설마 발가벗기지는 않겠지? 선생님이라도 끼어들어 나를 구해 줄 거라는 기대조차 할 수 없었다. 이번에는 아니었다.

아이들은 내 몸을 남몰래 살짝 찌르는 식으로 해를 입히고 있는 것 같지는 않았다. 그저 낄낄 웃어대며 내 다리를 뭔가로 돌돌 감쌌는데 끝이 안 보일 만큼 모여든 아이들의 몸 때문에 나는 그게 뭔지 알 수 없었다. 고개를 들어 보려고 했지만 다들 가만히 있지 않고 내 눈을 가리며 내 가슴과 팔까지 돌돌 감쌌다.

나는 어느새 예전 방식의 '치욕의 길'을 그리워하고 있었다. 적어도 그 방식은 언제 끝날지 알 수 있었으니까.

내가 알 수 있는 것이라고는 덥다는 사실과 아이들이 엄청 재미있어 한다는 사실뿐이었다. 가능한 빨리 끝났으면 좋겠다는 생각만 들었다.

테이프 소리는 점점 커져 결국 날카로운 비명처럼 내 머리를 파고들었다. 너무나 요란해서 귀청이 터질 것 같았다. 뜨겁고 숨 막히는 뭔가가 내 머리를 묶고 있다는 걸 느낄 수 있었다. 지독하게 되풀이되는 소음 때문에 기절할 지경이었다. 나는 머리를 마구 휘두르려고 했지만 문어 다리 같은 팔들이 나를 막았고, 곧 내 얼굴에서 뭔가로 뒤덮이지 않은 부분은 눈과 코, 입뿐이었다.

먹먹하게 들려오는 기쁨의 탄성이 마지막으로 터지면서 테이프 뜯는 소리도 멈추었다. 아이들이 하나씩 일어나자 햇빛이 다시 나에게 떨어졌다.

그 뒤로는 웃음과 손가락질이 시작되었다. 아이들이 주머니에서 휴대 전화를 꺼내더니 사진을 찍었다. 나는 관심의 중심에 있었다. 중심이자 선두였다. 정확히 내가 늘 바라던 것이었다. 파파라치에게 사진을 찍히는 느낌이었고 그게 몹시도 싫었다.

무엇으로 내 몸을 감싼 것일까? 나는 팔을 얼굴로 들어 올리려 했지만, 불가능했다. 두 팔은 옆구리에 단단히 묶여 있었다.

미라처럼 뭔가로 내 몸을 동여맨 것이었다. 팔, 다리, 가슴, 손까지. 머리에서 벌써 땀이 나는 걸 보니 그걸로 헬멧까지 만든 모양이었다.

주방용 랩이었을까? 비닐 느낌이 났지만, 공포와 당혹감에 사로잡힌 나머지 확실히 알 수가 없었다.

일어서려 했지만 그럴 수가 없었다. 무릎이 굽혀지지 않았고 팔은 쓸모없었다. 대신 나는 몸을 굴렸다. 아니 굴리려고 했지만 그조차 힘들었다. 몸을 마구 흔들어 탄력이 붙자 몸이 한쪽으로 기울어지나 싶더니 인간 애벌레처럼 배가 바닥으로 향하며 몸이 뒤집혔다. 몸 곳곳에서 폭폭, 하고 뭔가 터지는 소리가 수없이 들렸다. 머리 위에서 또 한 번 웃음이 물결 쳤고, 그때서야 나는 그들이 나에게 무슨 짓을 했는지 알았다.

버블 랩(수많은 공기방울로 이루어진 비닐 포장재. 속칭 '뽁뽁이'–옮긴이)이었다.

그들은 버블 랩으로 내 몸을 감싼 것이었다.

"그래, 그래, 엄청 재밌네. 이제 좀 벗겨줄래?"

나는 입에 가득 들어온 자갈 틈으로 애원했다.

아이들은 대답 대신 웃음을 터뜨렸다.

나는 무릎을 굽히며 다시 일어서려 애썼다. 발치에서 폭죽이 터지는 것처럼 또다시 폭폭 터지는 소리가 뒤따랐다. 아이들은 너무나 재미있어서 제대로 서 있지 못할 정도였다.

"정말 재미있어."

나는 농담을 가장하려 애쓰면서 숨 가쁘게 말했다.

"버블 랩이구나, 알았어, 정말로. 하지만 제발 벗겨 줘요……. 속에서 몸이 익을 지경이야!"

나는 무리 속에서 댄과 스탠을 발견하고 게임을 끝내 달라고 눈으로 애원했다. 하지만 둘은 웃음을 참지 못하고 히죽거리더니 그 바보 같은 얼굴에서 눈물을 훔쳐내고 있었다.

버블 랩의 공기방울 밑에서 분노가 당장이라도 폭발할 것 같은 기분으로, 나는 일어서려고 다시 애를 썼다. 칭칭 감긴 버블 랩에 저항하며 다리를 억지로 굽혔다. 생각했던 것보다 더 오래 걸렸지만, 결국 내 몸이 바닥에서 일어나는 게 느껴졌다. 출구 쪽으로 걸음을 옮기려는 순간, 아이들이 나를 밀어 다시 바닥으로 쓰러뜨리더니 공원 맞은편으로 나를 굴렸다.

1초, 1초가, 몸이 구를 때마다 수치스러웠다. 내가 1센티미터 구를 때마다 공기 방울이 더 많이 터졌고, 공기 방울이 더 많이 터질 때마다 웃음도 더 크게 터졌다. 지금 일어나고 있는 이 일이, 그리고 엄마가 한 말이 이런 사태로 이어질 수 있었다는 사실이 믿기지 않았다.

아이들은 다시 몇 분 동안 나를 가지고 놀았다. 사진을 더 많이 찍었고, 몇몇 아이들은 바다에서 물고기를 잡은 것처럼 내 옆에 줄

지어 서서 기념 촬영을 했다. 이상하게도 이 기념사진을 찍을 때는 웃음을 짓기가 어려웠다.

결국, 아이들은 드디어 싫증이 났는지 나를 데리고 출입구로 가서 집 쪽을 가리켰다. 작별 선물로 아이들은 새 스케이트보드를 내 가슴에 붙여 주었다. 도중에 잃어버리지 말라는 뜻이었다.

"잠깐."

나는 애원했다.

"나를 이대로 두고 가려는 건 아니죠? 집까지 못 걸어가요……. 몇 킬로미터는 된다고!"

마지막 말은 스탠의 입에서 나왔다. 스탠은 내 등을 두드렸는데 그 과정에서 공기 방울 몇 개가 더 터졌다.

"어이, 우린 네 엄마 덕분에 이렇게 할 수 있었어. 너도 알잖아. 네 엄마는 스케이트보드가 얼마나 위험한지 아는 분이지. 지금 우리가 하는 행동은 모두 지시를 따른 것뿐이야."

그리고 가볍게 떠미는 손길과 함께 새로운 '치욕의 길'이 시작되었다.

공원에서 '스페셜 프라이드 나이스'까지는 사실 1.5킬로미터도 안 되었다. 내 평생 그 길을 셀 수 없이 많이 걸었고 10분 이상 걸린 적이 없었는데. 오늘은 경사로의 '친구들'이 나를 때려눕히는 호의를 베풀어 준 덕분에, 집까지 영원의 시간이 걸릴 것 같았다.

심드렁한 나무늘보가 의족까지 달았다고 해도 나보다 빠를 지경이었다.

첫째, 아이들이 내 몸을 너무 심하게 조이며 감싸서 다리를 거의 굽힐 수가 없었다. 나는 요정처럼 사뿐사뿐 걸을 수밖에 없었다. 내 꼴이 어떻게 보일지 두려웠지만, 지나가는 사람들의 반응으로 봐서, 무섭다기보다 재미있는 모양이었다.

사람들은 히죽거리고 깔깔 웃고 손가락질하고 몇 번이고 돌아보았다. 아장아장 걷던 아이는 울음을 터뜨리며 엄마의 치마 밑에 숨었고, 반면 더 용감한 아이들은 보통 버블 랩을 보면 자연스레 하는 행동을 했다. 공기 방울을 터뜨린 것이다.

게걸스러운 닭들이 쪼아대는 느낌이었다. 몸의 부분 부분이 공격을 당하는 것 같았고 얼굴을 덮은 랩조차 가차 없이 공격을 받았다. 나는 천천히 주저앉는 타이어와도 같았지만 그걸 멈추기 위해 내가 할 수 있는 일은 없었다.

하지만 가장 짜증나는 사실은 사람들이 즐겁게 공기 방울을 터뜨리면서도 누구 하나 랩을 벗겨 주겠다고 말하지 않았다는 것이다. 어떤 할머니는 도와 달라고 부탁했더니 얼굴을 찡그리며 우산으로 나를 때렸다. 몸이 푹신하게 덮여 있어 고맙다고 생각한 건 오직 그 한 번뿐이었다.

그러니까, 사람들은 대체 왜 그럴까? 내 입까지 테이프로 막힌 것은 아니었다. 도와 달라는 내 목소리를 들을 수 있었는데, 왜 호의를 보여 주지 않은 걸까?

집까지 반밖에 안 왔는데 도저히 참을 수 없는 일이 일어났다. 후드 티를 입은 열 살짜리 아이들이 내 뒤를 따라오더니 공기 방울을 터뜨리기 시작한 것이다. 나는 나에게 있는 줄도 몰랐던 목소리로 울부짖으며, 뜻 모를 단어를 날카롭게 내뱉었다.

효과가 있었을까?

눈곱만큼도 없었다. 대신 아이들은 우르르 달려들더니 나를 도랑에 빠뜨리며 남은 공기 방울 몇 개를 토도독 터뜨렸다.

서글픈 사실은 거기 그냥 누워서 아이들이 하는 행동을 말리지도 못하고, 공기 방울이 다 터지기 전에 아이들이 싫증나기를 바랄 수밖에 없다는 것이었다. 싸울 의지도 남아있지 않았다. 그 아이들에 대해서건, 학교 아이들에 대해서건. 엄마와 아빠에 대해서도 마찬가지였다. 나는 기진맥진했다.

다행히도, 그 굴욕이 끝나기를 그리 오래 기다리지 않아도 되었다. 한 자동차가 경적을 요란하게 울리며 내 옆으로 끼익, 하고 다가왔기 때문이었다.

아이들은 흩어졌고 자동차 뒷문이 열리더니 두 팔이 나를 뒷좌석으로 끌어들였다. 끼익, 하는 타이어 소리와 함께 우리는 출발했고, 누군가 땀범벅이 된 내 머리에서 버블 랩을 벗겨 주었을 때 나는 이걸로 시련이 끝나기를 바라는 마음뿐이었다.

19

입은 막혀있지 않았지만, 마지막 랩이 머리에서 홱 벗겨졌을 때 나는 여전히 숨을 헐떡이며 공기를 마시고 있었다. 안도한 탓이거나 충격을 받은 탓에 과호흡 증상이 나타났을 수도 있지만, 중요한 건 그게 아니었다. 느낄 수 있는 것이라고는 내 이마를 감싸고 있었던 땀이 얼굴을 따라 흘러내려 아래쪽 보호대까지 떨어진다는 사실이었다. 터진 물침대가 된 기분이었다.

좌석에 털썩 기대며, 구원자에게 고맙다는 말을 하려고 고개를 휙 돌렸다가, 꿈에도 짐작하지 못했던 사람과 마주치고 말았다.

사이너스였다. 사이너스는 나와 말을 섞지 않은 지 몇 주나 되었지만 지금 여기에 있었다. 마치 지금 해야 하는 지극히 당연한 일을 하는 것처럼, 내 손목을 감싼 스카치테이프를 조급하게 긁어내면서 말이다.

"오늘 뒤뚱거리는 꼴을 보니 재미있더라."

사이너스는 나를 쳐다보지도 않고 말했다.

"도시 스타일의 세련된 스케이트보드 기술인가 보지?"

"라이너스!"

녀석의 엄마가 운전석에서 소리쳤다. 아줌마는 백미러로 나를 빤히 바라보았는데, 얼굴에 당혹감과 걱정이 어려 있었다.

"괜찮니, 찰리, 응?"

"더할 나위 없이 좋아요."

나는 웃음을 지어 보이며 대답했다. 나는 사이너스의 엄마가 좋았다. 분별력 있는 아줌마였다. 재미있는 겉모습을 하고 있었지만 나는 사이너스와 버니언 같은 아들과 함께 지내려면 그래야 한다고 생각했다.

사실, 이 말에는 거짓말이 약간 섞여 있다. 나는 아줌마가 어떤 모습인지 실제로는 알지 못했다. 아줌마의 얼굴은 언제나 덕지덕지 바른 진한 화장으로 덮여 있어서 나는 아줌마의 인물이 좋은지 아닌지 몰랐다. 그렇지 않다고 추측할 뿐이었다.

아줌마는 어떤 여자들처럼 이상한 행동을 했다. 얼굴에 오렌지색을 마구 발라댔는데 딱 턱까지만 바른 탓에 얼굴 아래로는 창백한 목이 드러났다. 아줌마의 머리는 막대기에 붙은 사탕처럼 보였다. 그리고 그건 무척 연한 오렌지색이어서 여름이면 나는 늘 말벌 떼가 그걸 에워싸지 않을까, 생각했다.

그럼에도 나는 아줌마가 좋았다. 아줌마의 웃음은 형광 빛을 내는 빨간색이었을지 모르지만, 적어도 호의적인 웃음이었다.

"무슨 일이니?"

아줌마가 물었다.

"누가 괴롭혔니?"

"아니에요, 앤 학교 끝나면 항상 이런 옷차림이에요."

사이너스가 무표정하게 말했다.

"특히 새로운 친구들에게 깊은 인상을 주려고 노력 중일 때는요."

"미안."

나는 누구에게, 혹은 무엇 때문에 사과하는지 확실히 모르는 채, 숨을 몰아쉬며 말했다. 어쨌거나 이 녀석도 나를 무시해 왔으니까.

"네 엄마한테 전화해 줄까? 무슨 일인지 엄마한테 말씀드리렴."

"아니에요."

나는 지나치다 싶을 만큼 다급하게 외쳤다.

"그러니까, 지금 시험 보고 계시거든요. 전화기를 꺼 두셨을 거예요."

"그래, 그럼 우리 집으로 가는 게 좋겠구나. 그걸 벗도록 도와줄게. 물을 한 잔 마셔야 할 것처럼 보이는구나."

나는 거울에 비친 내 얼굴을 보았다. 아줌마의 얼굴이 오렌지색이라면 내 얼굴은 빨간색이었고 아줌마의 얼굴보다 매력적이지도 않았다. 나에게는 정말 물 한 잔이 필요했다. 버블 랩과 내 피부 사이 2리터 가까이 되는 물이 갇혀 있는 것 같았지만 그걸 마시고 싶은 생각은 없었다.

사이너스는 옆에서 헛기침을 하면서도 여전히 테이프를 뜯어내고 있었다. 덕분에 녀석은 긴 코를 들고 나를 똑바로 바라보지 않아도 되었다. 녀석의 집으로 가는 내내, 녀석이 하기에 딱 좋은 일이었다.

내가 몸을 다 닦았을 무렵 수건에서 물이 뚝뚝 떨어지고 있었다. 버블 랩은 산더미처럼 발치에 쌓였다.

"난 네가 랩을 감고 있는 모습이 더 마음에 들던데."

사이너스는 그 어느 때보다 빈정거리는 말투로 이야기했다.

"나 말린 자두가 된 것 같아."

사이너스에게 손가락을 보여주었다. 하루 반 동안 욕조에 있었던 것처럼 쭈글쭈글 주름져 있었다.

"그래서 내가 널 딱하게 생각해야 되나? 흥, 안아 달라는 말은 하지 마라. 해 줄 생각 없으니까."

나는 한숨을 쉬었다. 사이너스와 나 사이에 이토록 팽팽한 긴장감이 도는 시기에, 왜 하필 나를 구해 준 게 사이너스여야만 했을까? 나는 '내가 뭐랬어.'라는 말을 들어야만 하는 엄청난 순간이 다가올 것임을 알고 있었다.

"너 아직도 화가 나 있는 거야? 혹시……."

"왜 그런 느낌을 받았는데?"

"말 좀 끝까지 하게 해 주라!"

내가 소리쳤다. 오늘은 너무 힘들어서 사이너스에게 인내심을 발휘할 여력이 없었다.

"혹시 저번에 공원에서 아이들이 널 보고 웃은 것 때문에 화가 난 거야?"

"웃기지 마."

사이너스가 비웃었다.

"넌 정말 내가 그 애들의 의견을 조금이라도 신경 쓴다고 생각하냐?"

"그럼 내가 연습하느라 너무 바빠서 그랬어? 그거야? 내가 너랑 어울리지 않아서?"

"모르는 게 나을걸."

사이너스는 어깨를 으쓱했다.

맙소사, 녀석은 뾰로통한 어린애 같았다.

"내가 너를 무시해서 그런 거라면, 미안해. 거기에 아예 정신이 나갔었나 봐."

"그러거나 말거나."

"너도 알겠지만 난 흥분했었어. 너라도 그랬을 거야. 너에게도 관심이 가는 뭔가가, 네가 잘하는 뭔가가 있다면."

사이너스는 벌떡 일어나더니 큰 소리로 화를 냈다.

"내가 잘하는 게 없다고 누가 그래? 누가? 뭘 근거로? 어쨌든,

내가 무엇에 관심을 갖는지 네가 어떻게 알겠냐!"
"워, 진정해라, 응?"
사이너스는 씩씩거리며 괴상한 분노의 춤을 추고 있었다. 오줌이라도 누고 와야 할 것처럼 보였다.
"그냥…… 그러니까, 넌 나한테 아무런 얘기도 하지 않았잖아. 그게 다야. 넌 내 친구인데, 우린 아무 얘기도 하지 않았던 것 같다고, 안 그래? 정말로……."
"맞아, 뭐, 난 내가 잘하는 것에 대해서 큰 소리로 떠들 필요가 없다고 생각해. *내*가 아는 걸로 충분하다고 말이야. 나는 어떤 사람들과는 다르게, 인기를 얻었다고 느끼지 않아도 되거든."
그랬다. 치사한 말이었지만 사실이었다. 속상하기도 했다. 나는 중국인이 하는 테이크아웃 전문점의 덜렁거리는 아이로 사는 게 지겨웠다. 이번만은 사람들이 나를 눈여겨 봐 주기를 바랐다. 하지만 그 덕분에 어떤 꼴이 됐는지 보라. 그래도 사이너스에게 그 이야기를 할 수는 없었다. 녀석이 어깨에서 그토록 쉽게 짐을 내려놓게 할 수는 없었다.
"뭐, 난 너랑 달라. 그리고 어쨌든 넌 즐거워 보이지 않는데? 네가 잘하는 게 뭐든, 그것 때문에 기쁨이 넘치는 것처럼 보이지는 않는다고. 요즘 넌 모든 시간을 그 바보 같은 공책에 코를 박은 채로 보내잖아."
움찔, 하는 표정이 녀석의 얼굴을 스쳤지만 녀석은 그걸 얼른 방

바닥으로 떨쳐냈다. 내가 녀석에게 상처를 준 것이었다. 전에는 녀석의 갑옷을 그토록 가혹하게 찌른 적이 없었다.

"너한테는 바보 같은 일일지 모르겠지만, 그 안에 뭐가 있는지 나는 알아."

그 말이 무척 유치하게 느껴져서 녀석이 혀를 내밀고 나에게 야유를 보낼 것만 같은 기분이 들었다.

"그럼 보여 줘."

나는 맞받아쳤다.

"그게 그토록 대단한 거라면, 거기 뭐가 있는지 나한테 보여 줘. 내가 감탄하게 해 보라고."

"내 공책은 나 말고 아무도 못 봐."

사이너스는 내 화를 돋우고 있었다. 그리고 나는 더 이상 장단을 맞출 생각이 없었다.

"그거 알아, 사이너스? 오늘 도와줘서 고마워, 정말로. 하지만 너 때문에 난 머리가 어지러워. 넌 거기 앉아 우쭐대면서, 내가 힘들게 기를 쓰고 있다며 비웃지만 넌 네 힘으로 애쓰지도 않을 거잖아. 다른 아이들이 너를 어떻게 생각하는지, 잘 알고 있지?"

사이너스는 신경 쓰이지 않는다는 듯이 어깨를 으쓱했지만, 이번만은 신경이 쓰인다는 걸 알 수 있었다.

"애들은 네가 이상하다고 생각해. 네 머리가 제대로 돌아가지 않는다고 말이야. 너는 한자리에 서서, 나무판자라도 된 듯이 몇 시간이고 계속 벽을 쳐다보잖아. 넌 그게 조금도 괴롭지 않아?"

말이 너무 쉽게 흘러나왔다. 평생 누구에게도 그렇게 직설적으로 말해 본 적이 없었다. 갑자기 내가 너무 무자비하게 군 게 아닐까, 걱정스러운 마음에 나는 맹렬하게 페달을 뒤로 돌렸다.

"하지만 난 네가 이상하다고 생각하지 않아. 넌 내 친구니까. 그러니 그 공책에 멋진 일이 일어나고 있다면 나에게 보여 줘. 네가 모두에게 보여 줄 준비가 되지 않았더라도 내가 있잖아. 그게 친구들이 하는 일이야."

나는 사이너스의 손이 그 전설적인 공책이 담긴 바지 뒷주머니 옆에서 서성거리는 모습을 보았다. 하지만 아무것도 나오지 않았다. 대신 사이너스는 웃음을 지으며 고개를 저었다.

"그럴 수는 없어, 찰리. 공책은 안 돼."

나는 끙, 하고 신음하며 그만 가려고 했지만, 사이너스가 나를 막았다.

"난 더 멋진 일을 해낼 거야. 내가 뭘 할 수 있는지 너한테 제대로 보여줄게. 온힘을 다해서."

사이너스의 얼굴에 자신만만한 표정이 나타났다. 그 어느 때보다 더 우쭐대는 것처럼 보였지만 녀석이 평소에 보이는 엉뚱한 거만함을 생각하면, 지금 녀석의 표정에는 뭔가가 있었다.

"그럼 어서 해 봐."

이번에도 녀석은 격렬하게 고개를 저었다.

"안 돼. 언제 보여줄 지는 말하지 않을 거야. 기다려야 해. 눈을 잘 뜨고 있으면 보일 거다."

사이너스의 눈은 흥분으로 커졌다.

"오늘 네가 벌인 그 엉뚱한 짓 덕분에, 넌 반드시 그걸 볼 수 있게 됐어."

그 순간, 다른 아이들의 말이 옳은 것은 아닐까, 어쩌면 사이너스가 코를 풀 때 사이너스의 뇌가 코에서 빠져나와 버린 건 아닐까, 하는 생각이 들었다.

하지만 사이너스의 결연한 눈빛에는 나를 녀석의 곁에 붙잡아 두는 뭔가가, 나로 하여금 녀석에게 기대하겠다고 말하게 만드는 뭔가가 담겨 있었다.

"내일 학교 같이 갈까?"

내가 물었다.

"아니."

사이너스가 대답했다.

"내일은 할 일이 있어. 계획을 세워야 되거든. 학교에서 봐."

내가 녀석의 마음속에 뭔가를 불러일으킨 건 분명했다. 그래서 나는 더 말하지 않고 흠뻑 젖은 버블 랩 두루마리를 모아 들고는 처음에는 쓰레기통으로, 그다음에는 집으로 향했다.

20

짜증나기도 했고 녀석의 잘난 척이 너무 심해지기도 했지만, 사이너스가 제자리로 돌아와 준 건 멋진 일이었다. 버블 랩 사건 이후 몇 주 동안 혼자서 살아남아야 했다면 끔찍했을 것이다. 경사로에서 엄마와 공개적으로 다툰 뒤 놀림을 당한 건 이번 일에 비하면 아무것도 아니었다.

아이들은 내 얼굴에 대놓고 웃음을 터뜨렸고 나를 위한 시와 노래를 지었으며 내 사진 모음집을 다운로드 받아서 가능한 모든 표면에, 심지어는 화장실 변기에마저 그걸 붙였다. 안전한 곳은 어디에도 없었다.

휴대 전화 카메라는 나에게 분명 천벌이었다. 쓸모 있는 다양한 사진이 적어도 서른 개는 있었다. 그걸로 슬라이드 쇼를 만들 수도 있을 판이었다.

사실 누군가 슬라이드 쇼를 만들었고 그걸 학생 식당에 있는 PDP 텔레비전으로 내보냈다. 식단에 대한 변명을 제외하면, 그토록 아이들이 큰 웃음을 터뜨린 소재는 없었다. 나는 자리에 앉아 두 손 사이로 그걸 지켜보았고, 화면 속의 내가 바닥을 구르는 동안 몸 구석구석에서 공기방울이 팡팡 터지는 걸 보면서 내 세상이 또다시 끝났다는 생각이 들었다.

그때, 목 뒤로 망토를 펄럭이며 사이너스 등장! 녀석은 텔레비전을 향해 성큼성큼 걸어갔지만 두 걸음 만에 고등학교 3학년인 두 고릴라와 마주쳤다.

"끄기만 해라. 너한테도 똑같이 해 줄 테니."

한 명이 꿀꿀거리는 목소리로 말했다.

사이너스는 머리를 한쪽으로 기울이고 그들의 눈을 똑바로 쳐다보았다.

"흥미로운 표현이군."

사이너스가 말했다.

"하지만 그 말은 정확히 위협이라고 할 수 없잖아요? 그냥 나한테 저걸 건드리면 때려눕히겠다고 말하지 그래요? 그쪽이 훨씬 효과적인 것 같은데?"

둘은 폭력 행위에 대한 사이너스의 가르침에 완전히 어리둥절해져서 서로를 바라보았다. 그런 다음, 둘 다 사이너스를 향해 주먹을 내밀었다.

이상한 일이지만 사이너스는 이 위협을 분명히 알고 있었는데도 출구 쪽으로 달려가며 텔레비전 플러그를 뽑아 버렸다.

녀석이 그토록 민첩하게 움직이다니, 처음 보는 광경이었다. 더구나 코를 잡아당기겠다는 위협을 받는 상황이었는데 말이다.

사이너스의 콧구멍에 주먹을 쑤셔 넣어 녀석을 혼내 주는 방법도 있었지만, 나는 굳이 그 둘에게 이 방법을 알려 줄 생각은 없었다. 곤경을 자처하고 싶지 않았다. 곤경은 지금 겪는 것으로 충분했다.

슬프게도 조롱은 학생 식당에만 한정되지 않았다. 내가 아침 여덟 시에 교문으로 발을 들여놓으면 조롱이 시작되었고 저녁에 가게 카운터에서 주문을 받고 있을 때도 계속되었다.

나에게는 사이너스와 겨룰 만한 별명도 생겼다. 하지만 한때 나에게 붙었던 '주머니 로켓'은 아니었다.

아니, 나는 이제 나를 아는 모든 사람과 나를 모르는 많은 사람에게 '버블 랩 보이'(Bubble Wrap Boy)로 불렸다.

사이너스와 나는 두 명의 왕따들처럼 이리저리 숨어 다니며 학교생활을 했고 아이들이 나를 비웃으려고 찾아낸 새롭고 다양한 방식에서 우스운 구석을 찾아내려 노력했다. 그러나 하루하루, 순간순간이 생생한 상처였다. 내가 아이들에게 거의 받아들여질 것 같은 상황을 경험한 뒤라 더더욱 그랬다.

아이들이 퍼붓는 악담이 내 머리를 강타했고 압박감이 강해지면서 시시각각 키가 더 작아지는 기분이었다. 그러나 내가 진창 속으로 사라질 위험에 빠질 때마다 사이너스가 나를 끌어 올리며 걱정하지 말라고 말해 주었다.

"상황은 더 나빠질 수도 있었어……. 버니언 형 같은 꼴이 될 수도 있었다고."

사이너스는 이렇게 말하곤 했고, 적어도 그 덕분에 나는 쉬는 시간을 끝까지 견뎌냈다.

하지만 사이너스는 정상적인 만큼 괴상하기도 했고, 여전히 언제나처럼 공책과 벽에 사로잡혀 있었다.

녀석은 교문 밖에 있는 엄청 넓은 벽돌 벽에 제대로 집착하게 되었는데, 교실이 내려다보이는 계단식 주택의 옆면이었다. 그 벽은 나에게 스케이트보드 경사로를 떠올리게 할 만큼 널찍하게 솟아 있었고 벨필드 중학교의 거의 모든 곳에서 그 벽이 보였다.

간단히 말해, 그건 녀석이 좋아할 만한 벽이었고 그래서 그 벽에 그래피티가 나타났을 때 녀석은 특별한 관심을 보였다.

뭐, 그래피티라고 말하긴 했지만 처음에는 그냥 높이가 4미터쯤인 'B'라는 커다란 글자 하나뿐이었다. 스프레이로 조잡하게 그린 것이었다. 누군가 팔이 몹시 길거나, 지독하게 긴 사다리를 가지고 있는 모양이었다.

"저게 뭐가 될 거 같아?"

사이너스는 그걸 비평하듯이 응시하며 물었다.

"뭐?"

"저거!"

사이너스는 그 가치를 따져 봐야겠다는 듯이 고갯짓을 했다.

"뭐, 저 그래피티?"

"그래피티?"

사이너스가 물었다.

"그렇다고 생각하는 거야?"

"뭐, '모나리자'는 아니잖아? 그리고 우리가 '세서미 스트리트'(미국에서 자연스럽게 영어 알파벳을 익히게 해줄 목적으로 1969년부터 방영한 유아용 만화-옮긴이)에 살고 있다면 모를까. 하고 싶은 말이 뭐야? 'W'가 뭔지는 다들 알잖아."

사이너스는 거기에 대해서는 별다른 말을 하지 않았고 그저 나와 함께 걸어갔다. 그리고 고개를 돌려 그걸 응시하다가, 모퉁이를 돌기 전에 걸음을 멈추고 마지막으로 한 번 쳐다보았다.

"사이너스 잠깐 들어오라고 해도 돼요?"

나는 카운터 건너편에서 엄마에게 물었다.

엄마는 내 친구에게 의심스러운 눈초리를 던졌고, 사이너스는 제깐에는 가장 순진한 눈빛으로 화답했다. 사이너스는 엄마의 태도가 상냥하지 않다는 걸 알았지만 언제나처럼 신경 쓰지 않았다.

"해야 할 숙제가 있어요. 연구 과제예요."

"난 괜찮다."

아빠가 끼어들었다. 아빠는 내가 본 것 중 가장 큰 양파를 능숙하게 깍뚝 썰기 하느라 눈물이 그렁그렁했다.

엄마는 아빠를 노려보았고 아빠는 어깨를 으쓱하고는 다시 양파를 썰었다.

"혹시 모르니 허락해 주마."

결국 엄마는 이렇게 말했다.

"하지만 내가 너, 그리고 스케이팅보드를 빌려준 네 형을 용서했다고는 생각하지 마라."

나는 엄마의 실수에 움찔, 했다.

"스케이트보드예요."

"뭐가 됐건. 그건 죽음의 덫이야. 바퀴 달린 올가미라고."

엄마는 고개를 저으며 목에 두른 스카프를 당겼다.

엄마는 지난 몇 주 동안 학교에서 벌어지고 있는 일들을 짐작한 게 분명했다. 혹시 잠깐 부드러워진 저 태도는 엄마가 벌인 일에 대해 미안하다고 말하는 엄마만의 방식이 아닐까? 분명하지는 않았지만, 내 입장이라면 누구나 위로가 될 만한 점을 찾아내려 기를 쓸 것이다.

"학교 가세요?"

내가 물었다.

"오늘 밤은 아니야."

엄마의 얼굴에 슬픈 표정이 되돌아왔다.

"쉬는 날이거든. 하지만 그렇다고 바쁘지 않다는 말은 아니다. 저 부엌 찬장이 제대로 채워져 있지 않잖니."

매우 반가운 소식이었다. 엄마가 되돌아와 요란을 떨며 사이너스를 문 밖으로 내보내기 전까지, 우리에게 한 시간 정도의 평화로운 시간이 있다는 뜻이었다.

"바로 숙제해라."

엄마는 걸음을 옮기며 손가락으로 우리 둘을 가리키며 말했다.

"플레이스테이션은 안 돼!"

"당연하죠."

내가 대답했다.

"말도 안 되죠."

사이너스가 맞장구쳤다.

엄마는 문 밖으로 나갔고 우리는 바로 고개를 돌려 서로를 쳐다보았다.

"플레이스테이션 할래?"

나는 사이너스에게 물었다.

"안 하면 예의 없는 짓이지."

사이너스는 동의했고 나를 따라 내 방으로 올라왔다.

그리고 굉장히 즐겁지만 너무나 짧은 15분간의 〈콜 오브 듀티〉(2003년에 출시된 비디오 게임 시리즈 – 옮긴이)가 이어졌다.

물론 엄마는 나에게 그 게임이 있다는 걸 몰랐다. 그렇게 난폭한 것을 가지고 있게 해 줄 리 없었다. 엄마는 내 근육이 결릴까 봐 걱정하며 〈피파 2013〉 게임을 마지못해 허락했다. 난 이베이에서 〈콜 오브 듀티〉를 중고로 구입한 다음 그 디스크가 도착한 순간 상자는 내버리고 그걸 오래 된 머펫 쇼(미국에서 큰 인기를 끈 TV인형극 시리즈－옮긴이) 게임 상자 속에 숨겼다. 엄마는 미스 피기(머펫 쇼의 등장인물－옮긴이)가 나에게 해를 끼칠 거라고는 생각하지 않았으니까.

하지만 우리가 우리의 임무에 뛰어들 때마다 전화벨이 울렸다. 기묘하게도 음식점 전화가 아니라 집 전화였다. 사람들은 그 번호로 전화를 건 적이 없었다. 엄마는 늘 휴대 전화를 썼고 그걸로 최근 야간 학교 강좌와 관련된 전화를 받았지만, 집 전화라니? 글쎄, 그건 먼지를 털어야 할 지경이었다.

처음 전화벨이 울렸을 때는 아무도 응답하지 않았다. 아빠는 볶음용 팬에 열중하느라 그 소리를 듣지 못했을 테고, 우리에게 이중유리를 팔려고 기를 쓰는 누군가 때문에 게임을 중단한다는 건 말도 안 되는 일이었다.

나는 두 번째 벨소리도 무시했지만 세 번째 시도에는 피해망상이 가동했다.

"엄마가 우리를 감시하고 있는 걸까?"

나는 사이너스에게 물었다.

사이너스는 화면에서 눈을 떼지 않았지만, 날카롭고 공포스러운 목소리를 내며 엄마를 한껏 흉내 냈다. 엄마의 목소리와 전혀 비슷하지 않았지만 재미있었다.

"아직 수학 숙제 안 끝났니?"

사이너스가 꽥 소리 질렀다.

"연필을 너무 날카롭게 깍지 마라. 납 중독은 치명적이야!"

경사로의 얼간이들과 달리, 나는 녀석이 엄마를 비웃어도 아무렇지 않았다. 사이너스가 하는 말은 재미있었고 내가 그만하라고 하면 입을 다물 터였다. 결국에는. 그래서 나도 합세했고(높고 날카로운 목소리를 흉내 내는 건 나에게 그리 어려운 일이 아니었다.) 우리는 우리 둘을 괴롭힐 별별 우스꽝스러운 방법을 꾸며내며 버럭버럭 화를 냈다. 그렇게 엄마의 목소리를 흉내 내는 우리의 모습은 완전히 미친 것처럼 보였겠지만 상관없었다. 이번만은 신나게 웃어댈 수 있었다. 얼마 동안은 그랬다.

네 번째로 울리기 시작한 전화벨은 아주 오랫동안 지속되었고 곧 다섯 번째 전화벨이 울렸다. 더 이상은 그 소리를 무시할 수 없어 나는 여전히 낄낄대며 복도로 걸어가 수화기를 들었는데, 엄마 목소리 대신 내 목소리로 말해야 한다는 걸 그만 잊어버렸다.

"여보세요."

나는 높고 날카로운 목소리로 말했다.

즉시 대답이 들려왔는데, 엄마가 아닌 다른 여자의 숨 가쁘고 당황한 목소리였다.

"오, 거기 있어서 천만다행이에요, 셀리. 휴대 전화 연결이 안 되더라고요. 오크뷰의 폴린이에요. 도라 상태가 나빠졌어요. 안타깝지만 그게 또 일어났어요. 발작 말이에요."

이 여자가 누구이고 무슨 이야기를 하고 있는지 도무지 알 수가 없었다. 하지만 그로부터 2분 동안, 내가 아는 모든 것이 거꾸로 뒤집혔다.

21

십대가 된 뒤 처음으로, 우스꽝스럽고 찍찍거리는 저주받은 내 목소리가 변성기를 맞이하지 않았다는 사실이 반가웠다. 하지만 엄마 흉내를 낸 지 2분이 지나자 목이 쐐기풀 한 다발을 집어넣은 듯이 따끔거렸다. 하지만 그만둘 방법이 없었고, 내가 알아내야 하는 내용도 아직 남아 있었다.

지금까지 지속된 대화는 다음과 같았다.

나: 발작? 도라가? (나는 이 여자가 도대체 누구에 대해 이야기하고 있는지 생각해 내려 기를 썼다.)

폴린: (한참 말이 없다가) 어…… 맞아요……. 어제 그 일이 있고 난 뒤 온종일 훨씬 밝은 모습으로 지냈고, 우린 새 약이 도라를 진정시킬지 모른다고 희망을 품었죠. 하지만 한 시간 전에 경련을 일으키기 시작했어요.

나: (머리는 혼란스러워 폭발 직전이고 목소리는 점점 낮아지고 있음.)

경련?

폴린: (더 오래 말이 없다가) 알다시피…… 몸을 떨면서 흥분했어요. 발작이 일어날 때 늘 그랬듯이 (침묵)…… 셸리, 괜찮아요? 목소리가…… 이상해요. 어디 아파요?

나: (그 어느 때보다 높고 날카로운 목소리로) 아니, 아니, 괜찮아요. 그냥…… 전화가 왔을 때 낮잠을 자고 있었어요. 잠에 깊이 빠져 있었나 봐요. 머리가 좀 멍해요.

폴린: 어머, 미안해요. 말하는 게 당신답지 않아서요.

나: 금방 괜찮아질 거예요. 그럼, 어…… 도라는 이제 괜찮나요? (나는 목소리 흉내를 포기하고 전화를 끊고 싶어졌지만 내 손이 머리에 복종하지 않았다.)

나: 혹시 도라가 전화를 받으러 올 수 있나요? (도라의 목소리를 들으면 사태를 파악하는 데 좀 더 도움이 될지도 몰랐다.)

폴린: (완전히 정신 나간 사람에게 말하듯이 당황한 목소리로) 못해요. 하지만 이제 괜찮아요. 정말이에요. 지금 자고 있어요. 게다가…… 그러니까…… 알잖아요, 도라는 자기 몸 상태에 대해 말할 수 없다는 걸요, 그렇죠?

나: (내 심장은 철렁했지만 머리는 시속 160킬로미터로 돌아갔다. 그러니까 도라가 누구인지 모르지만 말을 할 수 없다는 얘긴가? 대체 무슨 일이지? 스케이트보드장의 아이들 중 누군가가 못된 장난을 치고 있나? 그러니까…….)

폴린: 셸리, 아직 거기 있어요?”

나: (어쩔 줄 모르겠다는 목소리로)……네.

폴린: 걱정하지 말아요, 셸리. 당신한테 소중한 자매란 걸 잘 알고 있으니까요…….

나: (**믿기지 않아서 머리가 폭발함.**)

폴린: ……하지만 정말 어제 발작보다 심하진 않아요. 지금은 편안히 있고요. 담당 선생님이 도라를 살펴보셨는데 약물 비율을 제대로 맞추면 다음에는 금방 안정될 거라고 자신 있게 말씀하셨어요. 이쪽으로 달려올 필요 없어요. 아무래도 당신도 잠을 좀 청해야 할 것 같아요. 아직도 목소리가…… 피곤하게 느껴져요

나: 맞아요. 그냥 놀라서 그랬어요, 알다시피. (거짓말을 하고 있는 게 아니었다. ‘놀라서’라는 말이 모든 걸 담지는 못했지만.)

폴린: 당연한 일이죠. 하지만 지금은 걱정할 일이 전혀 없어요. 평소처럼 내일 보는 거죠?

나: 그래요. 좋아요. 끊어요.

나는 수화기를 천천히 내려놓은 다음, 좀비처럼 내 방으로 비틀비틀 들어갔다. 대체 이 문제는 어디에서부터 풀어야 하는 걸까?

이번만은 사이너스도 말이 없었다. 녀석이 비꼬지도 않고 심술을 부리지도 않아서, 내가 말한 얼토당토않은 이야기만이 방안을 가득 채웠다.

"워."
마침내 사이너스가 말했다.
"괴상한데."
"장난일까? 스케이트보드장의 누군가가 한 짓일까?"
"야, 버블 랩은 버블 랩이고, 이건 다른 일이야. 이런 걸 꾸며낼 수 있는 사람은 없다고!"
녀석의 말이 옳았지만, 내가 들은 이야기가 사실이라고 믿을 수도 없었다.
그러니까, 엄마한테 자매가 있다고? 엄마는 외동이었다. 나는 이모가 있었는지, 엄마보다 느긋하고 정상적인 누군가가 있었는지 최대한 오래된 기억부터 대강 더듬어 보았다. 혀를 쯧쯧거리는 엄마에게 나를 위해 대들어 준 누군가가 있었나? 하지만 그런 사람은 없었다. 심지어 나는 할아버지, 할머니도 만난 적이 없었다. 그분들은 내가 태어나기 전에 모두 돌아가셨다. 언제나 엄마 혼자뿐이었다.
"이게 모두 사실이라면, 왜 엄마가 나한테 말해 주지 않았을까?"
나는 사이너스에게 물었다.
"왜 그걸 비밀로 하는 거지?"
"모르지."
"그리고 아빠는?"
혼란스러움으로 피가 끓어오르면서 화가 슬슬 치밀었다.

"그러니까 아빠는 이 일에 대해 분명 알고 있어. 설마 엄마가 아빠에게도 비밀로 할 수 있겠어?"

사이너스는 어깨를 으쓱했는데 이 정신병원에서 빠져나가고 싶다는 듯한 표정이 잠시 얼굴을 스쳤다.

"아빠에게 물어봐야겠어."

나는 벌떡 일어서며 외쳤다.

"아빠랑 담판을 지을 거야."

사이너스는 나를 다시 카펫에 주저앉혔다.

"그러지 마. 아직은. 네 아빠도 모른다고 생각해 봐. 네 엄마가 정말 네 아빠에게도 비밀로 하고 있었다고 생각해 보란 말이야. 네 아빠가 무지 화낼걸. 그래, 우선 우리가 확인해야 해. 주변을 파헤쳐 보자고."

사이너스는 내 휴대용 컴퓨터를 붙잡고 덮개를 열었다.

"그 장소 이름이 뭐라고 했지?"

머릿속이 하얘졌다.

나무 이름이 들어 있었지만 어떤 나무였는지 기억해 내는 건 불가능했다.

나는 바보 같은 얼굴로 가만히 앉아 있었다.

"얼른!"

사이너스는 어이없다는 표정이었다.

"설마 벌써 잊어버린 거야?"

"듣도 보도 못한 사람이 내가 알지도 못하는 이모가 있다고 말했어. 우리 엄마는 분명 지상 최악의 거짓말쟁이야. 어쩌면 아빠도. 두 사람은 음흉하지만 나는 틀림없이 그 정도로 순진하지 않아. 그러니 내가 그 병원 이름이 오크뷰였다는 걸 기억하지 못하더라도 날 용서해라……. 그건 오크뷰야. 오크뷰."

나는 마음이 놓여 손으로 입을 가렸고 사이너스는 구글 검색란에 그 이름을 두드려 넣었다.

"오크뷰."

사이너스가 읽기 시작했다.

"요양병원. 장기투숙 환자들…… 어쩌고저쩌고…… 24시간 돌봄…… 뇌손상 전문."

"어디에 있는 거야?"

나는 머리를 재빨리 굴리며 물었다.

사이너스는 화면을 훑어보았다.

"구시가지. 낚시 박물관 옆."

"좋아."

나는 다시 일어섰다.

"가자."

"어디로?"

사이너스가 어수룩하게 물었다.

"어디일 것 같으냐, 바보야! 오크뷰지."

“하지만 네 엄마가 곧 돌아오실 거잖아?”

나는 시계를 보았다. 엄마는 늘 쇼핑 카트를 천장에 닿을 만큼 가득 채우기 때문에, 우리가 빨리 움직이면 안전할 거라는 계산이 나왔다.

“교통수단을 찾아야 해.”

나는 생각나는 대로 말했다.

사이너스가 대답했다.

“거기로 가는 버스가 두 대 있어.”

그것으로는 성공할 수 없었다. 우리에게는 단 한 가지 대안이 있었다. 좋은 대안은 아니었고 사이너스는 싫어할 터였다. 하지만 그게 우리가 가진 전부였다.

22

나는 바람처럼 빠르게 페달을 밟았다. 뭐랄까, 돌풍처럼…… 아니면 그냥 부드러운 산들바람처럼.

좋다. 사실은 몸이 상하지 않는 한도 내에서 최대한 힘껏 페달을 밟았다.

코뿔소를 움직이게 하는 건 상태가 가장 좋을 때도 어려운 일이었는데, 사이너스를 자전거 앞 바구니에 쐐기처럼 쑤셔 넣으니 우스꽝스러워 보였다.

내가 세발자전거를 보여주자 사이너스는 지독히도 야단법석을 떨었지만, 녀석은 참견하기 너무 좋아하는 성격이라, 뒤에 남느니 당황스러운 꼴을 당하는 게 낫다고 생각했다. 녀석은 마지막으로 한 번 투덜거리며 바구니로 기어 들어가서는 손잡이 위로 다리를 대롱대롱 늘어뜨렸다. 내 몸집이 녀석보다 작겠지만 녀석이 자전거 바퀴를 굴릴 수 있는 방법은 전혀 없었다.

내가 그토록 어마어마한 스트레스를 받고 있지 않았다면, 녀석을 보고 웃음을 터뜨렸을 것이다. 녀석의 꼬락서니는 정말 우스웠다. 몸에 담요만 두르면 이티(1982년 미국의 스티븐 스필버그 감독이 만든 공상 과학 영화 〈이티〉의 주인공인 외계인 - 옮긴이) 판박이였다.

다른 세계의 힘으로 이동할 수 있다면 좋았을 텐데. 누군가 자전거를 공중으로 들어 올려 제트기처럼 빠르게 우리를 그곳까지 안내해 준다면! 대신 내가 할 수 있는 것은 이를 악물고 최선을 다해 우리 둘을 전진시키는 것뿐이었다.

25분쯤 지나자 우리는 도착했다. 둘 다 쓰러지기 직전이었다. 나는 체력이 고갈된 탓이었고 사이너스는 쥐가 난 탓이었다. 사이너스는 미식축구 선수처럼 바닥을 데굴데굴 굴렀다. 녀석이 바닥에 드러누운 동안 녀석을 발로 차고 싶었지만 나는 그 충동을 억눌렀다. 녀석의 도움이 필요한 건 의심할 수 없는 사실이었다. 나는 사이너스를 일으키며 남자답게 굴라고 말했다.

오크뷰는 큰 병원이었고 100년은 되어 보였으며 수많은 기둥과 현판이 달려 있었다. 건물은 커다란 정원 가운데에 있었고 정원 여기저기에 나무와 돌 벤치가 있었다. 오크뷰의 '오크', 즉 참나무는 엄청 컸지만 2킬로미터도 떨어지지 않은 곳에 자리 잡은 바다의 모습을 가리지 못했다.

"멋진 집구석이군."

사이너스가 말했다.

"크기도 하고."

나는 이렇게 말한 뒤 덧붙였다.

“우리가 찾아낼 수 있을까?”

사이너스는 어깨를 으쓱했다.

“시도는 해볼 수 있지. 로비는 저쪽이야.”

나는 그 건물을 향해 걸음을 옮기다가 문득 거기 도착하면 어떻게 해야 할지 계획이 없다는 사실을 깨달았다. 그러니까 오랫동안 잃어버렸던 이모의 병실로 가는 길을 어떻게 물어봐야 할까? 그분을 만나면 뭐라고 말할까? 그분은 내가 누구인지 알기나 할까? 내가 존재한다는 사실을?

갑자기 너무 무모한 짓이라는 생각이 들었다. 코뿔소에 올라타고 끼익거리며 집으로 돌아가 침대 속으로 파고들고 싶었다. 하지만 뭔가가 나를 막았다.

지난 몇 주 동안 보았던 엄마의 얼굴, 그 얼굴에 깊이 팬 주름과 얼굴을 스친 여러 가지 감정이 떠올랐던 것이다. 나는 바보 같은 마사지 강좌에 대해 걱정했지만 사실 문제는 도라과 관련된 것이었다. 그녀가 누구건.

나는 엄마가 그동안 계속해 왔던 가식적인 행동을, 내가 진실을 알지 못하도록 강좌를 들으러 간다며 꾸며냈던 이야기를, 그저 여기 오기 위해 기술을 배운다고 둘러댔던 모습을 생각했다. 엄마가 얼마나 많이 이곳을 오갔을지, 횟수를 세어 볼 엄두조차도 나지 않았다.

머릿속에서 백 가지 질문이 이글이글 타올라, 나는 저 건물 안에 답이 있을 거라 믿는 수밖에 없었다. 머릿속에 넘치는 여러 가능성에 겁이 났지만, 그래도 귀를 기울여야 했다. 다른 방도는 없었다.

그래서 뭐라고 말해야 할지 여전히 짐작도 할 수 없었지만, 우리는 이중문을 밀고 로비로 들어갔다.

동굴 같은 느낌을 주는 곳이었고 크기는 우리 집과 비슷했다. 병원이라기보다는 대저택 같았다. 병원임을 일깨워 주는 유일한 요소는 냄새였다. 발을 들여놓자마자 우리를 긴장시키는 인위적인 소독약 냄새.

분위기는 평온했고, 보이지 않는 스피커를 통해 잔잔한 음악이 흘러나왔다. 자장가를 연주하는 느낌이었다.

평온하지 않은 유일한 존재는 프런트 뒤에 있는 간호사였다. 간호사는 한 번에 세 가지 일을 하려 애쓰고 있었고 그 세 가지 모두를 망치고 있었다.

간호사는 통화 중이었는데 수화기 줄이 간호사의 몸을 두 번 휘감은 바람에 프린터에 종이를 끼워 넣으려 몸부림을 쳐야 했다. 간호사는 수화기에 대고 나도 사이너스도 알아듣지 못하는 언어를 종알거리고 있었다. 의학 용어 아니면 너무 복잡해서 우리가 아직 접해 보지 못한 욕인 것 같았다. 지난 한 달 동안 모욕에 시달린 뒤라, 나는 그게 의학 용어라고 믿을 수밖에 없었다.

간호사는 이미 시도 중인 일을 망치고 있었음에도, 프린터 옆에 놓인 컵으로 주스를 마시려고 고집스레 애쓰고 있었다. 컵에는 길고 오그라진 빨대가 고개를 내밀고 있었다. 그래서 간호사가 컵을 향해 머리를 숙일 때마다 본의 아니게 제 눈을 찔렀다. 끝내주는 코미디였지만 나는 웃을 기분이 아니었다.

간호사는 2분 동안 우리의 존재를 알아차리지 못했고 마침내 알아차렸을 때는 불만스럽다는 듯이 눈을 굴렸다. 두 아이를 상대하는 일 또한 간호사에게 절대 필요하지 않은 것이었다.

간호사는 우리를 상대해 주기는커녕 하고 싶은 만큼 통화를 하고 전화를 끊은 다음 수화기 줄을 풀어 몸을 빼내려고 애쓰다가 음료수를 쏟고 말았다.

간호사의 오므린 입술에서 더욱 수준 높은 의학 용어가 연달아 튀어나왔다.

나는 프런트에 놓인 휴지 곽에서 휴지를 한 다발 뽑아 쏟아진 주스를 가볍게 두드리다가, 주스를 프린터에 더 가까이 밀치고 말았다.

"그래, 그래, 고맙다."

간호사는 내 손에서 휴지를 낚아채며 말을 던졌다.

"내가 해결할 수 있어."

사이너스는 '정말이에요?'라고 말하는 듯한 표정으로 간호사를 쳐다보았다.

이모가 정말 여기에서 지내고 있다면, 이 사람이 이모의 담당 간호사는 아니었으면 좋겠다는 생각이 들었다.

그 뒤로 일이 분 동안 간호사는 프런트 주변에 쏟아진 음료수를 휴지로 누르며 씩씩대다가 마침내 과장된 몸짓으로 흠뻑 젖은 휴지를 쓰레기통 속으로 던졌다. 그리고 숨을 깊이 들이마신 다음, 정말 설득력 없는 웃음을 지으며 한숨 쉬듯이 말했다.

"자, 얘들아. 뭘 도와줄까?"

그 말이 간호사의 입술에서 나오자마자 사이렌이 울렸다. 2차 세계대전을 배경으로 한 영화에서 나치 군이 런던에 맹공격을 퍼부으려 할 때나 나오는 사이렌이었다. 간호사는 몹시 당황한 표정을 지었고 나는 가장 가까운 책상 밑으로 뛰어들어야겠다고 생각했다. 간호사는 작은 탁자에 놓인 확성기를 붙잡고 고막을 뚫어 버릴 듯이 커다랗게 두 마디를 외쳤다.

"비상팀 가동!"

그런 다음 책상을 뛰어 넘어 문이 있는 오른쪽으로 달리면서, 주스 컵을 또 한 번 넘어뜨렸다.

"다시 올게, 얘들아. 여기에서 기다려라."

간호사는 고개를 돌리며 소리쳤다.

그 순간 나는 고분고분 의자를 찾아보았지만, 사이너스는 아니었다. 사이너스는 부리나케 간호사를 따라가 간호사가 쏜살같이 통과한 문이 잠기기 직전에 얼른 붙잡았다.

"뭐하는 거야?"

내가 소곤거렸다.

"우린 40분 안에 집으로 돌아가야 해. 난 네 엄마가 너를 평생토록 감금하기 전에 네 이모라는 사람을 찾아내려고 노력하는 중이야."

녀석은 천재였다. 건방지고 짜증을 불러일으키는 코 큰 천재. 녀석 없이 내가 뭘 할 수 있을까?

우리는 두 번 생각할 겨를도 없이 우르르 문을 통과해 앞에 보이는 계단을 올라갔다. 도라는 여기 어딘가에 있었다. 우리가 할 일은 도라를 찾아내는 것이었다. 그것도 빨리.

23

모든 복도가 똑같아 보였다.

나는 이미 살펴본 복도가 어느 것인지 잊어버리기 시작했다. 째깍거리는 손목시계 소리가 커져갈수록 내 공포심도 마구 치솟다가 높은 천장에 맞고 튕겨져 나왔다.

"혹시?"

나는 혼잣말 하듯이 사이너스에게 물었다.

사이너스는 고개를 젓고 그다음 문 너머를 들여다보다가 창문에 코를 쿵 부딪혔다. 웃을 시간은 없었다.

도라가 어떻게 생겼는지 안다면 도움이 되었겠지만, 나에게는 참고할 만한 것이 없었다. 도라의 나이도 머리카락 색깔도, 그 무엇도 몰랐다. 심지어 우리 엄마보다 나이가 더 많은지 적은지도 몰랐다. 어쩌면 입양되었을지도 몰랐다. 밤새 찾아야 할지도 모르는 상황이었다.

환자들을 들여다보려니 내가 그들의 소지품을 뒤질 속셈인 것처럼 묘한 기분이 들었다. 더 나쁜 건 사람들이 믿을 수 없을 만큼 심하게 병들었다는 사실이었다. 대부분 침대에 있었는데 어떤 사람은 잠을 자고 있었고 어떤 사람은 허공을 노려보며 누워 있었다. 좀 더 활동적인 사람은 의자에 기댄 채로 눈앞에 펼쳐지는 텔레비전 화면을 바라보고 있었다. 그들은 텔레비전을 즐기기는커녕 번쩍이는 영상을 머리에 새기지도 못하는 것 같았다. 나는 도라가 얼마나 많이 아플지 걱정스러워지기 시작했다. 그동안 발작을 일으켰다고 했는데, 무슨 뜻일까? 나를 보고 또다시 발작을 일으키면 어쩌지? 난 어떻게 해야 할까? 더럭 겁이 나자 심장이 쿵쿵 뛰며 수색을 그만두라고 위협했다. 그때 사이너스가 복도 맨 끝에서 너무 크다 싶은 목소리로 소리쳤다.

"찾았어!"

사이너스는 이렇게 외쳤지만 웃음 띤 얼굴은 아니었다.

"여기야."

내 발은 그 어떤 스케이트보드보다도 빠르게 복도를 날아갔다. 사이너스가 자리에 선 채 창문에 얼굴을 박고 있어서 창문에 입김이 서렸다.

"확실해?"

"완전."

나는 사이너스를 거칠게 옆으로 밀치고 소매로 창문을 닦았다.

이모가 그곳에 있었다.

이모일 수밖에 없었다.

분명히 그랬다.

이모는 상처 입은 새가 된 우리 엄마처럼 보였다.

이유는 모르겠지만, 내가 머릿속에 그린 이모의 모습은 몸집이 비대하며 목소리가 크고 어쩌면 우락부락하게 생긴 여자였다. 하지만 이모는 그중 어디에도 해당되지 않았다.

이모는 아주 작고 이쑤시개처럼 비쩍 마른 모습이었다. 손발에는 살보다 뼈가 더 많이 보였고, 피부가 관절을 너무 팽팽하게 감싸고 있어서, 조금만 움직여도 찢어지지 않을지 걱정스러웠다.

우리 엄마와 매우 달랐지만, 두 사람이 자매라는 사실에는 의심의 여지가 없었다. 그녀의 눈을 한 번 보기만 해도 그 사실을 알 수 있었다. 두 사람에게서 똑같은 불길이 타올랐다. 50년 뒤의 엄마를 보는 것만 같았다.

도라는 오래전 텔레비전 프로그램에 나오는 꼭두각시처럼, 쳐다보기가 조금 두려운 모습이었다. 하지만 약간의 반감과 거기에서 비롯된 죄책감에도 불구하고 나는 문을 밀고 병실로 들어가지 않을 수가 없었다.

"망보고 있어."

나는 사이너스에게 말했고, 녀석은 가슴을 내밀고 보디가드처럼 문간에 섰다.

병실은 작았지만 갖은 물건으로 가득했다. 도라는 무지막지한 거짓말의 구성물로 평생 이곳에서 살아온 것처럼 보였다.

구석구석 선반이 있었고 도기로 만든 여러 가지 형상과 동물들이 그 위에 가득했다. 특히 코끼리가 많았다. 코끼리는 모두 코로 창문을 가리키고 있었다.

내 눈은 사방을 불안하게 휙휙 훑었다. 골동품에는 관심이 없었다. 나는 내가 이미 두려워하고 있는 가설을 확증해 줄 뭔가를 찾고 있었다. 그리고 침대 옆 탁자에서 그걸 발견했다.

갈색 나무 액자 속에서 엄마와 아빠, 그리고 내가 웃고 있었다. 그 사진을 찍은 때가 기억난다. 5년 전쯤 무언극을 보고 찍은 사진이었다. 우리는 그 어느 때보다도 격렬하게 웃음을 터뜨렸다. 전무후무한 일이었다. 엄마는 완벽하게 행복해 보였고 엄마의 얼굴 어디에도 걱정 근심의 흔적은 없었다. 그 이유 때문에 늘 그 사진이 좋았다. 언젠가 다시 그런 사진을 찍고 싶었다.

말문이 막힐 만큼 놀라운 그 사진의 존재는 도라가 명백히 실존 인물이며, 내가 전화기로 들었던 내용이 전혀 착각이 아니었다고 소리쳤다. 그 진실이 내 발바닥에서 아드레날린을 마구 분출해, 나는 도라의 침대 가장자리에 털썩 주저앉았다. 잠시 그 사진을 한 번 더 응시한 뒤 눈을 들었다가 도라와 눈이 딱 마주쳤다. 도라는 나를 바라보고 있었다. 나는 벌떡 일어났다.

"안녕하세요."

엉겁결에 말이 나왔다.

"저는, 어…… 찰리예요. 이모의 조카예요. 틀림없어요. 기억하세요?"

나는 사진을 뺨 옆으로 들어 올려 사진과 비슷한 웃음을 지으려 애썼다. 이모보다는 오히려 내가 뇌손상을 입은 사람처럼 굴고 있었다. 그래서 나는 액자를 내려놓고 사과하듯 웃음을 지었다.

이모는 아무 말이 없었다. 점점 더 깊이 나를 바라볼 뿐이었다. 나는 이모가 말을 할 수 있는지 궁금했다. 한 번 알아볼 수밖에 없었다.

"저는 이모에 대해서 몰랐어요."

사실은 간신히 버티고 있었지만 느긋하게 보이려고 애쓰면서, 몸을 앞으로 숙였다.

"오늘 오후까지는요. 이모가 아프다는 전화가 왔는데, 저는 이모가 살아있다는 사실조차 몰랐기 때문에 조금 충격이었어요! 생각해 보세요, 네?"

이모의 입이 움직이며 얼굴이 일그러졌고, 뒤이어 침이 주르르 흐르더니 쉰 목소리 같기도 하고 비명 같기도 한 이상한 소리가 나왔다. 이모는 나에게 이야기를 하려고 하는 걸까, 아니면 도움을 청하는 걸까? 도무지 알 수가 없어서 이모의 턱에서 침이 무력하게 주르르 늘어지는 모습을 지켜봐야만 했다.

의자 옆에 휴지 곽이 있어서, 나는 이모에게 휴지를 하나 내밀었다. 이모는 미친 사람을 보듯이 나를 바라보았다. 이모는 팔과 손을 움직일 수 있었고, 팔과 손은 무릎 위에서 실룩거리고 있었지만 휴지를 잡는 데는 관심이 없거나 그럴 능력이 없는 것처럼 보였다.

나는 천천히 몸을 숙여 이모의 입에서 침을 닦아주었다. 왜 망설였는지는 모르겠다. 이모가 나를 물 것 같지는 않았지만 그냥 무척…… 뭐랄까, 아픈 사람에게 익숙하지가 않았다. 그리고 어쨌든 그렇게 한다고 소득이 생기지도 않았다. 대답을 듣는다는 측면에서는 그랬다.

내 손이 이모에게 닿자, 이모는 머리를 살짝 들며 축축하게 젖은 턱을 나에게 내밀었다.

"고마워요."

나는 침을 살살 닦으며 말했다.

"이게 더 낫죠?"

이모는 아무 말 없이 바라보기만 했다.

"병원에서 저에게 이모가 아프다고 말했어요. 발작을 일으켰다고요. 심각하게."

이렇게 이모에게 말을 거는 게 조금 미친 짓 같았지만 달리 어떻게 해야 할지 알 수가 없었다.

"어쩌다 여기 오시게 된 거예요? 엄마와 관련이 있나요? 엄마가 그렇게 걱정을 하는 이유가 이것 때문이에요?"

이모의 턱에서 또 한 번 침이 주르르 흘렀지만 나는 침이 떨어지기 전에 얼른 퍼 올렸다.

“그냥 제가 이모에 대해 알고 있었다면 좋았을 거예요. 그랬다면 좀 더 일찍 찾아왔을 거예요. 진심이에요.”

그 순간, 웃음과 비슷한 뭔가가 보인 것 같았다. 그리고 그 순간 내 심장도 고동쳤다. 불행히도 그걸 다시 볼 기회는 없었다. 사이너스가 문으로 우당탕 들어와 나를 덮칠 뻔했기 때문이었다.

“아, 안 돼.”

사이너스가 숨 가쁘게 말했다.

“아, 안 돼, 안 돼, 안 돼, 안 돼…….”

내 몸은 어느새 자리에서 일어났다.

“뭔데? 누가 오고 있어?”

사이너스는 기껏해야 열 발자국 뛰어왔는데도 숨을 거칠게 몰아쉬었다.

“누가 오냐고?”

사이너스는 헐떡였다.

“그냥 누구가 아니야! 네 엄마야!”

24

몇 초 뒤, 사이너스와 나는 지구상을 걸었던 그 누구보다도 진부한 수법을 쓰고야 말았다.

엄마 눈에 띄지 않고 문으로 나갈 방법이 없다는 걸 알고서, 우리는 비명을 지르고 서로 부딪히기도 하면서 방을 껑충껑충 뛰어다녔다. 이모는 그게 무척 즐거운 모양이었다. 이모의 웃음소리는 그 연약한 뼈대 속에 아직 생명이 남아 있다는 가장 큰 증거였다.

도라 이모의 침대 밑에는 레버와 기계 장치가 너무 많아서 숨기에 적당하지 않았고, 혹시 엄마가 이 방에 다른 사람이 있다는 걸 감지한다면 분명 가장 먼저 살펴볼 곳이 바로 침대 밑일 터였다.

아니면 두 번째일 수도 있었다. 사이너스가 공포에 완전히 사로잡혀 뛰어든 옷장 다음으로 말이다.

우리 둘 다 독창성 점수는 꽝이었다. 그건 확실했다.

침대 밑은 정확히 말해 널찍하지가 않았다. 나는 몸을 완전히 숨기기 위해 미친 듯이 꿈틀거려야 했지만, 어찌어찌해서 성공했고,

그 순간 나에게 자그마한 뼈를 주신 하늘에 감사했다. 나는 팔다리를 굽히고 침대 높이를 조절하는 금속 막대기에 몸을 기댔다. 병원 사람들이 그 금속 막대기를 마구 누르기라도 한다면, 나는 케밥처럼 꼬치가 될 위험에 처하고 말 것이다. 하지만 내가 꼬치가 되면 엄마가 나를 달달 볶기도 더 쉽지 않을까?

문이 활짝 열렸고 엄마의 목소리가 불쑥 들어왔다. 쿵쿵 뛰는 내 심장 소리 때문에 간신히 들을 수 있었다.

"도대체 누구와 통화를 했다는 말이에요?"

엄마는 평소처럼 겁에 질린 목소리로 물었다.

"모르겠어요. 질문이 나오기 시작했을 때 당신이 아니란 걸 깨달았어야 했는데. 미안해요, 셸리. 당신 휴대 전화로 이미 전화를 많이 걸고 난 뒤라, 달리 어떻게 해야 할지 알 수가 없었어요."

나는 이 사람이 누구인지 알 수 있었다. 나와 통화한 여자, 폴린이었다.

"걱정 말아요."

엄마가 말했다.

"전화를 잘못 건 게 분명해요."

"하지만 그럼 왜 그 사람은 당신인 척했을까요? 이해가 안 돼요. 밖에도 아픈 사람들이 좀 있다니까요."

맞아요, 하고 나는 생각했다. 바로 그 아픈 사람과 지금 이야기를 나누고 계시잖아요. 음흉하고 비열한 인물이죠.

나는 폴린이라는 사람과 폴린의 끝없는 질문이 마음에 들지 않았다. 대체 정체가 뭘까? 간호사, 아니면 사설탐정? 나는 침대 밑에 누워, 폴린이 해야 할 일은 엄마를 위해 모든 단서를 보기 좋게 짜 맞추는 게 아니라, 도라 이모의 문제를 해결하는 데 전념하는 게 아닐까, 하고 생각했다.

발소리가 쿵쿵거리며 더 가까워지더니, 내 머리와 1미터 떨어진 도라 이모의 휠체어 앞에서 멈추었다.

이 사람들이 왜 내 공포의 냄새를 맡지 못하는지 모를 일이었다.

엄마는 즉시 부드러워진 목소리로 자신의 여동생에게 말을 걸었는데, 내 귀에는 생소한 어조였다.

"안녕, 도라."

엄마가 정답게 속삭였다.

"좀 더 일찍 오지 못해서 미안해. 또 아팠던 걸 몰랐어. 지금은 기분 어때?"

나는 침대 프레임의 가장자리를 따라 머리를 슬금슬금 움직였다. 무모한 짓이었지만, 덕분에 두 사람의 얼굴을 훔쳐볼 수 있었다. 그 두 사람을, 얼굴을 거의 맞대고 있는 두 자매를 보니 기분이 묘했다. 둘 다 놀이공원의 거울을 들여다보고 있는 것만 같았다.

그 광경의 모든 것이 내 마음을 찢어 놓았다. 도라 이모는 아팠고, 나는 그 사실을 몰랐으며, 엄마는 무척 슬퍼하고 있었지만 동시에 음흉하게도 나에게 거짓말을 했다. 모든 게 내 가슴을 후벼

팠다. 눈물이 나오려 하면서 어깨가 뻣뻣해지는 느낌이 들었지만, 나는 참으라고 스스로를 타일렀다. 아직 알아야 할 내용을 충분히 알아내지 못했고, 내가 정체를 드러냈을 때 엄마가 나에게 진실을 말해 줄 거라고 무턱대고 믿을 수도 없었다. 게다가 그 밑에는 울 수 있는 공간이 없었다. 그랬다가는 스스로 만든 짭짤한 웅덩이 속에서 익사하고 말 터였다.

엄마가 방을 나갈 때까지 나는 눈물을 참으며 기다려야 했다. 그런 다음에야 화를 내든, 슬퍼하든, 당황하든 할 수 있을 것이다. 그게 어떤 도움이 될지는 모르지만.

"발작은 얼마나 심했나요?"

엄마는 도라 이모에게서 시선을 떼지 않은 채 폴린에게 물었다.

"거짓말은 안 할게요, 셸리. 장시간이었어요. 우린 새 약물이 발작을 통제해 주기를 바랐는데, 재검토가 필요하겠어요. 적절한 투약량을 찾아내야죠."

엄마는 눈을 비볐다. 무섭도록 피곤해 보였다.

"정말 미안해, 도라."

엄마가 속삭였다.

"이런 일을 겪을 사람은 네가 아닌데."

도라 이모는 엄마의 말이 맞다는 듯이 자신만의 서글픈 소리를 냈다.

"거기 누워 있는 사람은 내가 되어야 하는데, 네가 아니라."

이제 내 머리는 폭발 직전에 이르렀다. 이미 소화하려고 노력 중인 내용이 있는 마당이니, 또 다른 폭탄이 떨어질 필요는 없었다. 엄마의 말은 무슨 뜻일까? 왜 그게 엄마여야 한다는 거지? 너무나 혼란스러운 나머지 나는 왜냐고 묻고 싶은 마음을 억누르려고 입술을 깨물어야 했다.

"그래서 오늘은 뭐하고 지냈어, 응?"

엄마는 도라 이모의 무릎에 담요를 덮어주며 물었다.

"텔레비전 좀 봤어?"

도라 이모의 입에서 소리가 끊임없이 흘러 나왔다. 내 짐작에는 단어들인 것 같았고, 나로서는 전혀 이해할 수 없었지만 대화 당사자인 이모와 엄마는 분명 이해하고 있는 것처럼 보였다.

엄마는 도라 이모의 손이 무릎 위에서 실룩거리는 모습을 바라보며 끈기 있게 귀를 기울였다.

"정말?"

엄마는 마치 돌쟁이 아기에게 대답하고 있는 것 같았다.

"그래서 어땠는데?"

도라 이모의 말은 점점 거칠어지고 더욱 커졌으며, 이모의 팔은 풍차처럼 물결쳤다.

"알았어, 알았어, 진정해, 우리 도라. 흥분할 필요 없어. 내가 지금 여기 있잖아, 응? 그리고 의사들이 이 문제를 해결할 거야, 장담해."

하지만 내 생각에 도라 이모는 엄마에게 발작에 대해 이야기하고 있는 게 아닌 듯했다. 이모는 자기 조카가 침대 밑에 있으며 코 큰 녀석이 자기 옷장 속에 있다고 말하고 있었다.

하지만 이번에는 엄마도 알아듣지 못했다. 대신 엄마의 태도는 고압적으로 돌변했다. 이게 내가 아는 엄마였다.

"이제 진정해, 도라. 흥분해 봤자 아무 소용없어. 특히 그런 일을 겪은 뒤니까."

하지만 엄마에게 있는 지구력은 도라 이모에게도 있었다. 이모는 그 뒤 15분 동안 꿀꿀거리는 소리와 팔을 휘젓는 몸짓을 멈추지 않으려 했고, 내 다리는 쥐가 일어난 정도를 지나 깊은 혼수상태로 서서히 빠져들고 있었다. 사이너스가 얼마나 오래 침묵을 지킬 수 있을지 생각하면 겁이 났다. 저 속에서 잠들었다면 모를까. 나는 녀석이 세계에서 최고로 큰 벽이 등장하는 기이한 꿈을 꾸며 자고 있을 거라고 생각할 수밖에 없었다.

엄마는 영원히 자리에서 일어날 것 같지 않았다. 그러면 내 머리카락이 자라고 자라, 침대 밑에서 뱀처럼 기어 나와 포개진 엄마의 다리를 타고 올라갈 테고, 그렇게 결국 내 정체는 탄로 날 거라는 생각이 들었다.

엄마는 무한한 시간 동안, 거기에 앉아 있었다. 가끔은 말을 하고 가끔은 침묵했다. 두 사람은 서로가 곁에 있어 분명 매우 편안해했다. 그건 확실했다. 결국 우리를 구해 준 건 폴린이었다. 호출기에서 삑삑 소리가 들리자 폴린은 다시 엄마에게 고개를 돌렸다.

"지금 담당 선생님 회진이 끝났나 봐요, 셸리. 도라에게 줄 약물에 대해 선생님과 이야기 좀 나눠 보시겠어요?"

엄마는 고개를 끄덕였고 물건을 챙긴 다음, 잠시 동작을 멈추고 여동생의 이마에 살짝 입을 맞추었다.

"금방 돌아올게."

엄마는 속삭였다.

"너무 흥분하지 않도록 노력해 봐."

나는 엄마의 목소리에 힘이 실려 있음을 알 수 있었다.

엄마의 등 뒤로 문이 닫힐 때, 도라 이모는 다시 한 번 꿀꿀거리는 소리를 냈다.

문이 닫히자마자 옷장 문이 벌컥 열렸고, 거기 달린 경첩을 깨끗이 날려 버릴 만큼 격렬한 사이너스의 재채기가 뒤따라 나왔다.

"이 속에는 빌어먹을 먼지가 한가득이야."

사이너스는 옷장 속에 걸린 외투로 코를 닦으며 신음했다.

"재채기를 15분 동안이나 참고 있었다니까."

"그런 것 같다."

사이너스가 나를 침대 밑에서 끌어내자, 나 역시 끙끙거리며 말했다. 나는 어깨를 침대 프레임에 비비다시피 하며 빠져나왔다.

"엄마가 영영 안 갈 줄 알았어."

"나도. 배고프다, 정말. 자전거 바구니에 뭐 없어?"

나는 대답하지 않았다. 음식 생각은 눈곱만큼도 없었다. 그보다는 이모 앞에서 몸을 숙이고 이모의 손을 시험 삼아 살며시 잡아보았다. 내 손가락 밑에서 이모의 뼈가 탁탁 소리를 냈다. 백년 묵은 휴지 조각을 움켜쥔 기분이었다.

"아까 일 미안해요, 도라 이모."

나는 내가 하는 말이 주는 묘한 느낌에 몸을 떨며 속삭였다.

"이모를 놀라게 하려는 뜻은 없었어요. 제가 엄마랑 이야기할게요, 약속해요. 이 일을 해결해야죠. 이모는 전혀 걱정할 필요 없어요. 그냥 건강하게만 지내세요."

그 말이 공허하고 어리석게 느껴졌다. 이모도 분명 똑같은 느낌을 받은 것 같았다.

"곧 다시 올게요. 다음 주쯤. 알았죠?"

이모는 꿀꿀거리는 소리를 내며 머리를 다시 받침대에 기댔고, 눈은 이미 감겨 있었다. 이모는 지쳐 있었다. 나도 마찬가지였다. 하지만 시간이 없었다.

우리는 코뿔소를 타고 즉시 집으로 돌아가야 했다. 이제 나는 뭘 해야 할지 알 수 있었다. 멋진 생각은 아니었다. 그러나 한편으로는, 그게 내가 가진 전부였다.

나는 아빠와 대화를 해야 했다.

25

도라 이모의 이름을 꺼낸 순간, 볶음용 팬이 바닥으로 떨어졌다.

내가 파헤친 비밀의 규모에 짜증이 났는지, 볶음용 팬은 화가 난 듯 나를 향해 지글거렸다. 국수는 바닥에 뿔뿔이 흩어졌다. 국수 가락들은 아빠의 얼굴에 뚜렷하게 새겨진 감정, 그러니까 '공포'라는 글자의 모양대로 구부러질 것만 같았다. 아빠의 표정이 나에게 모든 것을 말해 주었다. 아빠가 엄마에 대해 전부 알고 있었고 그 모든 게 사실임을. 마지막까지 믿지 않고 버티던 내 몸의 세포들이 무너지는 느낌이 들어, 나는 문을 꼭 붙잡았다.

처음에 아빠는 움직이지 않았다. 아빠의 입은 단어를 만들어 내려는 듯이 실룩거렸지만 그게 어떤 단어인지 모르는 것 같았다.

그리고 아빠는 한 번도 하지 않았던 행동을 했다.

가게가 한창 붐비는 시간에, 가스레인지의 모든 화구를 하나씩 껐다. 냄비들은 쉭쉭거리며 이번에는 아빠를 향해 실망감을 드러냈다.

나는 아빠가 요리하는 모습을 지켜보는 게 참 좋았다. 아빠에게 활기가 도는 유일한 시간이었고, 아빠가 진정으로, 아니 어렴풋하게라도 행복해 보이는 유일한 순간이었다. 아빠는 문어처럼 칼, 냄비, 프라이팬, 강판 등 열 개가 넘는 물건을 한꺼번에 휘둘렀다. 주문이 잇따라 마구 쏟아져 들어와도 아빠는 결코 당황하지 않았다. 그저 조리 도구 사이에서 속도를 올릴 뿐이었다. 그게 아빠가 가장 활기찬 순간이었다.

하지만 지금, 이름 하나를 꺼냈을 뿐인데 아빠는 허물어졌다. 15초 만에 양파 하나를 깍둑썰기 할 수 있는 손은 앞치마 끈을 초조하게 만지작거렸지만 끈을 풀지 못했다.

"찰리."

아빠가 우물거리며 말했다.

"그 이름을 어디에서 들었냐?"

아빠는 내가 다른 도라에 대해 묻고 있기를 바라는 모양이었다. 14년 동안 지속된 거짓말을 드러내지 않을 다른 도라에 대해.

"오늘 오후 통화하다가요. 어떤 여자가 전화를 했어요. 제가 엄마인 줄 알았나 봐요. 도라가 아프다고 말했는데, 이상한 일이었어요. 저는 그 여자가 누구에 대해 이야기하는지 전혀 몰랐으니까요! 알고 보니 도라는 엄마의 여동생이더라고요. 어떻게 그럴 수 있을까요, 네?"

아빠는 중국어로 뭐라고 말했는데 짐작컨대 욕인 것 같았다. 나는 그게 해명이 아니기를 바랐다. 아빠는 그보다 훨씬 나은 일을 해야 할 테니까. 문득 사이너스가 아직도 나와 함께 있었으면 좋았을 거라는 생각이 들었다. 사이너스의 집을 지날 때 코뿔소에서 뛰어내리라고 다그치지 말 걸 그랬다. 사이너스는 이 모든 수수께끼에 너무나 흥분한 나머지 집까지 가는 내내 단 하나의 벽도 쳐다보지 않았다. 오히려 우리 엄마가 도라 이모의 존재를 숨긴 행동에 대해 정교하고 터무니없으며 타당성이 몹시도 떨어지는 이유를 만들어 냈다. 이모가 외계인에게 홀렸거나 극비의 약품 실험 때문에 제정신을 잃었다거나. 나는 듣기 않기로 했다. 이유가 무엇이든, 구역질이 났다.

부엌 상황으로 되돌아와서, 아빠는 천천히 나를 향해 걸어왔고 나를 지나면서 내 어깨에 손을 얹으려 했다. 나는 신경질적으로 몸을 흔들어 아빠의 손을 떨어뜨렸다. 포옹도 싫었고 진정하고 싶지도 않았다. 그냥 대답이 듣고 싶었다. 오늘은. 지금은.

하지만 아빠는 전혀 서두르지 않았다. 대신 아빠는 배달할 게 전혀 없는 배달원을 멋쩍게 밖으로 내보냈다. 문에 달린 표지판을 '영업 끝'이 보이도록 뒤집고, 주문용 전화를 고리에서 떼어내고, 나에게 소파 쪽을 가리켰다.

"앉자."

아빠는 갑자기 도라 이모만큼이나 늙어 버린 표정으로 말했다.

아빠를 따라 나는 축 늘어진 소파에 털썩 주저앉았다. 아빠는 초조하게 내 옆에 앉았다.

"오랫동안 이 날을 예상하면서 두려워했단다."

아빠는 눈을 비비며 한숨을 쉬듯이 말했다. 아빠의 몸은 볶음용 팬에서 옮은 열기를 내뿜고 있었다.

"네가 알게 되었을 때 해야 할 말을 머릿속으로 미리 해 보려고 노력했지."

"그리고요?"

"뭐라고 말해야 할지 모르겠다. 머릿속으로도 잘 안되더구나. 네가 이미 알고 있는 건 뭐냐?"

생각했던 것보다 더욱 혼란스럽고 화가 나고 마음이 아파서, 나는 이제 씩씩거리고 있었다.

"아, 그러니까, 수요일에 흔히 일어나는 일이죠. 저에게 오래전에 잃어버린 이모가 있고, 이모는 심각하게 아프고, 내 부모님은 나에게 거짓말을 해 왔어요. 내 평생 동안!"

아빠는 고개를 끄덕이며 내 눈을 똑바로 보았다.

"그래, 모든 게 사실이다."

아빠의 목소리에는 대항할 수 없는 침착함이 서려 있었다. 내가 느끼고 있는 모든 감정과 정반대였다.

"그럼, 저한테 이 얘기를 하실 생각은 있었어요? 아니면 모두 계획된 거예요? 저에게 진실을 말해 주는 것보다 제가 완전히 낯선 사람을 통해서 알아내는 게 더 쉬운 방법이었나요? 그러니까, 엄마 머릿속에서는 무슨 일이 벌어지고 있는 거예요?"

"네 엄마잖니."

내 평생 백만 번째 듣는 말이었다. 한 번에 너무 많은 일이 벌어졌다. 낙타의 등을 부러뜨릴 정도로 (더 이상은 견딜 수 없다는 뜻-옮긴이). 어쨌든 나는 낙타가 지금 이 일과 무슨 상관인지 전혀 알 수 없었지만 말이다. 아빠의 메뉴에도 낙타는 없었다.

내 눈에서 눈물이 새어 나왔고, 그러자 더더욱 화가 치밀었다. 나는 약한 모습이 아니라 격렬하게 분노한 모습을 보여 주고 싶었다.

"하지만 그걸로는 충분하지 않아요!"

나는 고함쳤다.

"정말 그걸로 충분하다고 생각하시는 거예요? 그게 엄마가, 그리고 아빠가 이런 중요한 이야기를 숨겨 온 이유가 된다고 생각하시냐고요?"

"물론 그걸로는 충분하지 않지."

아빠 역시 금방이라도 울 듯한 표정이었는데, 그 모습을 보니 몹시 조마조마했다. 완전한 문장으로 대화하는 것만으로도 아빠는 위대한 업적을 달성한 셈인데, 눈물이라니? 정말로?

"어디서부터 말해야 할지 모르겠다. 너한테 뭘 어떻게 설명해야 할지."

나는 벌떡 일어나 문을 향해 걸었다.

"그러면 다시 병원으로 가서 엄마한테 직접 물어볼게요."

"병원? 도라를 봤니?"

"봤냐고요? 우린 수다도 떨었고 엄청 친한 사이인 걸요. 다음 주에는 서로를 조금 더 알기 위해 볼링도 같이 치기로 했어요. 심지어 엄마가 이모와 이야기하는 동안 저는 이모 침대 밑에 숨기까지 했다고요."

아빠는 펄쩍 뛰듯이 일어나 나를 다시 소파로 데려갔다.

"기다려라, 찰리. 성급하게 거기 가서 엄마를 당황하게 만들지 말고, 기다려 봐……."

"엄마를 당황하게 만든다고요?"

나는 목이 터져라 소리쳤다.

"엄마를 당황하게 만들어요? 저는 어쩌고요? 제 기분은요? 제가 떼쓰는 어린애라도 된 기분이에요. 잠깐이라도 그 문제를 생각해 볼 수는 없는 거예요?"

"물론 할 수 있지. 그냥 나는 지금 평화를 유지하려고 노력하는 거야. 어떻게 하는 게 최선일지 알아내려고."

"글쎄요, 최선은 오래전에 이 얘기를 저에게 하는 거였죠. 최선은 정직하게 행동하는 거였죠. 꽃꽂이 수업이나 석고 세공 자격증 뒤에 이모를 숨기는 대신 말이에요. 제가 마지막으로 확인한 사실에 따르면 그 세 가지는 다 같은 게 아니더라고요."

아빠는 내가 볶음용 팬을 아빠의 머리에 씌우기라도 한 듯이 처참한 표정이었다. 아빠는 자신의 키를 넘는 물속에 빠져 있었다.

"뭐라고 말해야 할지 모르겠구나, 아들아."

아빠는 한숨을 쉬었고 나는 그 말을 믿었다. 정말 그랬다.

"그냥 진실을 이야기해 줘요, 아빠."

내가 애원했다.

"제가 알고 싶은 건 그것뿐이에요. 진실. 모든 진실."

그래서 아빠는 나에게 진실을 들려주었다.

26

"사고가 일어났을 때 도라는 열세 살이었어."

아빠는 한숨을 쉬며 말했다.

"네 엄마보다 두 살 어렸지."

나는 휠체어에 위태롭게 앉은 내 자그마한 이모를, 엄마나 아빠보다 훨씬 더 나이 들어 보이던 모습을 떠올렸다. 적어도 20년은 더 늙어 보였다.

"둘은 사이가 참 좋았단다. 늘 함께였지. 네 외할머니와 외할아버지는…… 이상한 분들이었어. 딸들에게 많은 사랑을 보여 주지도 않았고. 그래서 도라와 네 엄마는 서로를 돌보았단다. 무슨 말인지 알겠니?"

알 수 없었지만 중요하지 않았다. 그냥 아빠가 말을 계속하기만을 바랐다.

"둘은 모든 걸 함께 했고 그 탓에 다른 친구가 많이 없었지. 서로가 있었으니 친구가 필요 없었던 거야."

내 다리는 소파에서 초조하게 튀어 오르며 아빠와 내 몸을 흔들었다.

"아빠, 참 멋진 이야기지만, 무슨 일이 벌어진 거예요?"

아빠는 신경질적으로 기침을 했다. 계속 말을 이어나가고 싶지 않은 게 분명했지만 다른 방도가 없었다.

"사고였어. 누구에게나 일어날 수 있었던 바보 같은 사고."

나는 손을 한 바퀴 돌렸다.

계속해요, 계속해.

"두 사람에게는 자전거가 한 대뿐이었어. 네 할아버지, 할머니는 너무 엄해서 자전거를 하나씩 사주지 않으셨고, 그래서 네 엄마는 어디를 가든지 자전거 가로대에 도라를 태우고 다녔지."

나는 코뿔소의 바구니 속에 몸을 쑤셔 넣었던 사이너스를 떠올렸고 속이 좀 울렁거렸다. 어쩌면 결국 나는 이 이야기를 듣고 싶지 않은 건지도 몰랐다.

"이느 날 아침, 네 엄마는 도라를 태우고 학교로 가고 있었는데 누구도 굳이 둘을 깨우지 않았기 때문에 언제나처럼 늦고 말았단다. 네 엄마는 자전거를 타고 정말 열심히 학교로 달려가고 있었지만, 도라를 앞에 앉혔기 때문에 길에 움푹 팬 구덩이를 보지 못했어. 자전거가 구덩이에 부딪혔고 두 소녀 모두 포장도로로 추락했지. 도라가 먼저였고 엄마가 다음이었어. 한 사람이 다른 사람의 몸 위로 떨어진 거야."

내 몸은 아주 작은 부분까지도 움츠러들었다. 머릿속에 그 장면이 펼쳐졌지만 나는 그걸 담고 있기 싫었다. 그다음에 어떻게 될지 알기 때문에 더더욱.

"네 엄마는 팔다리가 까졌을 뿐 괜찮았어. 하지만 도라는 모든 충격을 고스란히 받았어. 헬멧을 쓰고 있지도 않았지. 그 시절에는 누구도 헬멧을 쓰지 않았어."

내 머릿속은 강철 코뿔소로 가득 찼다. 엄마가 그걸 나에게 줄 때 참을 수 없을 만큼 초조했을 거라는 생각과, 헬멧과 조명과 옷 따위가 필요하다며 강요하던 모습도 떠올랐다. 앞뒤가 맞아떨어지기 시작했다.

"도라는 오랫동안 깨어나지 못했단다, 찰리. 몇 달이나. 의사들은 도라가 다시 깨어날지 확신하지 못했어. 뇌가 여전히 활발하게 활동하는 건 알 수 있었지만 얼마나 심하게 손상됐는지는 몰랐지."

방은 쥐 죽은 듯이 조용했다. 내 다리는 더 이상 튀어 오르지 않았고 아빠의 옷에서 풍겨 나오는 간장 냄새만이 코를 찔러댔다.

"추락 사고 후에 엄마한테 무슨 일이 일어났어요?"

"그때는 우리가 만나기 전이었어."

아빠는 한숨을 쉬었다.

"그래서 나는 네 엄마가 말해 준 것만 알고 있단다. 하지만 네 엄마는 완전히 자기 탓이라고 생각했어. 자전거를 너무 빨리 굴렸고, 도라를 걷게 하지 않았고, 구멍을 보지 못했다고. 네 엄마는 모든 책임을 자기 어깨에 얹고 어디를 가든지 그걸 짊어지고 다녔지."

"하지만 할머니, 할아버지가…… 엄마 탓이 아니라고 말해 줬을 거 아니에요?"

아빠는 고개를 저었다.

"이상한 분들이었어. 가혹했지. 그분들은 사고 이후로 전보다 도라에게 더 관심을 기울였고 네 엄마를 비난했어. 네 엄마의 마음을 달래 줄 기회는 무척 많았지만, 결코 그렇게 하지 않았지. 결국 네 엄마는 점점 더 자신을 탓하게 되었단다."

"그래서 그게 다예요? 도라 이모는 그 뒤로 쭉 오크뷰에 있었어요? 그건, 거의, 이십 년이나 되는 시간이에요."

"거의 그렇지. 네 외할아버지, 외할머니가 돌아가시기 전에는 다른 병원에 있었어. 하지만 두 분이 세상을 뜬 후에 네 엄마는 도라와 함께 이사하기로 결심했단다. 마을 사람 모두가 그 사고에 대해 안다는 사실 때문에 피해망상에 시달렸고 모두가 자신을 비난한다고 믿었거든. 그것 때문에 너무나 괴로워서, 호기심 어린 그 모든 시선으로부터 멀리 떨어진 이곳으로 이사했고 도라가 지낼 오크뷰 병원을 찾아냈지. 부모님이 남긴 재산 중 마지막 한 푼까지 쏟아부어야 한다는 걸 알면서도 말이야. 우리는 그로부터 몇 달 뒤에 만났단다."

"하지만 엄마는 아빠한테 그 얘기를 곧바로 털어놓았을 거예요, 그렇죠?"

"아니. 내가 청혼한 날 저녁까지는 그렇게 하지 않았어."

"그럼 아빠한테도 거짓말을 했어요?"

아빠는 약간 화난 표정을 지었다.

"아니, 네 엄마는 나에게 거짓말을 하지 않았어. 그저 어떻게 말해야 할지 몰랐던 거야. 네가 이해해야 할 건 엄마가 몹시도 죄책감을 느낀다는 사실이야. 네 엄마는 부모님으로부터 그게 모두 네 엄마의 잘못이라는 말을 귀가 닳도록 들어서 그 말을 믿게 되었어. 네 엄마는 그 이야기를 나에게 털어놓으면 내가 질겁할 거라 생각했지."

"하지만 아빠는 그러지 않았군요."

"그래, 당연히 그러지 않았지. 나는 네 엄마를 그 모습 그대로 받아들였단다."

"그러면 저에게는 왜 이야기해 주지 않았죠?"

"찰리, 네 엄마한테 그렇게 하자고 말할 때마다 나에게 10파운드가 생겼다면 정말이지 우리는 이곳을 벗어날 수 있었을 거다. 그 정도로 입이 아플 만큼 말해 보았지. 하지만 네 엄마는 복잡한 사람이야. 자존심이 강하지만 두려워하지. 사람들이 자기를 어떻게 생각할지 무척 두려워해. 네 엄마의 유일한 대처법은 모두에게 그 사실을 숨기는 거였어. 너를 포함해서 말이다."

"하지만 결국 제가 알아내리란 걸 엄마도 분명 알았을 거예요."

"나도 알고 너도 알지. 하지만 엄마는 그걸 믿지 않으려고 했어.

나는 네 엄마에게 비밀을 지키겠다고 약속했다. 잘못된 일이지만, 난 약속했어."

누군가 내가 듣고 싶지 않은 진실을, 내 마음이 감당할 수 없는 진실을 내 속에 마구 쑤셔 넣은 것처럼 묘한 기분이 들었다. 내 일생을 통틀어 아빠가 나에게 가장 많은 이야기를 들려준 순간이었고, 그게 다른 이야기였으면 좋았겠지만, 적어도 나는 엄마가 한 가지는 잘못 생각했다는 걸 알게 되었다. 아빠는 요리만큼이나 말도 잘했다.

"그럼 우린 이제 어쩌죠?"

나는 이 모든 상황에 여전히 화가 나면서도 서글픈 심정으로 물었다.

"나도 알았으면 좋겠구나."

아빠는 한숨을 쉬었다.

"엄마가 돌아오면 제가 엄마에게 이야기할게요."

"아니, 안 돼."

아빠가 재빨리 말했다.

"오늘 밤은 안 된다. 사태가 진정되도록 놓아두자."

"저도 거짓말하기를 바라시는 건 아니잖아요, 아빠, 네? 왜냐면 제 생각엔……."

"더 이상 거짓말은 안 할 거다. 그냥 시간이 좀 필요하구나. 네 엄마도 마찬가지야. 최근에 도라가 많이 아파서 네 엄마는 거기에 정신을 빼앗겼어. 도라가 안정되도록 기다리자. 그런 다음 네 엄마와 터놓고 이야기를 해 보마. 약속할게."

"정말 그러실 거예요?"

아빠는 불에 덴 거친 손가락들을 가슴에 비스듬히 얹고 웃음을 지었다.

"그렇고말고. 그때까지 너는 뭘 하면 좀 더 즐거워질지 생각해 둬라. 네가 원한다면, 아들아, 널 위해 뭐든지 하마."

이 모든 사실이 꿈이 되는 것 말고 내가 원하는 건 없었다. 그리고 나는 아빠가 그 바람을 이루어 줄 수 없다는 걸 알고 있었다. 그래서 대신 나는 아빠를 안아 주었다. 내 몸에 기댄 아빠의 몸이 살짝 떨리는 게 느껴져서, 아빠를 좀 더 힘껏 안았다.

마침내 몸을 뗐을 때 나는 아빠에게 모두 이야기해 줘서 고맙다고, 진심이라고 말했다.

아빠는 나에게 진실을 이야기해 주었을 뿐 아니라 그 뒤로 이어진 정신 나간 계획에서도 자발적으로 한몫을 담당해 주었다.

27

온 학교가 술렁였다. 난 그게 마음에 들었다. 그 모든 게.

뭐, 어쨌든 집에 있는 것보다는 나았다. 집에서 엄마와 함께 시간을 보내야 할 때 내 안에 밀려드는 감정을 잠시 잊을 수 있었기 때문이었다.

엄마가 주변에 있을 때면 어떤 반응을 보여야 할지 알 수가 없었다. 화가 나면서 혼란스럽고, 슬프면서 샘이 나고, 동시에 애처로운 감정을 느끼는 일이 가능한지는 모르겠지만, 그런 상태가 즐겁지 않았다는 건 분명하다. 누군가의 발에 채여 끊임없이 계단을 굴러 떨어지는 콜라 캔이 된 기분이었다.

다행히 엄마는 '야간학교 수업'에 몹시 열중한 상태라, 내 기분이 어떤지 깨닫지 못했다. 도라 이모 외에 어떤 사람도 존재하지 않는 것 같았다.

나를 도라 이모에게 데려다 준 그 발작이 일어나고 2주가 지났지만, 아빠의 말에 따르면 오크뷰의 상황은 전혀 나아지지 않았다.

발작은 거의 매일 계속됐고 의사들은 도라 이모의 심장이 현재 감당하고 있는 그 연타를 극복할 수 있을지, 걱정하기 시작했다. 뇌졸중이 발생할 확률도 높아졌다. 나는 이모를 겨우 한 번 만났지만, 금이 간 조개껍데기 같은 이모의 몸이 그걸 견뎌낼 수 있을 거라는 생각이 들지 않았다. 나는 이 모든 상황에서 긍정적인 면을 발견해 내려 애썼다. 적어도 이제는 나도 진실을 알게 되었고, 적어도 아빠는 모든 걸 해결하려고 분명 애쓰고 있었다. 동시에 나는 선명한 위기감을 느끼고 있었다. 뭐랄까, 아빠가 조만간 조치를 취하지 않으면 모든 게 너무 늦어 버릴 것 같았다. 집에 있으면 몹시 우울해서, 나는 매일 아침 거의 뛰다시피 학교로 갔다. 아직도 이따금씩 다른 아이들이 베푸는 '치욕의 길'을 겪었지만, 아이들의 구타는 이제 내 몸을 파고들지 못하고 튕겨져 나갔다. '스페셜 프라이드 나이스'에서 나에게 반격했던 총알과 비교하면 아무것도 아니었다.

사이너스도 계속 나를 미치게 했지만, 녀석에게 이상한 일이 일어나고 있었다. *얼마나 놀랍던지!* 처음에는 도라 이모의 이야기가 녀석에게는 너무 듣기 버거운가, 싶었지만 그게 아니었다. 녀석은 뭐랄까, 정상적일만큼 애매하게 행동하고 있었다.

사이너스가 학교 곳곳에서 아이들과 이야기 나누는 모습이 눈에 띄곤 했는데, 아이들이 말하고 사이너스가 듣거나 그 반대일 때도 있는, 정말 제대로 된 대화였다. 아이들은 나만큼이나 놀란 얼굴이었다. 사이너스가 최초로 뇌 이식을 받은 인물이라는 소문이 돌았지만, 녀석은 그 얘기를 듣고도 그냥 웃어 넘겼다. 괴로워하거나 분노하는 기색이 없었다. 전혀.

공책을 대하는 태도도 달라졌다. 당연한 일이었지만 녀석은 아직도 공책을 불쑥 꺼냈다. 하지만 언제나 그러지는 않았다. 녀석은 공책에 코를 박지 않고 걸어 다니곤 했다. 가슴을 펴고 주위를 둘러보면서, 지나가는 다른 아이들에게 고개를 끄덕여 보이곤 했다.

기묘하고, 색달랐으며, 오싹했다.

게다가 학교에서 달라진 건 사이너스만이 아니었다. 어떤 일이, 모두의 시선을 끈 어떤 일이, 벌어지고 있었다.

사방 곳곳에서 그래피티가 나타나고 있었다. 빈 공간이 있는 곳이라면 어디든. 운동장 옆에 있는 넓은 벽에 커다란 'B'가 그려지면서 시작되었는데, 그건 그다음 주에는 'BW'가, 그다음에는 'BWB'가 되었다.

바로 그 점이 사람을 열광시켰다. 늘 그렇게 똑같은 글자가 나타났다. 스프레이로 벽마다 다르게 그린 그래피티는 글자 색깔과 모양이 다양했지만 자꾸만 나타나서 모두의 걸음을 멈추게 했다. 그래피티는 화제의 중심이 되었다.

기묘하게도, 단순한 세 글자 때문에 벽은 달라졌고 건물은 나름의 심장 박동을 가진 것처럼 보였다. 걸음을 멈추고 그걸 감상하면서 호감의 뜻으로 눈썹을 치켜 올리지 않은 아이는 단 한 명도 없었다.

하지만 선생님들은 그렇게 좋아하지 않았다. 그래피티 문제를 논의하기 위해 비상 대책 회의가 소집되었다.

"공공기물 파괴 행위입니다!"

피치 교장 선생님이 고함을 질렀다.

"무분별한 파괴 행위예요!"

교장 선생님은 그 죄를 저지른 일당은 '일어나서 판결을 받으라'고 다그쳤다. 그 말대로 한다면 분명 복도에서 모든 아이들로부터 기립 박수를 받게 될 텐데 아무도 정체를 드러내지 않았다. 이건 영웅의 영역이었다. 그 예술가가 누구건, 그들은 막대기 하나로 여자에 대한 우리의 관심을 제칠 기세였다!

새로운 디자인이 나타난 날, 의문이 풀렸다. 하지만 단순히 'BWB'만 나타난 것은 아니었다. 이번 작품은 최고였다. 처음 눈에 띈 것은 언제나처럼 그 글자였다. 녹색과 빨간색, 파란색 스프레이 페인트로 그린 2미터 높이의 글자였다.

하지만 글자의 왼쪽에 어떤 소년의 윤곽이 그려져 있었다. 입술을 오므린 채 글자 위에 잇달아 그려진 작은 거품들을 부는 모습이었다. 당연한 일이었지만, 거품들은 움직이지 않았고, 스프레이로 너무나 선명하게 그려진 거품들은 그 벽을 지나갈 때마다 빛을 받아 어른어른 반짝거렸다.

벽을 지나가기만 한 사람은 없었다. **모두** 걸음을 멈추고 뚫어지게 바라보았다. 나도 마찬가지였다. 나는 마음을 빼앗기고 말았다. 재촉을 받고 교실로 들어갈 때까지 눈을 떼지 못했다.

하지만 나는 쉬는 시간에 다시 그곳으로 갔고, 점심시간에도, 그리고 방과 후에도 그곳으로 갔다. 머릿속이 몹시도 근질거렸지만 가려운 곳을 딱 찾아 긁을 수가 없었다.

"흥미로운가 봐, 응?"

등 뒤에서 어떤 목소리가 나에게 물었다.

몸을 휙 돌렸더니 사이너스가 몹시 뿌듯한 얼굴로 거기 서 있었다. 녀석은 드디어 자신의 콧물을 병에 담아 수익을 올리는 방법을 알아낸 게 분명했다. 그동안 애쓸 만큼 애썼으니.

"놀라워."

내가 말했다.

"정말 끝내줘. 이 사람들 엄청 오래 걸렸을 거야."

"*이 사람들*이 아니라 *이 사람*이야."

사이너스는 한숨을 쉬며 말했다.

"어?"

"이 사람들 따위는 없고, 이 사람이라고."

녀석은 자랑스럽게 이야기했다.

"그러니까, 사실은, 나란 말이야."

벽을 너무 열심히 쳐다보고 있었던 탓에 처음에는 녀석이 한 말을 이해할 수 없었지만, 결국 내 머리가 그 뜻을 포착했다.

"어?"

나는 사이너스처럼 애매하게, 끙끙거리듯 또 한 번 말했다.

"뭐라고 했냐?"

"예술가는 혼자 일한다고 말했어. 언제나 그렇지. 다른 사람이 거들어 봤자 내 시야만 흐릿해질 뿐이야."

"*네* 시야라고?"

사이너스는 '잘 생각해 봐, 바보야.'라고 말하는 듯한 시선을 나에게 던졌고 나는 깨달았다. 모든 증거가 모여 조각 그림을 완성했고 그 그림은 그저 이렇게 말하고 있었다.

"사이너스가 그 예술가야."

녀석이 벽돌, 그다음에는 공책에 정신 사납도록 심취했던 모습과 끝없이 끼적거리던 모습……. 이제 모든 게 이해되었다. 그러니까, 어느 정도는. 나는 아직도 내 친구, 이 바보 같고 서투른 내 친구에게 이런 종류의 재능이 있을 수 있다는 사실이 도무지 믿기지 않았다. 하지만 왜 녀석이 거짓말을 하겠는가?

나는 흥분한 나머지 사이너스에게 와락 달려들어 녀석을 껴안고 공중으로 들어 올리려 헛되이 애썼다. 멀리에서 보면 운항에 실패해 되돌아온 콩코드 여객기처럼 보였을 것이다.

"나 좀 놔 주라, 응?"

사이너스의 얼굴이 새빨개졌다.

"이 그림이 나를 매력적으로 만들어 주기를 바라긴 했지만, 너한테는 아니거든!"

"왜 말 안 했냐?"

내가 말했다.

"이렇게 굉장한 걸 왜 숨겼어?"

사이너스는 다시 침착하게 보이려고 애쓰며 어깨를 으쓱했지만, 입꼬리가 올라가며 더없이 환한 웃음이 나타났다.

"준비가 되면 그렇게 하겠다고 말했잖아, 응? 그리고 놀라게 해주겠다고 말했고."

"그래, 정말 제대로 해내고야 말았구나! 교장 선생님이 알아낼까 봐 겁나지 않아? 그리고 'BWB'는 뭐야? 사방에 그렸잖아."

"교장 선생님은 신경 안 쓰여."

녀석은 으스댔다.

"절망에 빠진 친구를 돕는 일이라면 말이야."

한껏 부풀어 올랐던 마음이 조금 시들해졌다. 결국 녀석이 나에게 퍼부었던 모든 독설은 새 친구를 찾고 싶기 때문이었고, 지금 녀석은 어느 고등학교 2학년생의 마음을 얻으려고, 혹은 어떤 여자아이의 마음을 사로잡으려고 이러는 거였다. 내가 아는 사이너스라면.

"그게 누군데?"

나는 상처받은 티를 내지 않으려 애썼다.

"이걸 제대로 보기나 했냐?"

사이너스는 웃음을 터뜨리며 내 머리를 잡아 다시 벽 쪽으로 돌렸다.

"물론이지. 종일 열심히 봤어."

"그런데도 이 안에 뭐가 있는지 몰랐다고?"

"알아, 아이가 하나 있잖아. 거품이 보글거리고. 많이."

"그럼 최근에 자기 인생에 거품이 잔뜩 등장했던 아이가 누군지 알겠냐?"

나는 녀석을 멍하니 바라보았고 녀석도 나를 똑바로 응시했다. 더 깊이, 더 열심히. 그러다…… 이런! 뭔가가 내 눈썹 사이를 번쩍 비추었다.

그건 녀석의 코끝이 아니라 질문의 답이었다.

나였다. 녀석은 내 얘기를 하고 있었다. 당연한 일이었다. 나는 특대형 거품 욕조보다 더 많은 거품을 달고 있었으니까.

"날 위해 그린 거야? 하지만 왜? 이해가 안 돼, 사이너스."

녀석은 요다를 흉내 낸 듯한 목소리로 대답했지만, 그보다는 헬륨 가스를 마신 사이너스네 할머니의 목소리와 더 비슷했다.

"질문이 많겠지. 시간이 걸릴 거야. 하지만 사이너스를 믿어야 하느니라."

나는 조바심이 나서 사이너스를 주먹으로 때렸다.

"제대로 말해라, 이 바보야."

사이너스도 내게 주먹질을 했다. 그래도 제대로 말하기는 했다.

"야! 인재의 몸에 상처를 입히지 마라."

사이너스는 투덜거렸다.

"게다가 넌 내 뮤즈란 말이야. 이 모든 걸 너를 위해서 하고 있다고."

"그래, 그렇게 말했지. 하지만 그게 도대체 무슨 뜻이야?"

나는 머리가 멍해져서 폭발할 지경이었다.

"버블 랩 작전이란 뜻이다, 친구야. 내가 이걸 완성할 때쯤엔 너도 나만큼 멋있는 놈이 될 거야."

10분 전이었다면 그 말을 듣고 엄청 낙담했을 것이다. 결정타였을 것이다.

하지만 지금은? 사이너스의 새로운 기술과 함께라면?

어쩌면, 정말 어쩌면, 녀석이 뭔가 큰일을 해낼지도 몰랐다.

28

"지금의 너는 웃음거리라고 해야 맞겠지."

사이너스는 도움이 될 거라는 듯 말을 꺼냈다.

아직까지는 특별히 계획이라고 느껴질 만한 말이 없었다. 어쨌든 도움이 될 만한 말은 아니었다.

"하지만 계속 그 상태일 필요는 없어."

사이너스가 말을 이었다.

휴. 이제 좀 도움이 될 것 같군.

사이너스는 주머니에서 모서리가 접힌 종이 한 장을 재빨리 꺼냈다. 그 종이는 주머니 속에 몇 주 동안이나 처박힌 채로 세탁기에 세 번은 들어갔다 나온 듯한 꼴을 하고 있었다.

"이거 본 적 있지?"

"그게 뭐냐에 따라 다르지. 이상하게도 요즘 이런저런 것들이 보이더라고. '눈'이라는 걸 이용하니까 말이야. 그게 뭔지 너도 들어서 알고 있지?"

사이너스는 과장된 몸짓으로 종이를 펼쳤다. 나는 글자를 알아보려고 눈에 힘을 주었다. 글자들이 마구 합쳐져서 고대 산스크리트어였음직한 언어를 연출했다. 하지만 한편으로는 술에 취해 지껄여 대는 말이었을 것 같기도 했다.

"이게 뭐야?"

나는 그걸 판독하려고 고개를 옆으로 비틀면서 물었다.

"일종의 성서 같은 거야? 난 사실 그런 건 믿지 않거든."

사이너스는 못 참겠다는 듯이 종이로 나를 때렸다.

"이래 놓고 나한테 멍청하다는 말이 나오냐? 온 학교에 붙은 게시판 못 봤어? 6주 뒤에 어떤 일이 벌어질지 못 봤냐고?"

나는 어깨를 으쓱했다. 다른 아이들이 나를 바닥으로 넘어뜨린 뒤로, 최근에는 대부분의 시간을 바닥만 보며 지냈다.

"이건 너한테 온 기회야, 찰리. 구원받을 기회지. 네가 쌓아올렸던 멋진 명성을 되찾을 기회라고. 이게 바로 'BWB'가 나타내는 내용이야. 내가 그걸 사방에 스프레이로 그린 이유지."

이해가 되지 않았다. 차라리 녀석이 스와힐리어(동아프리카 해안지대의 스와힐리족의 언어 – 옮긴이)로 말하면 지금 하는 말을 알아들을 수 있을 것 같았다.

"'스케이트 축제'라고 쓰여 있어, 이 바보야. 스케이트보드를 주제로 열리는 축제지. 여러 가지 기교에다 경사로에서 벌어지는 경연, 경주. 스케이트보드 회사에서 전적으로 후원하는 행사야."

"장소는?"

나는 포스터를 응시했지만 여전히 아무것도 알아볼 수 없었다.

"런던아이(런던의 템스 강변에 있는 대형 관람차로 런던의 대표적 상징물 중 하나 - 옮긴이) 꼭대기에서 한단다, 이 얼간아. 어디일 것 같냐? 당연히 공원이지! 공원 곳곳에다 종일 시설을 설치하고 있어. 모두가 이용할 수 있는 시설이야. 회전식 놀이기구랑 불꽃 등 별별게 다 있어."

나는 사이너스가 무슨 말을 하고 있는지 알았지만 그게 어떻게 나에게 도움이 된다는 얘긴지 알 수가 없었다. 나는 스케이트보드가 없었고, 있다 해도 엄마가 나를 엄마의 시야 밖으로 내보내지 않을 것이다. 참, 그리고 내가 마지막으로 경사로가 있는 곳에 발을 들여놓았을 때, 모든 아이들이 나를 모욕했다는 '사소한' 사건도 있었다.

나는 이 '사소한' 요인들을 모두 일깨워 주려 했지만, 사이너스는 거부하듯 손을 저었다.

"더 자세히 말해 주지."

사이너스가 비웃는 말투로 이야기했다.

"첫째, 너에게는 스케이트보드가 있어. 그 녀석들이 너를 미라로 만들었던 날 너한테 준 거."

"하지만 그건 고물이야."

나는 항의했다.

"그럼 우리가 손질하면 돼. 너 저금해 둔 돈 있잖아. 그걸 써! 둘째, 네 엄마는 도라 이모 일에 정신이 팔려서 네가 코끼리 등에 올라타고 가게에서 빠져나온다고 해도 알아차리지 못할 거야. 게다가 네 아빠가 너를 즐겁게 해 주기 위해서 **뭐든지** 하겠다고 약속했잖아. 야, 그건 황금 티켓이나 다름없어. 세상에 알려진 모든 플레이스테이션3 게임을 사 달라고 왜 아빠한테 조르지 않았는지 난 모르겠다. 어쨌든 아빠를 이용해…… 비밀을 지키도록 도와 달라고 해. 네 아빠가 너 몰래 간직하고 있던 비밀에 비하면 별것도 아닌데……."

그 말이 옳았다. 아빠를 그렇게 이용하려니 이상한 기분이 들었지만, 아빠는 분명 약속했다.

사이너스의 말은 끝나지 않았다.

"그리고 셋째. 경사로에 갔던 그날 다들 너한테 심하게 굴었지만 그건 네가 스케이트보드를 못 타서가 아니야. 네 엄마가 이상하게 행동했기 때문이지. 너는 스케이트보드를 탈 수 있어. 이 말을 하려니 괴롭지만, 넌 할 수 있어. 지금의 너는 그 아이들이 너한테 선사했던 멋진 별명 대신 그저 '버블 랩 보이'일지 모르지만, 우린 그 모든 걸 바꾸고, 그 별명을 되찾고 그걸 정말 멋지게, 자랑스럽게 만들 수 있어."

나는 사이너스의 예술로 뒤덮인 벽을 둘러보았다. 놀라운 그림이었지만, 아직도 사이너스의 생각이 옳은지 확신할 수가 없었다.

"모르겠어, 사이너스. 모든 일이 가능할 것 같지 않아. 내가 경사로에 발을 들여놓자마자 사람들이 비웃어서 경사로 밖으로 밀어내지는 않을까? 또 엄마는 어쩌고? 네가 말한 것처럼 큰 행사라면 엄마도 포스터를 볼 거야. 그렇게 되면, 의심할 거야. 우리 엄마가 어떤지 너도 알잖아."

사이너스는 불쾌한 시선을 나에게 꽂았다.

"나를 그렇게 슬프게 한 주제에 지금 이걸 말이랍시고 하다니, 믿기지가 않는다. 나더러 잘하는 게 뭔지 보여주지 않는다며 쏘아붙일 땐 언제고, 지금은 네가 좋아하는 걸 하지 않으려고 별별 핑계를 다 끌어다 대고 있잖아!"

"하지만 내 문제는 달라."

"그래, 그렇겠지, 설마 안 그렇겠어?"

사이너스는 자리를 떠날 듯이 발을 돌렸다.

"넌 네가 나보다 낫다고 생각하니까. 늘 그랬지. 하지만 말해 줄 게 있는데, 찰리 한. 난 계속 여기에 그림을 그릴 거야. 사람들이 나를 *좋아해 주기*를 바라서가 아니야. 그저 사람들은 내가 오랫동안 그들에게 엿 먹어라, 하는 말을 던지고 있었다는 걸 마침내 알게 될 거야."

이런, 녀석은 진심이었다. 갑자기 녀석은 내가 도통 알지 못하는 개혁 운동을 펼치고 있었다.

"게다가…… 이 그림 덕분에 여자 친구가 생긴다면, 훨씬 좋지!

난 절박하다고, 알겠지만."

하! 그 말이 더 설득력 있었다.

"하지만 날 믿어, 찰리. 내가 이걸 완성할 무렵이면 '버블 랩 보이'는 학교에서 입에 가장 많이 오르내리는 말이 될 거야. 지금 네가 기회를 굳이 활용하고 싶지 않다면, 괜찮아. 네가 결정할 문제니까. 하지만 분명히 말하는데…… 이렇게 좋은 기회는 다시 오지 않을 거야. 그러니 생각해 봐라, 알았지?"

그리고 사이너스는 내 어깨를 거칠게 쿡 찌른 다음 새로운 벽을 탐색하려고 슬금슬금 멀어졌다. 나에게 해야 할 생각을 산더미처럼 남겨 두고서.

29

어쩌면 좋을지 감도 오지 않았다.

사이너스의 계획은 어마어마했다. 설레기도 했고 어쩌면 사이너스의 말처럼 판을 뒤집을 수 있을지도 몰랐다. 하지만 어마어마한 위험도 함께 따라왔다. 특히 엄마라는 요소를 계산에 넣었을 때는 더더욱. 나는 아직도 살금살금 엄마 주위를 맴돌며 아빠가 엄마에게 내가 알고 있는 내용을 말했는지, 그 증거를 찾기 위해 엄마의 모든 표정을 관찰했다. 하지만 냉랭한 괴로움과 심란한 걱정이 언제나처럼 뒤섞여 있을 뿐이었다.

비밀은 이미 너무 많은데 내가 사이너스와 그 계획을 추진해도 되는 걸까? 아빠에게 도라 이모에 대해 터놓고 이야기를 해 보았지만 소득이 전혀 없었다.

"도대체 언제 엄마한테 말할 거예요, 아빠?"

내가 물었다.

그렇게 물을 때마다 다른 답이 나왔다.

"도라 이모가 진정되면."

"전문의가 네 이모 상태를 진단하면."

"해가 서쪽에서 뜨면."

"우리 가게가 미슐랭 별점(프랑스의 타이어 회사인 미슐랭에서 발간하는 〈미슐랭 가이드〉는 세계 최고의 권위를 자랑하는 식당 평가서로, 별점으로 식당의 등급을 나타낸다 – 옮긴이)을 받으면."

뭐, 사실 마지막 두 문장은 허풍이었지만 가장 좋은 이유보다 늘 더 나은 이유가 있는 것만 같았다. 가장 좋은 이유는 바로 진실이었다. 나는 2주를 더 기다린 뒤에, 아빠가 이 문제와 대면하지 않을 작정이라면, 사이너스의 계획에 따르기로 마음먹었다.

그리고 아빠는 공범자가 될 터였다.

엄마가 외출했다. 문병을 가는 모양이었다. 나는 아빠에게 그 말을 꺼냈다.

바쁜 초저녁 시간이 지났고 아빠는 주방을 닦으며 거울처럼 반짝반짝 광을 내고 있었다.

"저를 도와주신다고 했잖아요."

나는 마음이 변하기 전에 재빨리 말했다.

"뭐라고?"

아빠는 놀란 표정으로 나를 보았다.

"제가 원하는 게 있으면 뭐든지, 뭐든지 도와주겠다고 하셨잖아요. 기억하세요?"

"그래."

아빠가 대답했다. 아빠는 내가 꺼낼 이야기를 듣지도 않았는데 벌써부터 초조한 기색이었다.

"다시 스케이트보드를 타고 싶어요."

그 말을 꺼낸 다음에야 비로소 나는 얼마나 진심으로 그걸 원하고 있었는지 깨달았다. 덕분에 너무도 생생한 괴로움이 느껴졌다.

"그렇구나, 그런 거냐?"

아빠의 말투로는 아무것도 포착할 수 없었다.

"그 무엇보다도요. 곧 대회가 있어요. 그러니 저를 도와주셔야 해요, 아빠. 제가 다시 스케이트보드를 탈 수 있게 해 주세요."

아빠는 여왕의 머리에서 왕관을 훔쳐달라는 부탁이라도 받은 듯한 표정을 지었다.

"하지만 난 스케이트보드에 대해서는 전혀 모른다, 찰리."

"가르쳐달라는 게 아니에요. 제 편이 돼서 제가 어디로 갔는지 엄마가 물으면 그걸 비밀로 해 달라는 거예요."

아빠는 머리가 안 보일 정도로 세게 흔들었다.

"그건 못한다, 얘야. 네 엄마가 스케이트보드를 어떻게 생각하는지 알잖아. 네 엄마가 아는 날에는 나를 이 도마에 올려 버릴 거야!"

"하지만 약속했잖아요, 아빠. 뭐든 하겠다고요."

"그럴 거다, 그것만 빼고."

나는 어떻게 대응할지 미리 계획을 세워 두었고, 내 계획을 실행에 옮기고 싶지 않았지만 그렇게 할 수도 있다는 걸 아빠에게 납득시켜야 했다.

"알았어요."

나는 상관없다는 듯이 어깨를 으쓱했다.

"그러면 제가 뭘 할지 엄마에게 직접 이야기할게요. 도라 이모에 대해 물어본 다음 곧바로 말이에요."

아빠의 얼굴이 하얗게 질렸다.

"경기는 정정당당하게 해야지, 아들아."

"뭐라고요? 엄마랑 아빠처럼 정정당당하게요? 비밀이 있는 사람은 저뿐만이 아니잖아요? 두 분에 비하면 전 풋내기인걸요."

아빠는 그 말에 아무런 대답을 하지 않았다. 대답할 말도 없었다.

"내가 뭘 해 주면 되겠냐?"

나는 문 밖의 하늘을 빤히 바라보았다. 한 시간은 더 지나야 어둠이 내릴 것 같았다.

"아직은 없어요. 하지만 가게 문을 일찍 닫으세요."

"그럴 수는 없다, 찰리……."

"아홉 시까지는 괜찮아요. 그리고 어쨌든 화요일이잖아요. 화요일에는 그렇게 늦은 시간에 아빠의 요리를 먹고 싶어 할 사람이 없어요. 기분 나빠 하지는 마시고요."

"네가 나를 끌어들이려고 하는 이 일 때문에 오히려 더 기분이 나빠지려고 하는구나."

"그럼 하실 거예요?"

"이번에는 그러마. 하지만 다음번에도 이럴 거면, 예고를 해 다오. 가게 주방과 내 등을 동시에 보호할 사람을 데려올 시간이 필요하니까."

"고마워요, 아빠."

나는 웃음을 터뜨렸다.

"자동차 키 준비해 두시는 게 좋겠어요. 어두워지면 곧바로 함께 출발해요."

자동차 전조등은 제대로 먹혔다. 상향 전조등을 켜자 불빛이 경사로를 완벽하게 비추었다. 자동차를 충분히 가까이 댈 수 있을지 걱정할 필요는 없었다. 연인들이 엉큼하게 뒹구는 장소로 오랫동안 공원을 이용해 왔기 때문에, 아빠는 그저 자동차 앞바퀴를 울타리 쪽으로 슬슬 이동시킨 다음 상향 전조등을 켰다.

하지만 아빠는 이 일을 탐탁지 않게 여겼다. 처음에는 자리에 앉아 운전대를 잡고 있었는데 손가락 관절이 하얗게 되었다가 파래졌다. 결국 2분 뒤에는 참지 못하고 내가 있는 경사로로 다가왔다.

"맙소사."

아빠가 신음하며 말했다.

"떨어지진 않겠지?"

"장담은 못해요."

나는 싱긋 웃으며 다른 아이들이 나에게 주었던 이름뿐인 스케이트보드를 점검했다.

"그게 재미의 반을 차지하는 걸요."

"네 엄마가 이 일을 알면 날 죽일 거다."

"그러면 좀 더 열심히 협조해야겠네요, 네? 저를 안 도와주면 엄마한테 아빠가 어떻게 했는지 이를 거니까요."

아빠에게 누가 가장 무섭냐고 물었을 때, "너야."라는 대답이 예상되었다면 나는 아빠에게 그 질문을 했을 것이다. 우리 둘 다 그 답이 나는 아니란 걸 알고 있었다.

우리는 함께 빙그레 웃었다.

"아빠 노릇 하기도 참 무섭겠어요, 그렇죠? 도덕적으로 어려운 문제들에다가……."

"넌 어떻게 생각하는데?"

나는 대답하지 않았다. 대신 발밑에 스케이트보드를 넣고 한 발로 밀었다. 내 발밑에서 바퀴가 굴러갈 때 전율이 느껴졌다. 이게 얼마나 놀라운 기분인지 잊고 있었다. 이걸 타면 얼마나 마음이 편안해졌는지도.

이 스케이트보드는 내가 예전에 갖고 있었던 것보다 좋지 않았다. 그건 분명했다. 나는 아이들이 떠맡긴 널빤지를 다듬었다. 하지만 바퀴는 아직도 필요한 만큼 빠르게 돌거나 굴러가지 않았다. 하지만 지금은 괜찮았다. 아마도 아빠를 완전히 공범으로 만들면, 내 진짜 스케이트보드가 어디에 있는지 말해 달라고 설득할 수 있을 것이었다. 아빠가 알기만 한다면 말이다.

나는 스케이트보드에 몸을 싣고 공원을 돌아다녔고, 자동차 전조등 때문에 길고 섬뜩한 그림자가 포장도로에서 튀어올랐다.

우선 낡은 물놀이터를 서서히 오르내리며 자신감이 커지는 걸 느꼈다. 그러나 20분쯤 지났을 때는 그걸 공격하고 있었다. 스케이트보드와 바닥 사이에서 윙윙거리는 공기를 느끼며.

처음에는 내가 너무 흥분한 나머지 함성을 지르고 숨을 헐떡이는 줄 알았다. 그러다 그게 내가 아니란 걸 깨달았다. 아빠였다. 두려운 나머지 가쁜 숨을 참지 못했던 것이다.

"이제 조심해라."

내가 경사로를 쌩하고 오르자 아빠가 애원했다. 심지어 아빠는 자신이 스케이트보드를 타고 있는 것처럼 우스운 자세로 서서, 등을 웅크린 내 몸짓을 따라하고 있었다. 우스꽝스러웠다. 나는 아빠에게 조심하고 있다고 말했다.

"저기, 아빠?"

마침내 다리가 피로하다는 느낌이 들었을 때 나는 씩 웃으며 말했다.

"한 번 타 보실래요?"

"그건 아닌 것 같다, 찰리."

"어서요. 누군가 저에게 이걸 사랑하는 마음을 물려준 것 같아요. 어쩌면 그 사람은 바로 아빠인데, 아빠가 모르는 걸 수도 있잖아요."

나는 아빠가 빨리 굴복하리라고는 생각하지 않았지만 아빠를 순순히 놓아줄 생각은 없었다. 지금 이걸 시작으로, 아빠에게 갚아줘야 할 게 아주 많았다. 그래서 그 뒤 10분 동안 아빠를 놀려대고, 입에 발린 말로 꾀고, 결국에는 냉혹한 위협까지 가했다. 아빠는 마지못해 엉거주춤한 자세로 스케이트보드 위에 섰다. 넘어지지 않으려 두 팔을 내 어깨에 두른 채로.

"이제 어떻게 하면 되지?"

"뭐, 노를 저으면 되지 않겠어요?"

나는 웃음을 터뜨렸다.

"뭘 하면 되긴요! 발판 위에 서서 발로 밀어요."

나는 그게 그렇게 간단하지 않다는 걸 알고 있었다. 몇 주 동안 얻은 멍이 그 증거였지만, 그런 귀중한 지혜를 나눠 줄 생각은 없었다. 대신 나는 내가 그랬듯 아빠가 비틀거리고 흔들리는 모습을 지켜보았다. 마침내 아빠 혼자서 스케이트보드를 굴려 보라고 하자 아빠는 미친 듯이 팔을 휘둘렀다.

"너무 빨라. 너무 빨라!"

처음에 아빠는 이렇게 소리쳤다. 그러나 잠시 뒤에는 긴장이 풀려서 아주 잠깐 웃어 보이다가 그만 무서운 속도로 엉덩방아를 찧었다.

나도 웃음을 지었다. 자신의 요리나 주방이 아닌 다른 이유로, 아빠가 웃는 모습을 본 게 마지막으로 언제였는지 기억나지 않았다. 볶음용 팬에서 멀리 있을 때의 아빠에 대한 기분 좋은 기억은 떠올리기 어려울 정도였다. 나는 아빠도 그 사실을 깨닫기를 바랐다. 아침이면 믿을 수 없을 만큼 심한 타박상에 시달릴지라도.

나는 아빠가 괴로워하도록 내버려 두었다. 한참 그렇게 있었더니 결국 아빠는 자동차 배터리가 방전될까 봐 걱정하기 시작했다. 그런 이유라면 연습을 마쳐도 될 것 같았다. 첫 외출부터 발이 묶일 필요는 없었다.

"오늘 저녁 고마워요, 아빠."

나는 스무 번째로 아빠를 포장도로에서 일으키며 말했다.

"아빠 없이는 못했을 거예요."

"걱정이 되는구나, 찰리. 이 모든 게."

"그렇겠죠. 저도 그래요. 하지만 그래서 해야 해요. 영원히 겁내기만 할 수는 없잖아요, 네?"

아빠는 경사로를 힐끔 올려다보았다.

"오늘 밤에 네가 저 위로 올라가지 않아서 다행이다."

우리 위로 우뚝 솟은 경사로는 덤빌 테면 덤벼 보라고 하는 듯했다. 나에게 윙크를 하며, 이곳에 발을 들여놓으라고. 지난번에 있었던 일을 생각하니 몸이 떨려왔다.

"저도 마찬가지예요. 우리 둘의 용기가 아직 저만큼 솟구치지 않았나 봐요."

아빠는 큰 소리로 안도의 한숨을 내쉬었다.

"다음번에는 해 봐요, 네?"

나는 아빠에게 윙크했다.

유감스럽지만 다음번이 있을 거라는 사실을 분명히 알고 있던 아빠는 고개를 끄덕였다.

"몹시도 기다려지는구나."

아빠는 이렇게 말하며 나를 끌어당겨 꽉 안아 주더니, 자동차로 다시 데려갔다.

30

더 즐거운 기분이어야 마땅했다. 나는 그걸 알고 있었다. 배은망덕한 인간쓰레기가 되고 싶지는 않았다. 가장 친한 친구는 10년 만의 귀환을 목적으로 작전을 실행 중이고 아빠는 내 터무니없는 부탁을 모두 들어주고 있었으니까.

그냥 어쩔 수가 없었다. 모든 게 조금…… 버거웠다. 우리의 작전, 엄마 몰래 하는 연습, 그리고 당연한 얘기지만, 내가 아직도 상상할 수 있는 가장 **거대한** 거짓말 가운데서 살고 있다는 단순한 사실도.

나를 제정신으로 붙들어 주는 건 오직 스케이트보드뿐이었다.

스케이트보드를 타고 있는 동안, 뭐랄까, 머리를 쉴 수 있었다. 내 머리는 경사로에 나타났던 엄마의 모습이나 쇠약한 몸으로 휠체어에 앉아 있던 도라 이모의 모습과 씨름하는 걸 잠시 잊었다.

그런데 일단 스케이트보드를 숨기고 나면 이야기가 달라졌다. 너무 많은 감정이 머릿속에 차고 넘쳤다. 죄책감, 분노, 심지어는 그토록 중요한 문제에서 나만 쏙 빼놨다는 사실로 인한 질투심까지.

내가 아는 모든 게 공중으로 내동댕이쳐진 기분이었다. 고작 내가 할 수 있는 일이라고는 부모님이 내 주위로 요란하게 떨어뜨리는 들쭉날쭉한 거짓말을 피하려고 미친 사람처럼 뛰어다니는 것뿐이었다.

진실은 내 마음을 괴롭혔다. 나는 고개를 푹 숙이고 바닥만 보고 다니며 덜렁이 찰리가 더더욱 제멋대로 덜렁이 짓을 하도록 내버려 두었다. 그리고 일이 엉망진창이 되면 하이에나들이 나를 에워쌌다.

하지만 치욕의 터널이 얼마나 오래 지속되느냐는 더 이상 내 관심사가 아니었다. 몇 분만 지나면 발길질 당한 정강이도 욱신거리지 않았다. 엄마가 준 고통 때문에 나는 몸을 웅크린 채 종일토록 그대로 있고만 싶었다.

엄마와 함께 있을 때면 내 혼란은 정점에 이르렀다. 나는 아빠에게 시간을 좀 더 주기로 약속했지만, 엄마 주변에서 평소처럼 행동하려고 애쓰는 일은 불가능했다. 나는 엄마처럼 훌륭한 거짓말쟁이가 아니었다.

"오늘 밤에도 야간 대학 가세요?"

엄마가 거짓말로 대답할 거라는 사실을 알면서도 질문을 퍼부어댔다. 엄마가 불쑥 진실을 말할 거라고 기대했기 때문은 아니었다. 그보다는 내가, 엄마에게 얼마나 화가 났는지를 머릿속에 더욱 강렬하게 새기고 싶었기 때문이었다.

"아, 그렇단다."

엄마는 차분함의 표본처럼 대답했다.

나는 진실의 흔적을 찾으려고 엄마를 지켜보았다. 또 다른 거짓말이 엄마의 입술을 지나가는 동안 엄마는 눈을 초조하게 움직이고 귀를 문지르고 심지어는 거북한 기침을 뱉었다. 하지만 흔적은 없었다. 깜빡거리는 빛 한줄기도 없었다.

그걸 보니 엄마가 나에게 말하지 않은 다른 진실이 있지 않을까, 하는 생각이 들었다. 마루 밑에 시체가 숨겨진 건 아닐까? 혹시 엄마의 부모님? 어느 날 그분들이 엄마를 짜증나게 해서 엄마가 젓가락을 쪼개 그분들을 마구 때렸을지도 몰랐다.

좋다. 내가 어리석게 굴고 있었다는 사실은 나도 안다. 하지만 이건 내 머리가 내게 하고 있는 짓이 압축적으로 나타난 것뿐이었다.

엄마는 당연히 눈치를 챘다.

"왜 그러니, 찰리? 오늘 무슨 일 있니?"

나는 망설였다. 진실 때문에 혀가 화끈거렸고, 불길을 내뿜으며 엄마에게 스케이트보드를 타며 오늘 하루를 보낼 거라고 말하고 싶은 압도적인 충동을 느꼈다. 그렇게 하면 싸움에 불을 붙일 수 있을 것 같았다. 그렇게 하면 엄마가 진실을 토로하도록 자극할 수 있을 것 같았다.

"토스트 더 먹을래?"

아빠가 내 얼굴에 바싹 머리를 들이대며 끼어들었다. 반은 애원하고 반은 위협하는 표정으로 눈을 부릅뜨고 있었다. 아빠는 내가 폭발 직전의 아슬아슬한 상태라는 걸 알고 있었다. 모든 게 끝장나면 쓰레받기와 솔을 들고 뒷정리를 해야 할 사람이 바로 아빠, 자신이라는 점도 알고 있었다.

아빠가 내 기분이 어떤지 알아줘서 기뻤다. 아빠가 조만간 엄마와 대화를 나눠야 한다는 사실을 외면하고 현실에 안주하도록 가만히 놔두고 싶지는 않았다. 왜냐하면 어느 시점에는 내가 패배하게 될 테니까. 나에게는 선택권이 없을 터였다.

"오늘 찰리는 나와 함께 시간을 보낼 거야, 그렇지?"

아빠가 말했다.

"멋지네요."

엄마가 대답했다. 엄마는 진심인 듯한 표정까지 지었다.

"이번 강좌에 그렇게 시간을 많이 빼앗기다니 정말 안타까워요, 엄마."

엄마가 다시 거짓말을 하도록, 나는 엄마에게 도전하고 싶었다.

"끝나려면 얼마나 걸려요?"

"오, 아직 한참 남았단다. 두 달은 지나야 시험이 있어."

분노의 올가미가 늑골을 더욱 단단히 옥죄는 느낌이 들었다. 그때 내 어깨에 가만히 얹은 아빠의 손이 느껴졌다.

하지만 엄마가 의자에서 일어섰을 때, 엄마의 눈에 고인 눈물을 본 것 같았다. 나는 엄마를 뚫어지게 바라보았고 엄마도 그걸 느끼고는 얼굴을 펴고 하품을 하며, 눈물이 단순히 피로 때문인 척 넘기려 했다.

때가 왔다는 생각이 들었다. 무척 드물게 엄마가 약해진 기색을 드러냈으니 달려들어야 할 순간이었다. 내가 좀 더 힘껏 밀어붙인다면, 혹은 엄마에게 그냥 내가 다 알고 있다고 말하기만 해도, 엄마는 부인하지 못할 것이었다. 엄마는 그럴 수 없을 것이었다.

그 상황을 예상한 내 심장이 연달아 쿵쾅거렸다. 하지만 머릿속에서 말이 만들어져 내 입으로 내려왔을 때, 엄마가 고개를 돌렸다. 두 번째 눈물이 엄마의 뺨을 타고 흘러내렸다. 엄마는 굳이 그 눈물을 닦으려 하지도 않았다.

그때, 모든 용기와 모든 기세가 사라졌다. 나는 엄마만큼이나 약했다. 나는 그저 7킬로그램짜리 볼링공 같은 진실을 삼키고, 엄마가 가방과 외투를 챙기는 걸 지켜볼 수밖에 없었다.

문이 휙 닫히자 아빠는 큰소리로 한숨을 쉬었다. 아빠도 엄마만큼이나 허약해 보였다.

"고맙다, 아들아."

"달리 뭘 할 수 있겠어요?"

하지만 다시 그렇게 할 수 있을지 자신이 없었다. 내가 또 한 번의 거짓말을 감당할 수 있을지 자신이 없었다. 이 정도 무게라면.

나는 아빠와 그날을 함께 보낼 생각이 없었다, 당연히. 나는 아빠가 부엌에 들어가 곰 고기라고 해도 믿을 만큼 커다란 고깃덩어리를 향해 아빠의 불만을 표출하도록 내버려 두고, 덤불 밑에서 스케이트보드를 꺼냈다. 이제는 누가 본들 무슨 상관이야, 하는 생각이 들었다.

스케이트보드를 땅에 내려놓고 그 위에 발을 올린 다음 열심히 밀자, 걱정의 가장자리가 껍질처럼 벗겨져 나가는 느낌이 들었다. 나는 작은 길에서 큰길로 훌쩍 뛰어올랐다. 사람들이 흐릿하게 지나갈 때마다 스케이트보드와 함께 내 희망도 튀어 오르는 것 같았다. 즐거웠고 살아 있는 기분이었으며 다시 차분해졌다.

어느 길로 갈지 계획한 것도, 계획하지 않은 것도 아니었다. 그러나 어느새 마을 맞은편에 도착했을 때, 나는 놀라지 않았다. 그동안 쉬지 않고 스케이트보드를 밀던 왼발은, 보드의 발판이 '오크뷰'라는 명판이 달린 철문 쪽으로 머리를 내밀었을 때야 비로소 멈추었다. 나는 숨을 무겁게 몰아쉬며 이마를 철문에 대고 정원과 그 너머에 있는 건물을 바라보았다.

이 드라마 같은 상황 때문에 도라 이모의 모습을 쉽게 잊어버릴 수도 있었겠지만, 이모를 완전히 잊은 적은 없었다. 이모는 끊임없이 내 머릿속에 나타났다. 엄마와 닮았지만 다르기도 한 모습, 강압적인 엄마와는 달리 무척이나 연약했던 모습.

나는 이곳에 더 빨리 되돌아와 다시 이모와 함께 앉아 있고 싶었다. 어쩌면 이모가 나에게 말해 줄 수 있는 이야기가 있을지 몰랐다. 어쨌거나 이모와 엄마는 어떻게든 의사소통을 하는 것 같았다. 그러나 생각해 보니 이모에게 가려면 통과해야 할 문이 많았다. 간호사들과 접수원도 있었다. 허풍을 떨어 그들을 두 번 지나치기란 쉽지 않을 터였다. 사이너스 녀석의 담력 없이는.

하지만 이번만은 태양이 나에게, 그리고 모든 것에 빛을 비추고 있었다. 정원은 태양의 열기로 서서히 더워지고 있었다. 특히 커다란 떡갈나무 옆에, 유난히 밝게 빛나는 곳이 있었다. 그 옆에 세워진 휠체어가 보였는데 작고 지칠 대로 지친 형상이 거기에 쐐기처럼 박혀 있었다. 즉시 그게 도라 이모란 걸 알았다.

나는 정원의 나머지 부분을 살피다가, 검푸른 색 셔츠와 바지를 입은 남자가 도라 이모가 있는 곳에서 멀어지는 모습을 보았다.

당장이라도 엄마가 나타날 수 있었고, 지금은 방문하기 알맞은 때가 아님을 알고 있었기 때문에 잔디밭을 샅샅이 훑어보았다.

그런데 잠시 뒤, 어떻게 된 일인지 나는 어느새 잔디밭을 성큼성큼 건너고 있었다. 가슴은 스케이트보드와 함께 공중을 날 때보다 더 심하게 쿵쾅거렸다. 이제는 아무래도 상관이 없었던 것 같다. 엄마에게 들키고 싶었던 것 같기도 하다. 어떻게든 빨리 결정하도록. 제대로 결판을 낼 수 있도록.

그 남자가 완전히 사라진 순간, 나는 도라 이모 옆에 도착했다. 하지만 나 혼자 있는지 확인하려고 뒤를 돌아보다 그만 이모의 휠체어에 발이 걸렸다.

설상가상으로, 나는 이모를 깨우고 말았다. 이모는 눈을 번쩍 떴고 입술에서는 밴시(아일랜드 민화에 등장하는 여자 유령으로 슬픈 통곡소리로 누군가 죽게 될 것임을 예고한다 - 옮긴이)가 울부짖는 듯한 소리가 터져 나왔다. 나는 이모의 무릎 위로 쓰러지면서 최대한 이모의 몸에 닿지 않으려 필사적으로 애쓰다가 땅으로 넘어졌다.

결국 이렇게 되고 마는 걸까? 있는 줄도 몰랐던 이모를 납작하게 찌그러뜨린 죄로 체포당하고 마는 걸까? 스케이트보드가 없으면 나는 왜 이토록 덜렁이가 되는 걸까?

우울한 얼굴로 잔디밭에 드러누워 있는데 감각이 되돌아오며 어떤 소리가 들렸다.

괴롭거나 고통스러운 비명이 아니라 목이 쉰 듯 우르릉거리는 소리였다. 보통은 번개를 따라오는, 시끄러운 소리였다. 바닥에서 휠체어 쪽으로 고개를 드니 불편하게 비틀린 도라 이모의 머리가 보였다. 그러나 이모의 눈은 춤을 추고 있었고 입은 크게 벌어져 있었다. 이모의 웃음소리가 나무의 몸통에 부딪혀 튀어 오르더니 나를 스치고 건물 쪽으로 날아올랐다.

우리의 모습은 정말 이상해 보였을 것이다. 나는 잔디로 뒤범벅된 채 드러누워 씩씩거리고 있었고, 내 스케이트보드는 길을 잘못 들어 이모의 무릎에 내려앉아서는 감사하다는 듯이 바퀴를 부드럽게 돌리고 있었다. 이모는 나보다 스케이트보드 묘기를 훨씬 더 잘

부릴 수 있을 것처럼 보였다.

어깨 너머로 건물 쪽을 힐끔 뒤돌아보았지만 여전히 눈에 띄는 사람은 없었다. 시간이 생긴 셈이었지만 이모에게 어떤 질문을 해야 할지, 어떤 대답을 예상해야 할지 알 수가 없었다.

그야말로 식상한 질문부터 던질 수밖에 없었다. 내가 다른 건 몰라도 그건 잘했다.

"안녕하세요. 도라 이모."

나는 뻐근한 등을 쭉 펴면서 씨익 웃었다.

"저 기억하세요?"

이모는 눈을 가늘게 뜨고 나를 유심히 바라보더니, 얼굴 가득 웃음을 지었다.

내 생각이 틀렸을지도 모르지만, 맹세컨대 이모는 고개를 끄덕였고, 어쨌든 이모의 눈은 나를 안다고 말해 주었다.

여기 오길 잘했다는 생각이 들었다. 잠시 여기에 머무르는 게 좋겠다는 생각도 들었다. 그러다가 들킬지언정.

왜냐하면 나의 도라 이모가 내가 이 곳에 있기를 원했기 때문이었다.

31

나는 거의 한 시간 동안 도라 이모의 발치에 있는 내 스케이트보드에 앉아 있었다. 나는 오랜만에 찾은 친척이 아니라 심리치료사라도 되는 것처럼 이모에게 말을 했다.

이모는 대답이라고 할 만한 반응을 많이 보이지는 않았지만, 이모가 내 얘기를 듣고 있다는 걸 알았다. 이모의 눈은 내 눈을 떠나지 않았다. 단 한 순간도.

"제가 이해할 수 없는 건요."

어색하게 말문을 연 뒤로 나는 자신감을 되찾고 본격적으로 지껄였다.

"부모님이 왜 저한테 숨긴 걸까요? 그러니까, 전 어린애가 아니에요. 이모 이야기를 듣는다고 제 몸이 산산조각 나진 않는다고요. 그리고 엄마가 그동안 쭉 자기 잘못이라고 생각해 왔다는 문제 말이에요……. 음, 아시잖아요. 뭐랄까, 말도 안 되잖아요? 엄마가 이모를 일부러 다치게 했다고, 제가 설마 그렇게 생각하겠어요?"

나는 잠깐 말을 멈추었다. 머릿속에서 누군가 말을 막는 것 같았기 때문이다. 너무 제멋대로 지껄이고 있는 것은 아닌지, 혹시 내 말을 이모가 이해하고 있는지 생각하면서.

"이모도 아시겠지만, 그건 사고였어요. 그렇죠, 이모?"

대답의 흔적을 찾으려고 유심히 바라보았지만, 불규칙적인 간격으로 이모의 온몸에 일어나는 것 같은 경련과 떨림 외에, 대답이라고 확신할 만한 것은 없었다. 다만 이모의 눈은 여전히 진실했고 나를 떠나지 않았다. 눈이 웃을 수 있다면…… 그렇다면, 이모의 눈은 환하게 웃고 있었다.

"이모가 제 말을 믿으면 좋겠어요."

나는 급히 덧붙였다.

"제가 몰랐다는 사실 말이에요. 저는 혹시라도 이모가…… 아시겠지만, 제가 이모를, 이모가 여기에서 지낸다는 사실을 창피하게 여길 거라고는 생각하지 않았으면 좋겠어요. 왜냐하면 전 그게 아무렇지 않거든요. 제가 미리 알았다면, 적어도 매주 여기 찾아왔을 거예요. 이모도 아시죠, 그렇죠?"

이모의 왼발이 휠체어 발판에서 툭 튀어나와 내 무릎 바로 밑을 건드렸고, 옅어지는 중이었던 멍을 붉게 물들였다. 나는 얼굴을 찡그리지 않으려 애썼다. 이모가 이미 겪고 있으리라 짐작되는 고통에 비하면 멍 따위는 하찮게 보였기 때문이었다. 어쨌거나 이모의 얼굴이 뒤틀리더니 상상할 수 있는 가장 환하고 바보스런 웃음이 나타났기 때문이었다. 이모가 그토록 즐거워 보이는데 아프다고 끙끙댈 수는 없었다.

"같은 생각이라는 뜻으로 받아들일게요."

나는 재빨리 덧붙였다. 가슴속에서부터 끓어오르는 듯한 웃음이 이모의 부츠에서부터 우르릉우르릉 울려 퍼지고 있었다.

그 뒤로 나는 쑥스러워하지 않고 이야기를 마구 늘어놓았다. 이모와 관련된 소식을 듣고부터 이해가 되기 시작했다고 말했다. 그러니까 엄마가 나를 과잉보호한 이유만큼은.

"제가 그 자리에 있었으면 좋았을 거예요, 아시겠지만. 그 일이 일어난 날 말이에요. 어리석은 말이란 건 알지만 진심이에요. 다른 누군가가 그 사고를 보았다면 엄마에게 곧바로 그게 엄마 잘못이 아니라고, 그냥 돌발적으로 찾아온 불행일 뿐이라고 말해 줄 수 있었을 거예요. 아빠 말로는, 지금의 문제는 엄마가 너무나 오랫동안 머릿속으로 그 사고를 되풀이해 왔는데 그렇게 할 때마다 그 사고에서 엄마의 역할이 점점 끔찍하게 변한다는 거예요. 엄마가 살인자라도 되는 듯이 말이에요. 정신 나간 생각이죠, 맞아요."

도라 이모는 오랫동안 그리고 구슬프게 신음했다. 유난히 격렬한 경련이 이모의 왼쪽 몸 전체에서 일어났다.

"속상해하지 마세요. 이모는 분명 엄마에게 그 이야기를 하려고 오랫동안 노력하실 만큼 하셨을 거예요. 그 때문에 말다툼을 무지 많이 하셨죠, 네? 이모가 엄마랑 닮은 점이 있다면, 이모는 틀림없이 자기 생각을 고집해야 직성이 풀릴 테니까요."

또 한 번 웃음소리가 들렸고 거기에 이글이글 타오르는 눈빛이 더해졌다. 하고 싶은 말이 마구 쏟아지고 있었지만 이모의 쇠약한 몸이 그 말을 전하도록 허락하지 않는다는, 아주 명확한 표시였다.

"괜찮아요, 도라 이모."

나는 가능한 살며시 이모의 손을 쥐며 덧붙였다.

"설명하실 필요 없어요. 이해해요. 정말이에요."

그 뒤로는 무슨 말을 해야 할지 알 수 없었다. 대화를 어떻게 이끌어야 할지, 아니면 대화를 계속 이어나가는 게 맞는지조차. 이모를 쓸데없이 긴장시키고 있는 건 아닌지 걱정스러웠다. 아빠는 이모의 간질이 얼마나 심한지를 정말 숨김없이 자세히 이야기해 주었으니까.

대화를 나누는 대신 우리는 아무 말 없이 조용히 앉아 있었고, 이모가 꿈틀거린 탓에 휠체어가 이따금씩 삐걱거렸다. 하지만 어색한 침묵은 아니었다. 그 침묵을 채워야 한다는 생각도 들지 않았다. 대신 나는 이모를 지켜보았다. 이모의 머리는 안쓰러울 정도로 기울어졌고 이모의 눈은 하늘을 향해 팽팽하게 당겨져 있었으며 이모 주변의 참나무에서 새들이 오갈 때면 이모의 눈에서 기쁨이 엿보이는 듯했다. 이모는 고통을 겪는 사람처럼 보이지 않았고, 혹시 고통을 겪고 있다면 고통과 더불어 사는 문제에서나 고통을 무시하는 문제에 있어서나 전문가임에 틀림없었다.

나는 이모의 시선을 따라가 이모가 보는 것을 보려고 했다. 흔들리는 나뭇가지들 사이를 몇 분가량 응시한 뒤, 나에게는 생경한 존재인 평온을 느꼈다. 몹시 압도적인 평온은 나를 스케이트보드 발판에 드러누워 졸음에 빠뜨릴 기세였다. 그러나 침묵을 깨끗하게 가른 어느 목소리 때문에 나는 깜짝 놀라 펄쩍 뛰며 일어섰다.

"아름다운 곳이죠, 안 그래요? 낮잠을 청하기 딱 좋죠."

영문을 알 수 없었다. 아주 잠깐 동안은 도라 이모의 목소리라고 생각했다. 이모가 그동안 내내 나를 속이고 있었다고. 하지만 흐릿한 눈을 다시 이모 쪽으로 돌렸을 때, 어떤 남자가 도라 이모의 휠체어 등받이에 몸을 기댄 모습이 보였다. 아까 자리를 떴던 그 남자였다. 남자는 카디건을 어깨에 걸치며 스스럼없이 웃었다.

뭐라고 말해야 할까? 그리고 바보처럼 죄책감을 풍기지 않고 말하려면 어떻게 해야 할까?

"걱정 말아요."

남자는 괜찮다는 듯이 손을 흔들었다.

"이런 날 10분만 밖에 있으면? 나라도 하품이 나왔을 거예요."

"전 자고 있지 않았어요."

나는 그게 가장 중요한 일이라는 듯이 재빨리 말했다.

"전 그냥……."

"알아요. 눈길이 멈춘 거죠? 도라도 거의 언제나 그래요, 분명. 그렇지 않아요, 나의 친구님?"

남자는 이모의 입에 길게 늘어진 침을 아무렇지 않게 닦아냈다.

"도라는 끝내야 할 자질구레한 일이 있다는 걸 알 때도 마찬가지더라고요. 감자가 스스로 껍질을 벗을 수는 없는 데 말이에요. 전 톰이에요."

톰은 웃음을 지으며 나에게 손을 내밀었다.

"간병인 파견 업체 직원이에요. 휴일에는 제가 대신 온답니다."

나는 아무 말도 하지 않았다. 그저 톰의 손가락을 살짝 붙잡고 흔들었다.

"그럼 이제……?"

"네?"

나는 손을 놓으며 대답했다.

"그러니까, 대답할 차례가 아니냐고요. 이름, 전화번호, 계급장? 강요하는 건 아니고요. 하지만 보통 그렇게 하는 것 같은데요."

"아, 그렇죠, 맞아요. 저는 찰리예요."

왜 그렇게 어리석었을까? 톰에게 내 진짜 이름이 아닌, 다른 이름을 댈 수도 있었는데 말이다.

"그럼 도라와는 어떻게 아는 사이예요? 가족? 남자 친구?"

톰은 비웃듯이 이모의 어깨를 쿡 찔렀다.

"이 의외의 능력자 같으니라고."

"하, 아니에요. 도라와 어울리기엔 제 나이가 좀 많지 싶은데요. 제가 여기 온 건 그냥……."

생각해 내라, 찰리, 생각해 내.

"제, 어, 삼촌이 여기서 지내요. 저기 꼭대기 층에요."

나는 내가 무슨 말을 하고 있는지 아는 것처럼 병원 건물을 가리켰다. 어쩌면 내가 가리킨 건 화장실이었을지도 몰랐다.

"아, 그래요."

잘 알겠다는 듯한 목소리였지만, 표정은 그게 아니었다.

"맞아요. 오래전부터 찾아오고 있어요. 그러다 보니 도라와도 좀 알게 됐고……."

"당연한 일이죠."

톰은 아직도 지나치다 싶을 만큼 유심히 나를 바라보며 말했다.

"두 사람은 서로 오랫동안 알고 지낸 사이처럼 보여요."

잠시 침묵이 흘렀다. 나는 매우 당황한 나머지 달아나고 싶은 충동과 씨름했다.

"그럼, 하던 일 계속 하세요."

결국 톰이 말했다.

"최근에는 많이 웃지 않았잖아요, 그랬죠, 도라? 당신에게는 찰리 같은 사람이 필요해요. 당신을 여기가 아닌 다른 곳으로 데려가 줄 수 있는 사람 말이에요. 당신이 새로운 생각을 할 수 있게 해 줄 사람. 그렇죠?"

톰은 희망을 담은 눈으로 나를 바라보았다.

"그렇게 할 수 있죠, 찰리?"

톰의 말이 내 머릿속에 뿌리를 내리자 나는 눈을 동그랗게 뜨며 고개를 끄덕였다.

답을 찾아 이곳에 왔지만, 아주 다른 걸 얻고 떠나게 되었다. 훨씬 더 흥미로운 것을.

나는 계획을 품고서 그곳을 떠났다.

32

"그건 지금까지 네 입에서 나온 소리 중에서도 무지하게 황당무계한 생각이 틀림없다."

나는 자존심에서 공기가 새어나가는 걸 막기 위해 숨을 깊이 들이마셨다. 사이너스에게 의견을 물어보려면 언제나 위험을 무릅써야 했다.

"너 진짜 병원을 기습해서 너희 이모랑 몰래 빠져나올 수 있다고 생각하는 거냐? 네가 이모를 어깨에 들쳐 메고 담장을 넘는 모습을 간호사들이 보면 어떻게 할까? 내 말 좀 들어 봐, 찰리. 내 생각에 그 사람들은 너를 도와주려고 사다리를 들고 달려오진 않을 거야. 그보다는 구속복(정신병자나 죄수가 난동을 부리지 못하도록 입히는 옷-옮긴이)을 들고 올걸. 게다가 그건 네 이모 것이 아닐 테고!"

"이모는 미친 게 아니라 아픈 거야. 게다가 그 사람들은 구속복을 쓰지 않아. 알면서."

나의 좌절감을 녀석에게 덮어씌우지 않으려 애썼지만, 나에게 있는 건 이 아이디어뿐이었다. 그리고 머릿속으로 그게 더없이 완벽하다고 스스로를 납득시킨 뒤였다. 왜냐하면 성공하기만 한다면 내가 엄마의 비밀을 알고 있으며 침착하게 그걸 받아들였다는 사실을 알려줄 수 있을 뿐 아니라, 내 비밀이 나에게 해를 입히지 않을 거라는 사실도 엄마에게 깨우쳐 줄 수 있을 것이기 때문이다. 그러니까, 생각해 보라. 이건 모두에게 유리한 전략이었다.

스케이트 축제가 열리는 날, 내가 해야 할 일은 사이너스의 도움을 받아 도라 이모를 오크뷰 병원에서 딱 두 시간만 빌려 오는 것이었다. 그 정도면 이모를 공원에 모인 군중 한가운데로 데려오기에 충분한 시간이었다. 그날 엄청난 군중이 모일 것임을 나는 알고 있었다. 그렇게 한 다음, 엄마도 공원으로 데려올 수 있다면, 나는 엄마의 얼굴을 똑바로 보며 내가 모든 걸 알고 있음을 보여 줄 수 있을 것이다.

"너, 너희 엄마 만나본 적은 있냐?"

사이너스가 덧붙였다. 녀석은 말이라는 바늘로 내 영혼을 또 한 번 인정사정없이 찌르고 있었다.

"너희 엄마가, 뭐라고 해야 하지……. 아, 그래, 그거야. *완전한 고집불통*이라는 걸 잊어버린 것도 아니잖아. 그 많은 사람들 앞에서 네가 보기 좋게 속임수를 썼다는 사실이 드러나면, 네 엄마 성격에 화를 참을 수 있을 거라고 생각해?"

"하지만 그 점이 바로 문제야, 사이너스. 아빠는 엄마가 다른 것보다 체면을 잃는 걸 가장 걱정한다고 했어. 엄만 그걸 무지 싫어해. 당연히 그렇겠지. 하지만 너도 도라 이모를 봤잖아……. 이모는 머리 셋 달린 괴물이 아니야. 사람들은 이모를 만나자마자 이모를 받아들일 거야. 아니, 이모를 사랑하게 될 거야. 그리고 엄마도 그 광경을 보면 내가 한 짓을 용서해 줄지 몰라."

"뭐? 네가 경사로 꼭대기까지 직행하도록 내버려 둘 만큼? 야, 진심인데, 넌 좀 푹 쉬어야 돼. 네 입이 움직일 때마다 네가 말하는 아이디어의 신빙성이 떨어지고 있단 말이야."

"그럼 이게 결론이야?"

이제는 처참한 기분이었다.

"그게 너의 공식적인 입장이야? 좋아, 이 문제만큼은 네 도움이 절실한데, 친구야, 도울 생각이 없다고? 그렇다면 너 좋을 대로 해. 하지만 어쨌거나 난 그 일을 할 거야."

나를 미친놈 보듯 하던 사이너스의 표정이 순진무구, 그 자체로 변했다.

"누가 돕기 싫단 말을 조금이라도 꺼냈냐? 네 계획에는 그냥 예리한 책략이 약간 필요한 것 같다는 얘기지. 그리고 자신 있게 말하는데 내가 순식간에 네 계획을 다리미로 쫙 펴 줄게."

결론은 났다. 청신호가 켜졌다. 그러나 동시에, 사납게 날뛰는 두려움이 내 운동화에서부터 이마까지 퍼져 나갔다. 사이너스는 약속을 지켰다. 귀찮을 정도로 성실히. 물론 나는 녀석이 나를 도

우면서 궁극적으로는 자기 자신도 돕고 있다는 걸 알고 있었다. 녀석은 양팔에 수많은 여자들이 매달린 제 모습을 그려 보고 있었다. 그러나 그 일이 일어나려면 그리고 그 여자들이 녀석의 콧방울을 눈감아 넘기고 녀석의 (깊은) 내면에 숨겨진 자상한 영혼을 보게 하려면, 정말이지 어마어마한 규모의 계획이 필요했다.

작전은 개시되었다. 다만 도라 이모를 오크뷰에서 빼내 오는 문제와는 관련이 없었다. 나는 사이너스가 학교를 상상할 수 있는 가장 과격한 모습으로 개조하면서 마음속으로 그 작전을 생각하고 있었다고 짐작만 할 따름이었다. 정말이지, 녀석이 그린 건 숨이 멎을 듯한 작품이었다.

녀석이 어떻게 했는지, 그러니까 시간이 얼마나 걸렸으며 얼마나 많은 양의 스프레이 페인트를 샀는지 나는 모른다. 하지만 그 뒤로 2주 반이라는 기간 동안 녀석은 모든 풍경을 버블 랩 무지개로 바꿔 놓았다. 녀석의 그림은 우리의 눈앞에 있었고, 사방에서 우리의 눈알을 놀려댔다. 벽, 울타리, 골대 등 사이너스가 손대지 못한 공간은 단 하나도 없었다. 녀석은 거기에서 멈추지 않았다. 멈추기는 커녕 디지털 방식까지 동원했다. 선생님이 화이트보드를 켤 때마다 거기에서는 'BWB'라는 글자가 번쩍거렸고, 학생 식당의 PDP 텔레비전에 나타나는 공지 사항은 규칙적으로 녀석에게 습격을 당해 사라졌다. 그중 최고는, 어떻게 했는지 모르지만, 피치 교장 선생님이 전교생을 대상으로 프레젠테이션을 하고 있을 때 거기에 자신의 그림을 집어넣은 것이다.

"기물 파손 행위입니다!"

교장 선생님은 소리쳤다. 그건 금세 교장 선생님의 표어가 되었다. 한 번만 더 이런 일이 생기면 비실거리는 교장이 아니라 텔레비전 퀴즈 프로 진행자로 변신할 것 같았다.

"어떤 사람들은, 우리 중에서 무식한 사람들은, 감히 이걸 *예술*이라고 부르며 나름대로 장점이 있다는 말을 입에 올리는데, 이건 우리의 건물을, 그다음으로는 우리를 바닥 중에서도 바닥으로 끌어내릴 뿐입니다. 그러니 여러분에게 요청합니다. 이 학교의 책임감 있는 구성원으로서, 여러분은 경계를 늦추지 말고, 남학생인지 여학생인지 모르지만 나에게 범인을 데리고 와서 처분할 수 있게 해 주기를, 요청하는 바입니다."

그렇게 말하고 나서 교장 선생님은 자신이 만든 파워포인트 슬라이드를 다시 보여 주려고 했지만, 교장 선생님이 마우스를 클릭할 때마다 화면에 나타나는 것이라고는 번쩍거리고 날렵하며 입이 딱 벌어질 만큼 놀라운 새 그림이었다. 새로운 그림은 늘 먼저 나타난 그림보다 눈부셨다. 교장 선생님이 제어 장치로 화면을 휙휙 넘길 때마다 강당 지붕은 흥분으로 깔끔하게 날아가 버릴 것만 같았다.

나는 그런 환성을 들어본 적이 없었다. 조례 시간에도, 학교 건물 안에서도, 심지어 어느 교생 선생님이 프랑스어 시험 시간에 무심코 속이 훤히 비치는 윗도리를 입고 있었을 때조차.

박수갈채와 환호성, 탄성으로 너무나 소란스러워서 그 시간이 끝나갈 무렵에는 곧 기립 박수 장면을 보게 되겠다는 생각까지 들었다. 그리고 그렇게 함성과 찬사가 쏟아지는 동안 사이너스와 나는 깜짝 놀란 채로 자리에 앉아 있었다. 그러니까, 나는 그랬다. 사이너스는 별다른 표정 없이 평소처럼 잘난 척하는 웃음을 짓고 고개를 천천히 끄덕이면서, 쌓여만 가는 찬사를 모조리 빨아들였다.

그날 학교가 끝날 때까지 교정은 내내 떠들썩했다. 학생들은 다양한 그림 앞에 삼삼오오 모여, 그림을 분석하고 누가 이런 일을 벌였을지, *BWB*가 무슨 뜻일지, 단서를 찾으며 열심히 머리를 굴렸다. 누구도 정답에 가까이 가지 못했지만, 우리는 이게 마치 스도쿠(일종의 수학 퍼즐-옮긴이)처럼 어려운 문제라는 듯이 메모지를 마구 휘갈기는 연필들을 바라보며 빙긋 웃었다.

마지막 종이 울리자, 색다르고 독특한 기분이 나에게 엄습했다. 그날이 다 끝났다는 기묘한 슬픔도 밀려왔다. 스케이트 축제에 일단 우리의 계획이 성공할 경우 이런 일이 벌어지는 거라면, 그렇다면 나는 이번 일을 절대 망칠 수 없다. 이런 기세라면 절대 그럴 수는 없다. 이건 선택하고 말고 할 문제가 아니었다.

33

다음 3주 동안 촛불의 양쪽 끝에 불을 붙인 듯이 몸을 혹사시켰다. 사실 대부분의 시간 동안 나는 그 촛불을 불타는 지휘봉처럼 휘둘러 댔는데, 자신만만하게 한마디 덧붙이자면, 불길에 손가락 하나도 그을리지 않았다. 그럴 뻔한 적은 수없이 많았지만.

할 일이 무척 많았다. 하지만 불평해 보았자 소용없는 짓이었다. 내 시선은 장차 얻게 될 빛나는 상에서 결코 떠나지 않았다. 복수, 영예, 사이너스에게 달라붙을 여자들, 그리고 가장 중요한 것, 우리 가족을 에워싼 거짓말을 끊어낼 기회. 그것만으로도 모든 위험을 감수할 가치가 있었다.

우선 독을 품고 스케이트보드에 덤벼들었다. 스케이트 축제 때 엉덩방아를 찧으며 넘어진다면, 모두가 나에 대해 이미 갖고 있는 생각을 완성품처럼 보여 주는 일이 될 터였다. 그렇게 된다면 나는 당연히 얼굴을 들지 못할 것이다. 나는 그 어느 때보다 날카로워져야 했고, 매분 매초를 붙잡고 내 기술을 성공시켜야 했다.

그 과정에서 엄마에게 발각될 위험이 있었음에도, 그렇게 했다. 들킬 확률을 줄이기 위해 엄마가 알아보지 못할 옷을 입었다. 사이너스의 옷인 배기 청바지에다 후드 달린 티를 입었다. 아빠가 겨울에 이따금씩 쓰는, 축 늘어진 귀가 달렸고 안에는 털가죽을 댄 코자크 모자를 썼다. 햇빛 아래에서 나는 미치광이처럼 땀을 흘리고 있었지만, 이걸로 나에게 그토록 필요한 익명성이 생긴다면 보람 있는 행동이었다.

나는 스케이트보드를 타고 온 마을을 공략했다. 어두워진 다음에만 경사로에 오를 수 있다는 알았기 때문이었다. 그리고 그때에도 아빠의 은밀한 도움에 의지해야 했다. 엄마가 병원에 있다는 걸 알게 되면, 나는 체력과 균형 감각을 기르기 위해 애썼고 주차된 차들 사이를 지그재그 지나가거나 유모차 주변을 씽씽 돌거나 버스 정류장에 줄지어 선 사람들 틈에 끼는 등, 스케이트보드 위에 계속서 있기 위해 필요한 행동이면 뭐든지 했다.

엄마가 음식점 전화기에 매달려 있는 동안에는 배달을 하러 나와 더 먼 거리를 갈 수 있는 지구력도 키웠다. 덕분에 가끔은 마을을 가로질러 오크뷰에 있는 도라 이모를 만나러 달려갈 여유가 생겼다. 그곳에 가면 나는 이모가 나에 대한 신뢰를 키울 수 있도록 이모와 함께 앉아 있었다. 때가 됐을 때, 그리고 우리가 그 중요한 날에 함께 달아날 때, 이모가 너무 겁내지 않도록 하기 위해서였다. 이모를 겁나게 하는 일은 어떤 이유에서건 내가 용납할 수 없는 일이었다.

이모를 방문하는 일, 잔디밭에서 기다리고 있는 이모를 발견하는 순간은 나에게 가장 주된 일과가 되었다. 나는 조심해야만 했다. 가끔은 간병인이 돌아오는 모습을 발견하기까지 겨우 1분의 시간밖에 없을 때도 있었다. 하지만 중요한 건 내가 이모 곁에 있음을, 내가 이모의 삶에서 일부분이 되고 싶어 한다는 사실을 이모가 안다는 거였다.

이모 곁에 있는 것도 점점 자신감이 붙었다. 내가 이모의 몸을 부러뜨릴지도 모른다는 망상이 사라지기 시작했다. 내가 곁에 있는 시간이 이모에게 도움이 된다고, 진심으로 믿게 되었다.

"진짜 재미있죠, 그렇죠, 도라 이모?"

눈치코치란 게 아예 없는 사이너스의 또 다른 이야기를 들려준 뒤 물었다. 이모는 기쁨이 넘쳐 휠체어를 마구 흔들었고 나는 대답이 뭔지 의심하지 않았다. 사이너스와 관련된 이야기들을 제대로 들려주고 싶다는 생각이 들었다. 이모는 사이너스를 딱 한 번 보았을 뿐이었다. 녀석이 이모의 옷장으로 뛰어들었을 때 말이다.

"우리 외출 한번 해요. 그러니까, 저랑 이모랑. 여기가 아닌 다른 곳으로 가요. 어떻게 생각하세요?"

이모는 나를 골똘히 바라보았다.

"먼 곳은 아니에요. 이모는 언제나처럼 차도 마실 수 있고요. 그냥 제가 이걸 타는 모습을 보면 이모가 좋아할 것 같았어요."

이모의 눈은 스케이트보드 쪽으로 굴러갔다.

"휠체어에 탄 이모처럼 잽싸진 않지만, 이모가 응한다면 경주해 볼 생각은 있어요."

이모는 다시 웃음을 터뜨렸고, 확신이 쉬익 하고 온몸을 덮치며 내가 애쓰는 모든 일에 힘을 실어 주는 느낌이 들었다. 도라 이모가 나만큼이나 이 작전에 가담할 의향이 있다면, 분명 시도할 가치가 있었다. 나는 더 많은 도움을 요청해야 하는 게 아닐까, 어쩌면 아빠에게 도와 달라고 해야 하는 게 아닐까, 하는 생각이 들었다. 아빠와 단둘이 있는 시간이 될 때까지 그 생각이 머릿속에 계속 남아 있었다.

"도라 이모랑 얼마나 친하세요?"

경사로에서 연습을 마친 뒤, 나를 집으로 태우고 가는 아빠에게 물었다. 내가 몰래 이모를 찾아간다는 낌새를 전혀 풍기고 싶지 않아서, 순진한 질문처럼 느껴지도록 애를 썼다.

"무슨 뜻이냐?"

"음, 그러니까, 이모를 얼마나 자주 만나세요? 이모는 엄마랑 있을 때처럼 아빠랑 있을 때도 편안해해요?"

아빠는 약간 멋쩍은 표정을 지었다.

"글쎄다, 네 이모는 내가 누구인지 알지만 몇 달이나 만나지 않았단다. 어려운 일이야. 사고가 일어나기 전에는 네 이모를 몰랐고…… 음…… 사실 잡담을 나누는 데는 영 재주가 없어서."

"어쩌면 이모에게 필요한 건 아빠가 말을 걸어 주는 게 아닐지도 몰라요. 그냥 앉아서 함께 있어 주면 충분할지 몰라요."

아빠는 곁눈질로 나를 바라보았다. 이 새로운 '도라 전문가'가 어디에서 나타났는지 의아하다는 표정이었다. 내가 너무 심하게, 다그친 모양이었다.

"그럼 조만간 가 봐야겠다. 네 엄마도 하루 쉬어야지."

"아니면 이모랑 좀 색다른 일을 시도하면 어때요? 그러니까, 이모는 똑같은 환경에 질렸을지도 몰라요. 색다른 것, 새로운 것을 보는 게 이모에게 도움이 될지 몰라요."

"찰리, 그래서 어쩌자는 얘기냐?"

나는 천천히 어깨를 올렸다가 내렸다.

"아무것도요. 그냥 관심이 생겨서요. 제가 이모에 대해 뭘 알겠어요? 그러니 신경 쓰지 마세요. 공정하게만 해 주세요, 네?"

"네가 나에게 사실을 말한다면 공정하게 대해 주마. 나는 미치지 않았다. 네가 네 이모를 다시 만날 수 있도록 병원 밖으로 데려올 수는 없어. 네가 그걸 바란다는 건 잘 알지만, 그렇게는 못한다."

울컥, 하고 화가 치밀었다. 아빠는 어떤 식으로든 내 계획을 도와줄 생각이 없었다. 그 모습을 보니 아빠가 제대로 지키지 못한 약속이 있다는 사실이 떠올랐다.

"하지만 그래도 엄마에게 모든 걸 이야기해 주실 거죠, 네? 그러겠다고 하셨잖아요?"

잠시 침묵이 흘렀다. 오래는 아니었지만 결정적인 침묵처럼 느껴졌다.

"그냥 알맞은 시기를 선택해야 해서 그래."

"아, 맞아요. 그럼 그게 언제예요? 제가 열여덟 살이 됐을 때? 스물한 살? 아니면 도라 이모에게 정말 끔찍한 일이 일어날 때까지 마냥 기다릴 생각이에요? 이모가 죽어야만 그때서야 드디어 짬을 내서 이야기하려고요?"

그 말은 아빠에게 상처를 주었다. 나는 그 사실을 알았지만 움찔하지 않았다. 더 이상 꾸물거릴 시간이 없었고 그건 아빠도 마찬가지여야 했다.

"봐라, 난 최선을 다하고 있다."

교통 신호 때문에 차를 세우면서 아빠가 주장했다.

"지금 널 도와주고 있잖아, 응? 그걸로 충분하지 않단 말이냐?"

나는 손을 내밀어 문손잡이를 당긴 다음 차 밖으로 뛰어나갔다.

"턱도 없어요."

나는 이렇게 쏘아붙이며 스케이트보드를 발밑으로 던지고 슬슬 밀었다.

"찰리. 다시 타라, 응?"

나는 아빠의 말을 무시했다.

"얼른. 지금쯤이면 네 엄마가 집에 오는 중일 거야. 엄마가 너를 보면 어쩌려고 그러냐?"

나는 희미하게 웃음을 지었다.

"그게 정말 저한테 아직도 중요한 문제라고 생각하시는 거예요, 아빠? 정말로?"

아빠는 그 말에 대답이 없었다. 아빠는 나와 나란히 100미터 정도를 느릿느릿 기어가다가 가속 페달을 밟으며 가 버렸다. 나는 혼자였다. 한 가지가 아닌, 여러 가지 의미에서.

34

학교는 떠들썩했다. 6주 뒤면, 모두를 그토록 흥분시킨 축제가 열린다는 사실 때문만은 아니었다. 스케이트 축제와 더불어, 모두를 광란으로 몰아넣은 사이너스의 비밀스럽고 화려한 작품이 있었기 때문이었다. 그야말로 엎친 데 덮친 격이었다.

피치 교장 선생님은 '기물 파손 행위'와 관련해 언급한 내용을 그대로 지켰다. 난폭한 독일종 셰퍼드와 함께 교내를 순찰함은 물론, 학교를 정상적인 베이지색으로 되돌려 놓기 위해 할 수 있는 모든 조치를 취했다.

하지만 수위 아저씨가 벽을 페인트로 칠할 때마다 사이너스는 그걸 다시 장식했다. 녀석의 머리와 손이 비상한 능력을 발휘한 덕분에 새로 나타난 그림은 반드시 더 크고 더 훌륭했으며 더 대담해서 교장 선생님을 더욱 격분시켰다.

학생들은 학교에 일찍 모습을 나타내기 시작했다. 새로운 그림을 가장 먼저 보기 위해서 잠긴 학교 정문 사이로 얼굴을 쑤셔 넣었다. 필통과 가방에 사이너스의 디자인을 모방한 그림들이 나타났다. 교장 선생님은 수많은 중학교 1학년 여자아이들이 볼펜을 이용한 스텐실 기법(원하는 글자나 무늬 등을 오려내고 오려낸 그 구멍에 물감을 넣어 글자나 무늬를 찍어내는 기법 – 옮긴이)으로 자신의 얼굴에 'BWB'라는 글자를 그리자 노발대발했다. 급기야 나는 티셔츠를 파는 사람은 대체 언제쯤 나타날까, 하는 생각이 들었고 사이너스가 그 생각을 미처 하지 못했다는 사실이 믿기지 않았다.

녀석은 익명의 인물이면서, 동시에 이상하리 만큼 유명한 인물이었다. 적어도 녀석의 머릿속에서는 그랬다. 그래서 녀석은 점잔을 빼며 학교를 걸어 다녔다. 공책을 손에 들고 다니는 시간은 훨씬 줄어들었는데, 선생님들이 좀 더 똑똑했다면 그 공책 때문에 비밀이 발각되었을지도 몰랐다. 사이너스는 공책을 그리워하지 않는 것 같았다. 하긴 훨씬 큰 캔버스가 생겼는데 공책 따위를 왜 그리워하겠는가?

쉬는 시간과 점심시간에, 우리는 햇빛을 받으며 팔다리를 벌리고 누워서 할 수 있는 한 가장 훌륭하게 나머지 계획을 짰다. 이제 겨우 일주일 밖에 안 남았는데 '도라 작전'에는 사이너스의 손수건보다도 구멍이 많았다. 그렇기 때문에 성공과 실패는 인생에서 가장 신뢰할 수 없는 요소에 달려 있었다. 그건 바로 영국의 날씨였다.

스케이트 축제가 열리는 날은 반드시 화창해야 했다. 햇빛이 반짝이면 도라 이모는 밖으로 나올 것이다. 매일 반복되는 이모의 일과를 상세히 조사한 뒤 내린 결론이었다. 등식은 간단했다. '따뜻한 날씨' 더하기 '이모의 일광욕'은 '조카가 서둘러 이모를 문 밖으로 데리고 나오기'였다.

하지만 뜻대로 안 된다면, 사이너스와 나는 잠긴 문과 CCTV 카메라와 호기심 어린 수많은 시선을 피해 잠입해야 할 것이다. 간단히 말해서, 망하는 거다.

우리는 가능한 많은 일기 예보를 검토하며 장기적인 전망과 확률을 상세히 조사했고, 강수확률이 20퍼센트 밖에 안 된다고 장담하는 이들을 지지하며 불길한 예언자들의 말은 무시했다. 아, 맙소사, 우린 변변치 못한 괴짜들 같았고 스스로도 그걸 알았지만, 나로서는 이번만큼은 정말 상관이 없었다. 이 모든 노력을 보상 받게 된다면 정말 상관없었다.

"이 모든 일로 얻게 될 가장 멋진 결과가 뭔 줄 알아?"

사이너스가 물었다. 우리는 녀석이 그린 가장 크고 파격적인 작품, 이글거리는 태양 한가운데에서 날쌔게 분출하는 제트기 모양의 'BWB'를 감상하면서 빈둥거리고 있었다.

"그러니까 인류에게 알려진 가장 섹시한 여자들 한복판으로 뛰어들게 될 거라는 점을 빼면, 뭐가 가장 멋지겠냐는 말이야."

"뭐, 그건 기정사실이란 뜻이구나."

나는 웃음을 터뜨렸다.

"사랑에 빠지면 눈이 먼다는 건 아직도 맞는 말이니까, 그렇지?"

녀석은 무슨 뜻으로 하는 말인지 이해하지 못했다.

나는 말을 이었다.

"하지만 뭐가 있는데? 그것 빼고?"

"추방당하지 않는 거지. 그러니까, 매일 학교에 와서 감상할 수 없다면 온 학교를 다시 꾸미는 게 무슨 소용이겠냐?"

"아무래도 교장 선생님은 벽에 페인트칠하는 걸 그만두지 않을 기세야. 그렇지 않냐? 범인이 너란 걸 교장 선생님이 알게 되면 그 순간부터 페인트칠은 네 몫이야."

"아니."

사이너스는 빙그레 웃었다.

"뱅크시(영국의 '얼굴 없는' 그래피티 예술가 겸 영화감독. 뱅크시는 가명이며 모든 신상이 비밀로 감춰져 있고 사회 풍자적 메시지를 담은 벽화로 세계적인 관심을 받고 있다 – 옮긴이)에게 일어나지 않은 일은, 나에게도 일어나지 않을 거야."

"네 기준을 그토록 높이 잡았다니 반가운 소식이다."

자신을 동종 업계의 최고와 비교하는 건 녀석의 전형적인 특징이었다.

"넌 어떤데? 네가 주시하는 인물은 누군데? 그리고 무슨 일이 일어나든 상관없다는 말은 절대 하지 마라."

내 목표는 녀석의 목표만큼 웅장하지 않았지만, 나는 그 말을 생각해 보았다. 여자 친구가 생긴다면 대단한 성과겠지만, 나는 곡예를 부리듯 한 사람 이상의 여자 친구를 상대할 능력도 의향도 없었다. 사이너스는 달랐다.

이 모든 비밀이 끝나면 좋을 것이다. 혹시 성공하더라도 우리의 계획이 엄마의 정직함에 새로운 장을 열어 줄지 확신할 수는 없었지만 말이다. 엄마는, 엄마가 그랬듯 내가 엄마를 철저하게 배신했다고 생각할지도 몰랐다. 정말 그렇게 되면? 글쎄, 우리 집에서 누가 권력을 쥐고 있는지는 모두가 아는 사실이었다. 그 생각을 하면 버블 랩에 갇혔을 때보다 훨씬 지독하게 숨이 막혔다.

"나는 더 이상 익명으로 지내고 싶지 않아."

"익명이라고? 네가? 경사로에서 네 엄마가 벌인 일이 있는데?"

"좋아, 말이 잘못 나왔어. 나는 그냥 내 삶이 달라지면 좋겠어. 비웃음거리가 아니라 응원을 받는 사람이 되고 싶어. 난 최고가 되고 싶지도 않고 유명해지고 싶지도 않아. 그냥 치욕을 달고 살지 않을 수 있다면 그걸로 만족할 거야. 무슨 말인지 알겠어?"

사이너스는 부드러운 눈길로 잠시 나를 바라보더니 입을 열었다.

"네 말이 무슨 뜻인지 눈곱만큼도 모르겠다. 네가 왜 그렇게 겸손을 떠는지도. 이건 이 동네 전체에 네 자신을 당당히 드러낼 기회야. 우리가 여길 떠난 뒤에도 오랫동안 사람들 입에 오르내릴 기회라고. 너랑 나, 전성기를 되찾은 아이들!"

나는 고개를 저었다.

"아니, 넌 그 모든 걸 가질 수 있겠지. 나는 '치욕의 길'을 다시 겪지 않게 된다면 그걸로 만족이야. 앞으로 3년 동안 발길질을 당하지 않는다면, 모든 노력이 보람 있을 거야."

사이너스는 입술로 요란하게 휘파람을 불었다.

"가끔 내가 왜 내 재능을 너한테 낭비하는지 나도 모르겠단 말이야. 내가 왜 영광의 소나기를 맞을 주인공으로 다른 운 나쁜 아이를 고르지 않았는지 의아해진다고."

"그래, 난 참 운이 좋아, 그렇지?"

비꼬는 느낌을 한껏 강조하며 말했지만 녀석의 코뿔소 같은 가죽을 뚫고 들어가기에는 역부족이었다.

"내가 좋아서 하는 일인데, 뭘. 넌 내 친구이기도 하지만 내 프로젝트이기도 해. 그리고 그걸 증명하기 위해서는 네 스케이트보드가 필요하고."

"어, 왜?"

사이너스가 스케이트 축제를 이렇게까지 중요시하는 태도가 마음에 들지 않았다. 기교를 갈고닦는 데 최대한의 노력을 기울여야 했기 때문에 더더욱 그랬다.

"이유는 신경 쓰지 마. 그냥 이 사이너스 님을 믿으라고. 아, 그리고 중요한 날 어떤 옷을 입을지 생각해 둬."

나는 늘 똑같은 내 옷차림을 내려다 본 다음, 빈약한 옷장 속을 떠올렸다.

"뭐, 그건 식은 죽 먹기야. 청바지에 티셔츠지. 볼만하게 나가떨어질 경우를 대비해서 긴팔을 입을 수도 있고."

"아직도 이해가 안 되는 모양이구나?"

이제 녀석은 불길이 타오르는 눈을 동그랗게 뜨고 허리를 일으켜 세웠다.

"난 너를 이 빌어먹을 학교에서 가장 멋진 인간으로 만들어 주려고 지난 한 달을 투자했어. 다들 'BWB'가 무슨 뜻인지 알고 싶어 해. 그러니 네가 그 경사로 꼭대기에 서게 되면, 그 순간에야말로 모두의 입이 떡 벌어지고 말 거야. 그때 사람들은 네가 '버블 랩 보이'라는 사실과 네가 그 이름을 되찾게 되리란 사실을 깨달을 거라고. 그러니 혹시라도 청바지에 티셔츠를 입고 나타난다면, 내가 스프레이를 뿌려서 직접 옷을 입혀 주겠어. 네 몸에 그래피티로 그린 젖가슴 한 쌍이 생기면 근사해 보이지는 않을걸. 두고 봐."

그렇게 자신의 주장을 밝힌 다음, 녀석은 머리 뒤로 두 손을 깍지 끼고 다시 드러누웠다.

멋지군. 납치와 조롱, 그리고 지구상에서 가장 무섭게 성을 낼지 모르는 부모님 외에도 내 머리를 채울 게 또 생기다니. 모든 게 완전히 계획대로 되어 가고 있었다. 그러니 도대체 무엇이 잘못될 수 있겠는가?

35

정체를 드러내기 전날은 초조하게 보내는 게 당연한 일이었을 것이다. 모든 게 끝장날지도 모른다는 의심과 부모님에게 상상할 수 있는 가장 날쌘 속임수를 선보이게 되었다는 죄책감에 휩싸인 채로 말이다.

그런데 실제로는 어땠을까? 그런 감정 중 어느 것도 느껴지지 않았다. 그저 가속도가 붙은 기분이 들었는데, 연습할 때마다 점점 더 빨리 돌아가는 바퀴 때문만은 아니었다.

그동안 나는 어느 때보다 스스로를 압박했다. 사람들과 접촉하지 않는 모든 시간을 경사로에 쏟아 부었다. 새벽 다섯 시에 경사로에 발을 올려놓는 건 당연히 고통스러운 일이었어야 하는데, 그렇지가 않았다. 평생 이보다 더 깨어 있다는 느낌을 받은 적이 없었다. 두 시간 동안 녹초가 되도록 연습을 한 뒤에도 마찬가지였다. 연습을 마칠 때쯤 나는 경사로를 남김없이 먹어 치웠고, 필요하다면 단 한 걸음으로 경사로 꼭대기까지 오를 수 있을 것만 같았다.

스탠과 댄, 그리고 다른 아이들은 엄청난 충격을 받을 것이다. 나는 이 일을 해낼 수 있다. 그건 확실했다.

자신감과 믿음을 갖는 건 정말 어려웠다. 감정을 억누르느라 까딱하다가는 위험을 자초할 것 같다는 생각이 자꾸만 들었다. 그래서 나는 틀림없이 내 말을 들어줄 사람을 만나 부담감을 떨쳐버리기로 결심했다. 나는 도라 이모와 이야기를 나누러 갔다.

아니, 그러려고 했다. 어쨌든 해가 나왔으니, 큰 나무 밑에서 하늘로 시선을 던진 이모를 발견할 가능성이 높았다.

그러나 끼익거리며 병원 문에 이르렀을 때 발견한 것은, 누구의 눈에도 띄지 않고 날아오르는 새들 뿐이었다. 도라 이모는 어디에도 보이지 않았다.

큰일이라고는 생각하지 않았다. 이모의 모습이 보이지 않은 게 이번이 처음은 아니었다. 이모는 담당의사의 진찰이나 물리치료를 받는 중일 수도 있었고, 아니면 혹시라도 소개팅을 하러 갔을 수도 있었다. 그래서 나는 이모를 계속 찾아보았다. 인내심을 좀 더 발휘하더라도 손해 볼 건 없다는 생각에.

하지만 한 시간 뒤, 앞이 안 보일 정도로 땀을 뻘뻘 흘리며 그늘에서 쉬어야 할 꼬락서니로 되돌아왔을 때에도 이모가 있던 자리는 여전히 비어 있었다. 나에게는 아직 선택의 여지가 있었다. 좀 더 돌아다닐 수도 있었고, 아니면 오늘은 이걸로 끝내고 작전 당일에 이모를 기습할 수도 있었다.

어느 쪽도 이상적인 대안이 아니어서 불안이 꿈틀꿈틀 기지개를 켰다. 내일 이모가 나타나지 않을 가능성이 고개를 든 것이다. 정말 그렇다면 난 어떻게 해야 할까? 다이너마이트를 사서 병원 문을 폭파할 작정이 아니라면 말이다.

하는 수 없이 집으로 향했지만 마음속의 불안도, 팔다리에서 새삼 느껴지는 피로도 떨쳐지지 않았다. 사이너스의 집에 도착했을 때는 더 이상 걸어갈 기운이 없어서 그 집 문을 두드렸다. 앙상한 윤곽과 함께 녀석이 내 앞에 모습을 드러냈다.

"빌어먹을, 대체 어디 갔다 오는 거야?"

녀석의 전형적인 환영 인사였다.

"또 독설로 입이라도 헹궜냐?"

내가 물었다.

"어제는 놓고 갔었어야지."

녀석이 말을 이었다.

"뭘 놓고 가?"

"뭘, 이라니 뭔 말이야? 네 바지 얘기 하는 줄 알았냐? 그 널빤지, 스케이트보드 말이야. 내가 그걸 너한테 어울리게 꾸며야 되잖아, 응? 계획대로."

"참, 그렇지."

깜빡 잊고 있었다. 이제는 그걸 내놓으려니 썩 내키지가 않았다. 지난주 내내 스케이트보드의 발판과 내 발은 거의 떨어진 적이 없었는데, 잠깐 떨어질 생각을 하니 상실감이 느껴졌다.

"자, 그럼 어서."

사이너스는 한숨을 쉬듯이 말했다. 내가 스케이트보드를 들어 올리기도 전에, 녀석은 내 손에서 그걸 낚아채더니 문을 닫으려고 했다. 나를 그대로 밖에 세워두고서 말이다.

"나는 안 들여보내 줄 거야?"

내가 외쳤다.

"꿈도 꾸지 마. 넌 이미 내 하루를 거의 다 잡아먹었어. 근데 작업하는 동안 네 녀석 때문에 또 산만해질 수야 없지."

"하지만 그걸 어떻게 하려고?"

그때쯤 문은 이미 닫혔고, 내가 억지로 열어젖힌 우편함 사이로 사이너스의 다음 말이 빠져 나왔다.

"우린 한 팀이잖아. 찰리, 안 그래?"

녀석은 스프레이 통을 흔들며 부엌 쪽으로 걸어가고 있었다.

"음, 나는…… 나는……."

"팀에 '나' 따위는 없다네, 친구여."

"너나 잘해, 이 바보 자식아!"

이렇게 외쳤을 때 녀석의 모습은 내 시야에서 사라졌다.

"그리고 트럭 근처에 페인트칠은 금물이야. 내일이 되기 전에 그게 작동을 멈추면 난 망하는 거야."

녀석은 거만한 목소리로 "그래, 그래." 하고 큰소리로 말한 다음

집에 가서 쉬라고 했다.

상상할 수 있는 가장 긴 산책처럼 느껴지긴 했지만, 나는 사이너스의 말대로 했다. 그 어느 때보다 지루한 오후였던 건 말할 필요도 없었다.

집은 비어 있었고 다른 생각을 해 보려고 아무리 기를 써도 불안이 가라앉지 않았다. 나는 내일 일어날 일을 역겨운 영화의 한 장면처럼 머릿속으로 펼쳐 보았다. 행방불명된 이모, 집결된 경찰들, 격노한 부모. 하지만 이상하게도 나와 사이너스의 모습은 잘 떠오르지 않았다. 들뜬 열 두어 명의 여자아이들의 어깨 위로 높이 들어 올려진 우리의 모습 말이다.

나는 실패할 듯한 예감을 떨쳐 버리려고 텔레비전을 좀 보다가 책을 폈다. 급기야 숙제를 좀 해볼까, 하는 생각까지 했을 때 내일 입을 옷을 생각해 둬야 한다는 사실이 떠올랐다. 그러자 훨씬 더 무지막지한 두려움이 생겼다. 그러니까, 사이너스는 내가 어떤 답을 내놓을 거라고 생각하는 걸까?

슈퍼 영웅의 복장이라도 기대하는 걸까? 내 생각에, 가면과 망토는 재주 부리는 데 전혀 도움이 될 것 같지 않은데 말이다. 좋다. 사실 망토는 공중에 떠 있을 때 극적으로 물결치긴 하겠지만 그게 트럭에 걸려, 출발하기도 전에 나를 넘어뜨리는 장면도 눈에 선했다. 들것에 실린 내 몸 밑에 극적으로 쑤셔 넣은 망토라니, 상상할 수도 없었다.

대신 나는 사이너스가 각고의 노력을 기울여 이미 완성한 작품을 떠올렸다. 그러면서 내 낡은 흰색 티셔츠 하나로 녀석의 비범한 재능을 흉내 내 보았다. 문제는 녀석은 디자인의 천재지만 나는 아니라는 사실이었다. 그건 펜이 옷감에 닿자마자 확실해졌다.

10분 뒤 나는 색맹인 여섯 살짜리 아이라면 누구나 자랑스러워할 만한 디자인을 하나 완성했다. 하지만 아빠가 부엌에서 행주로도 쓰지 않을 수준이었다. 당황스러운 나머지, 펠트 펜 냄새를 추적하도록 훈련받은 블러드하운드라도 절대 찾아낼 수 없게 티셔츠를 휴지통 깊숙이 묻어 버렸다.

결국 나는 영감 같은 걸 줄지 모른다는 눈먼 희망으로 서랍이란 서랍을 죄다 뒤지기 시작했다. 간장 봉지 한 무더기와 옛날에 쓰던 메뉴판을 제외하고는, 공기방울이 거의 터져 버려 지저분해진 버블 랩 두루마리가 내가 발견한 전부였다. 보기만 해도 몸서리가 났지만, 그게 유일한 수확물이었다. 나는 침대에 누운 채 버블 랩을 옆에 내려놓았다. 이제는 이 버블 랩으로 뭘 어떻게 할지 알아내기만 하면 되었다.

하지만 그렇게 하지 못했다. 초조한 피로감 때문이었는지 어쩌다 잠이 들었고, 누군가 현관문을 시끄럽게 두드리는 소리 때문에 간신히 잠에서 깼던 것이다. 화들짝 놀라서 버블 랩 위로 몸을 굴린 탓에 나는 몇 개인가 남아 있던 버블을 모두 터뜨리고 말았다. 설상가상으로 펄쩍 뛰어오르다가 관자놀이를 침대 머리 판에 세게 부딪혔다.

잠이 덜 깨 멍한 상태로 귓가에 울리는 초인종 소리를 들으며 바닥으로 몸을 굴렸다. 초인종소리는 흐릿한 윙윙 소리에서 서서히 변해 아빠 가게에서 날카롭게 끝없이 울려대는 전화벨 소리가 되었다.

전화벨 소리는 문을 두드리는 소리와 어우러져, 내가 들어본 것 중에 가장 짜증스러운 불협화음을 내는 댄스 음악을 연출했다. 도대체 아빠는 왜 전화를 받지 않는 걸까? 아빠는 늘 정시에 가게 문을 열었고 곧장 신바람이 나서 일에 몰두했으며 일단 팬이 지글거리기 시작하면 엄마의 목소리도 듣지 못했다.

1분이 더 지나자 전화벨 소리를 도무지 참을 수 없었다. 나는 방문으로 기어가 시간을 확인했다. 5시 10분. 가게 문을 열고도 10분이나 지난 때였다.

현관문으로 갔더니 뚱뚱한 세 남자가 한 줄로 서 있었다. 그들은 각자 자기 시계를 가리켰다. 가게 문을 열지 않았다는 말을 건네자, 세 남자는 호의적이지 않은 반응을 보였다.

"가스가 새서요."

내가 말했다.

"카 거리에 있는 음식점으로 가 보세요."

그들은 보통 대량 살상범이나 전쟁 범죄자들에게나 어울리는 분노를 발산하며 나를 쳐다보더니 다음 어깨를 축 늘어뜨린 채 슬그머니 사라졌다.

이상하게도 나는 그들에 대해 두 번 생각하지 않았다. 대신 곧장 전화기가 있는 곳으로 가, 아빠의 휴대 전화로 전화를 걸었다.

대답이 없었다.

그래서 엄마의 휴대 전화로 전화를 걸었는데, 곧장 자동응답기로 이어졌다.

미칠 노릇이었다. 우리는 계속 가게 문을 열어야 한다는 이유로 가족 휴가도 가본 적이 없었다. 그런데 그런 부모님이 나타나지 않는다? 이상했다.

그 뒤 한 시간 동안 내 과대망상은 더욱 심해졌다. 자동응답기에다 전화 발신음에다 화가 나서 문을 쾅쾅 두드리는 소리가 뒤섞여 너무나 괴로웠기 때문이었다.

결국 '부모님 행방불명으로 휴업'이라는 안내문을 써서 문에 붙이고 계단에 몸을 숨겼다. 전화기 전원도 뽑아버렸는데, 그래 봤자 적어도 부모님 중 한 사람은 나에게 전화할지 모른다는 생각에 걱정이 더해질 뿐이었다.

전화기를 다시 연결하자 정말 벨이 울렸다. 당연한 일이었다. 제 생각만 하고 음식을 주문하려드는 사람들이 있기 마련이었다. 그래서 나는 자존심 있는 아이라면 누구나 했을 만한 행동을 했다. 전화 연결 상태가 나쁜 척하면서 헛기침을 하고 바지직 소리를 내다가 손님들이 진절머리를 내며 마침내 수화기를 내려놓을 때까지 기다렸다.

영업에는 전혀 도움이 되지 않겠지만, 그건 더 이상 내 관심사가 아니었다. 이렇게 절망적인 시기에는.

기다리다가 전화를 걸다가 바지직 소리내기를 무한 반복하며 여덟 시 반쯤 되었을 때, 나는 경찰서에 전화를 하기 직전이었다. 경찰에게 무슨 말을 해야 할지는 알 수 없었다. 테이크아웃 요리 전문점이 제 시각에 문을 열지 않았다는 말은 정확히 부모님이 유괴당했다는 뜻은 아니니까. 그렇지 않나?

하지만 그때쯤 내 스트레스 수치는 도무지 성미에 맞지 않은 일을 한 탓에 지붕까지 뚫을 기세였다. 나는 떨리지 않는 단 하나의 손가락을 전화기에 대고 '999'(우리나라의 '119'에 해당하는 영국의 응급 전화번호 – 옮긴이)를 눌렀다. "긴급구조대입니다. 무엇을 도와드릴까요?"라는 소리를 들은 순간 다른 쪽 손의 휴대 전화에서 진동이 느껴졌다.

휴대 전화 액정이 모든 것을 말해 주고 있었다……. '아빠'. 그래서 나는 교환원에게 '잘못 걸었다'고 우물거리듯 이야기하고 휴대 전화에 대고 고함을 질렀다.

"어디예요? 무슨 일이에요?"

"병원이다, 얘야. 좋은 소식이 아니야."

배 속이 뒤틀리고 머리가 아찔했지만, 나는 억지로 말을 짜냈다.

"엄마예요? 뭐예요? 엄마 괜찮아요?"

"아니, 아니. 엄마 일이 아니고 그런 병원이 아니라."

아빠의 말은 점점 커지고 느려지고 더욱 심각해졌다.

"지금 오크뷰에 있다, 찰리. 이건, 어…… 그러니까, 도라 일이야."

36

사이너스네 현관문을 마구 두드렸다. 내가 찾는 건 사이너스도, 스케이트보드도 아닌, 사이너스의 엄마였다.

문이 열리자 아줌마의 오렌지색 얼굴이 어둠을 가르며 나타났고, 아줌마는 뭔가 문제가 생겼다는 걸 직감했다.

"찰리, 얘야? 괜찮니?"

"저 좀 태워주세요."

나는 정신없이 말했다.

"부탁드려서 죄송한데, 급해요."

2분 뒤, 우리는 눈 깜짝 할 사이에 사이너스네 진입로를 벗어나 시내로 향했다. 아줌마가 '잠깐' 얼굴을 매만지고 싶어 하지 않았다면 더 빨리 갈 수 있었을 것이다. 농담을 가장한 핀잔을 하려면 그 사이에 수백 가지도 할 수 있었을 테지만. 하고 싶었던 대부분의 말은 '잠깐'보다 긴 시간이 필요했던 아줌마의 주변을 맴돌다가 사라졌다. 사이너스조차 스프레이 페인트로 뒤범벅된 손으로 계단을 쏜살같이 내려오면서도 농담 한마디 던지지 않았다.

사이너스는 문제가 발생했다는 걸 알고는 우리와 함께 재빨리 차에 올라탔다. 사건을 놓친다는 건 녀석으로서는 말도 안 되는 일이었다. 게다가 녀석은 아줌마에게 배경 설명을 해 줄 수 있을 터였다. 나는 신경이 너덜너덜해져서 아무 말도 꺼낼 수 없었다.

아빠가 전화로 한 이야기는 간단했다. 도라 이모에게 발작이 일어났다. 뇌졸중이 원인이었다. 심각했다. 그래서 아빠가 전화를 한 것이었다. 아빠의 목소리는 조용했고 메아리처럼 울렸다. 아빠가 서 있는 복도에 비밀이 새어나가지 않도록 애쓰는 중인 것처럼.

"아빠가 전화한 거, 엄마가 알아요?"

"아니."

예상대로 아빠가 이렇게 말하며 슬그머니 등 뒤를 바라보았다.

"하지만 달리 뭘 해야 할지 모르겠더구나. 의사들 말로는, 그러니까…… 그게……."

나는 아빠가 말을 끝마치도록 내버려두지 않았다. 아빠가 이번만큼은 큰일을 비밀로 하지 않아서 고마웠다. 비록 내 머리는 아빠가 하고 있는 말을 한 단어도 믿지 않으려 했지만. 아빠가 생각하듯이 그렇게 심각한 일일 리가 없었다. 그러니까, 이모는 아무도 모를 만큼 수많은 발작을 극복하며 거의 20년 동안 버텨 왔다. 지금 포기한다는 건 말도 안 되는 소리였다. 내가 이제야 이모를 만났는데……. 게다가 엄마와 피를 나눈 사람이라면 그보다 더 단단하고 강한 물질로 이루어져 있을 것이었다.

도라 이모만 생각난 게 아니었다. 엄마 생각도 맴돌았다. 엄마가 어떻게 대처할지 알 수가 없었다. 도라 이모 문제에서만큼은 참조할 만한 내용이 전혀 없었다. 엄마는 이걸 축복이라고, 마침내 마음의 짐을 내려놓을 기회라고 생각할 수 있을까? 그렇지는 않을 것 같았다. 아빠의 말로 미루어 보건대, 엄마는 이걸 엄마 자신을 때릴 또 하나의 채찍으로 여길 것 같았다.

나는 엄마가 나를 보면 뭐라고 말해야 할지, 어떻게 행동해야 할지 생각해 보았다. 엄마는 이 상황에 정신을 빼앗긴 나머지 내가 거기 있다는 걸 그냥 받아들일까? 아니면 또 한 번의 대립으로 이어질까? 지금 생각하기로는 그런 대립을 견딜 수 없을 것 같은데.

머릿속으로 시나리오를 전개해 보았지만, 시나리오는 금방 뒤죽박죽 혼란스럽게 변해서, 내 공포를 더욱 악화시킬 따름이었다.

사이너스의 엄마는 열심히 차를 몰면서도, 사이너스가 사정을 설명하는 동안 눈을 휘둥그레 뜨고 이따금씩 백미러를 힐끔거렸다.

"정말이지 엄청 놀랐겠구나, 찰리."

나는 아줌마가 겉으로 보이는 만큼 이 드라마를 즐기고 있는 건 아니었으면 좋겠다고 생각했다. 아줌마가 나를 내려주자마자 휴대전화부터 집어 드는 게 아닐까, 하는 생각을 하지 않을 수 없었다. 아줌마와 우리 엄마는 친구가 아니었다. 다행히, 사이너스가 드물게도 위로의 말을 건네며 그런 내 걱정을 그치게 해 주었다.

"다 괜찮아질 거야."

사이너스는 고개를 돌리며 웃음을 지었다.

"그리고 사람들이 알게 될까 봐 걱정하지는 마. 우린 비밀을 지킬 거야. 그렇죠, 엄마?"

아줌마의 얼굴은 새빨갛게 물들었다. 네온 빛 볼연지 밑에서 만화경처럼 새로운 색깔들이 알록달록 나타났다.

"두말하면 잔소리지."

아줌마는 새삼스런 집중력을 도로에 쏟아 부었다. 그 집중력은 오크뷰의 정문에 이를 때까지 계속되었다.

우물거리듯 "고맙습니다."라고 말하고 자동차에서 뛰어내리는데, 갑자기 머리를 후드득 파고드는 빗방울이 느껴졌다.

"기다릴까?"

사이너스가 내 등 뒤로 소리쳤다.

"괜찮아."

나는 돌아보지 않았다.

그 비가 징조였는지 모르겠지만, 내가 문에 이르렀을 때쯤에는 빗줄기가 포장도로에서 튀어 오르며 문간의 꽃들을 때려 바닥으로 쓰러뜨리고 있었다. 반질거리는 건물 바닥을 몇 걸음 걷지도 않았는데 나는 접수대로 주르르 미끄러져, 즉시 접수원의 관심을 사로잡았다.

"도움이 필요하니?"

접수원의 어깨 너머에서 금세 아빠가 나타났다. 아빠는 나를 데리고 이중문을 지나 내 몸에 팔을 두르더니, 나를 위해서인지 아빠를 위해서인지 모르겠지만 상상할 수 있는 가장 진한 포옹을 했다.

"미안하다."

아빠는 속삭였다. 뭐가 미안하다는 건지 알 수가 없었다.

"아빠가 전화해 줘서 기뻐요."

나는 서글프게 웃음을 지으며, 아빠의 얼굴에서 생각하는 것만큼 나쁜 일은 아니라는 증거를 찾으려 애썼다.

"달리 어떻게 할 수 있었겠니? 할 수 있는 만큼 오래 기다렸지만…… 의사들은 이제……."

그 말 자체가 아빠에게 실제로 고통을 주고 있는 것처럼 보였다. 나는 더 이상 듣고 싶지 않았다.

"제가 올 거라고 엄마한테 말했어요?"

아빠는 뜨겁게 달아오른 뺨으로 고개를 저었다.

"방법을 모르겠더구나. 너랑 엄마가 이미 받은 상처보다 더 큰 상처를 받지 않게 할 방법을."

"괜찮아요."

내가 말했다. 그리고 어느 정도는 사실이었다. 아빠는 엄마가 어떤 반응을 보일지 몰랐을 것이다. 나는 그걸 이해할 수 있었다. 이제는 그 어느 때보다도 더욱.

"우리 같이 엄마에게 이야기해요, 네?"

우리는 말없이 서둘러 복도를 걸어갔다. 우리 둘 다 감히 계획 따위를 세울 수가 없었다. 즉흥적으로 대처해야 했다.

도라 이모의 병실에 도착하자, 아빠는 유리창으로 안을 들여다보고 걸음을 멈추었다. 창틀에 얹은 손이 떨리고 있었다. 나는 조심스럽게 아빠를 한쪽으로 밀었다. 지금껏 기다렸으니, 더 이상 이 순간을 미룰 수 없었다.

방은 내가 본 어떤 병동보다도 어두웠다. 침대 주변에서 번쩍이며 윙윙거리는 여러 기계 장치의 불빛밖에 없었다. 도라 이모의 몸 위에 튜브와 전선을 늘어뜨린다면, 완벽한 공상 과학 영화의 한 장면이었다. 어떤 과학 기술도 이모를 우리에게 다시 데려다 줄 수 없다는 사실이 믿기지 않았다.

나는 천천히 걸어갔다. 엄마는 몸을 숙이고 도라 이모의 나뭇가지처럼 가느다란 손에 이마를 대고 있었다. 둘 다 조금도 움직이지 않았다.

처음 겪는 일이었다. 이런 기분이나 이런 생각을 경험하게 될 줄은 꿈에도 몰랐다. 그리고 지금 이 상황이 나를 집어삼킬 것만 같았다. 조금이라도 힘이 되는 건, 나를 지지하며 인도해 주는 아빠의 손 밖에 없었다.

내 시선은 도라 이모에게 떨어졌다. 이모의 가슴과 관자놀이에 붙은 보호밴드는 안 그래도 연약하기 짝이 없는 이모의 피부를 찌그러뜨릴 듯한 기세였다. 이모는 어느 때보다 작아 보였다. 매트리스가 이모의 몸을 조금씩 앗아가며 바닥 쪽으로 이모의 몸을 빨아들이는 것만 같았다. 고통스러운 기색이 있는지 찾아보았지만 전혀 보이지 않았다. 유일한 생명의 흔적은 이모의 몸이 아니라 규칙적인 기계 진동에서 나오고 있었다.

내가 거기 있다는 사실을 엄마에게 알릴 적당한 말을 찾으려 애썼다. 하지만 그 말들은 나에게서 숨어 버렸다. 대신 걸음을 옮겨 침대가 있는 곳으로 갔고 몸을 웅크리며 내 손으로 도라 이모의 다른 손을 감쌌다.

처음에 엄마는 내가 간호사라고 생각했는지 움직이지 않았다. 그러나 잠시 뒤 엄마의 시선은 내 손에서부터 팔과 어깨를 지나 얼굴에 이르렀다. 엄마는 몇 초 동안이나 나를 뚫어져라 쳐다본 다음에야 자신이 보고 있는 사람이 누구인지를, 그리고 자신의 비밀이 와르르 무너졌음을 깨달았다.

올 것이 온 것이었다. 되돌아갈 수는 없었다. 우리 중 그 누구도.

37

처음에 엄마는 아무 말도 하지 않았다. 내가 여기에서, 엄마의 비밀스런 세계에서 하고 있는 행동에 너무 놀라 얼이 빠진 표정이었다. 두려워하는 아빠의 얼굴을 보자마자, 엄마는 필요한 것을 모두 알았다고 생각한 듯했다.

"당신이 찰리에게 말했어요?"

엄마가 속삭이듯 말했다. 엄마의 목소리는 조용했지만 총알이 장전되어 있었다.

"얘는 여기 있으면 안 돼요. 지금은."

아빠는 하고 싶은 말이 있는 듯 앞으로 나왔지만, 내가 먼저 뛰어들었다.

"제가 알아낸 거예요."

나는 의심의 여지를 남기지 않으려고 힘을 주어 말했다.

"아빠는 아무 얘기도 하지 않았어요. 제가 말해 달라고 할 때까지는."

나는 다른 나라의 언어로 말하고 있는 것 같았다. 알겠다는 내색도, 그 어떤 대답도 없었다. 엄마의 시선은 흔들림 없이 아빠에게 고정되었다. 엄마는 눈살을 찌푸리며 도라 이모의 손을 살살 침대에 내려놓았다. 다정하고 꼼꼼한 동작이었지만 엄마 몸짓이 드러내는 언어는 그렇지 않았다.

"어쩜 그럴 수 있어요?"

히스테릭하게 쇳소리를 내듯이 말하며 엄마는 침대를 돌아 화난 발걸음을 아빠에게 향했다.

"당신이 이해한 줄 알았어요. 내가 누구에게도 알리고 싶어하지 않는 이유를. 당신은 정말 찰리가 이 광경을 봐야 한다고 생각해요? 내가 어떤 짓을 했는지 봐야 한다고?"

나는 두 사람 사이에 억지로 끼어들어 엄마의 초점을 흐리고 싶었지만, 언제나처럼 엄마는 조금도 굽히지 않았다.

"제 말 들어야 해요, 엄마. 저에게 말해 준 건 아빠가 아니었어요. 전화를 건 어떤 간호사였어요. 그 간호사는 제가 엄마인 줄 알았고, 아빠는 제가 다그치자 어쩔 수 없이 이야기의 여백을 채운 것뿐이에요. 안 그러면 엄마한테 곧장 가겠다고 제가 말했거든요. 아빠는 엄마를 보호하려고 했어요."

마침내 엄마는 내 말을 들었고, 이야기의 앞뒤가 맞아떨어지자 점점 더 크게 눈을 떴다. 마치 자신에게 너무 심한 흉터가 있거나 자신이 너무 사악해서 보면 안 되는 존재라도 되는 것처럼, 엄마는 천천히 뒷걸음질 치며 두 손을 들어 얼굴을 감쌌다.

나는 뒤로 물러나는 엄마에게 한 발 한 발 다가가 엄마의 팔을 아래로 내리려고 했지만, 엄마의 팔꿈치는 단단히 고정되어 있었고 손가락은 완고했다.

"괜찮아요."

내가 말했다.

"정말이에요. 무슨 일이 일어났는지 아빠가 말해 줬어요."

"그랬겠지."

얼굴을 가린 두 손 사이로 들려오는 엄마의 목소리는 아직 또렷했다.

"그게 내 잘못이 아니라고 말해 줬겠지, 분명. 누구에게든지 일어날 수 있는 일이라고 말했겠지."

엄마는 얼굴에서 두 손을 천천히 뗐다. 주름 하나하나가, 눈물 한 방울 한 방울이, 고통스럽게 소리치고 있었다.

"하지만 그게 아니었잖아, 응? 그 일은 나에게 일어났어."

엄마가 말을 계속하면 분노와 함께 목소리가 점점 커질 거라고 생각했다. 하지만 마지막 단어가 엄마의 입을 떠나자마자, 엄마는 입술을 꼭 깨물며 온몸을 집어삼킬 것만 같은 격렬한 흐느낌을 억눌렀다.

"그리고 내 여동생한테 일어났어."

"그건 엄마 잘못이 아니에요, 엄마. 그냥 사고였어요. 엄마도 알잖아요?"

"사고? 넌 이 일을 그렇게 생각하는 거니? 유리컵을 깨뜨리거나, 후진을 하다가 차를 가로등에 박는 게 사고야. 도라를 본 다음 이게 그런 종류의 일이라고 나에게 말해 보렴. 이 모든 기계를 본 다음 이게 *어떻게* 내 잘못이 아니라는 건지 말 좀 해 볼래?"

하지만 나는 말할 시간이 없었다. 엄마가 말을 멈추자 도라 이모의 기계가 그 틈을 타 날카로운 전자음으로 우리 귀를 할퀴기 시작했기 때문이었다. 모두 겁에 질려 이모의 침대로 바짝 다가갈 수밖에 없었다.

나는 고통스런 기색이 있는지 도라 이모의 얼굴을 살폈지만 아무것도 나타나지 않았다. 이모의 눈꺼풀은 감겨 있었고, 산소마스크 밑으로 보이는 입술은 가볍게 오므린 상태였다. 기계만이 이모의 몸속에 있는 다른 모든 게 무너지고 있다고 증명할 따름이었다.

우리 뒤에서 소란스러운 소리가 들리더니, 의료팀이 허겁지겁 들어와 우리를 차례로 밀어 내고, 뭔가를 기록하고 찔러 넣고 만졌다. 그 사람들을 잡아당겨 살살 하라고 다그치고 싶은 충동을 느꼈지만, 대신 엄마를 꼭 붙잡았다. 엄마의 팔다리도 이모의 팔다리와 똑같이 생기를 잃어가는 것처럼 보였다. 의료팀은 버튼을 눌렀고 링거액을 바꾸고 주사를 놓았지만, 그 어떤 것도 이모를 우리에게 되돌려주지 못했다.

이모의 숨결은 메아리처럼 잦아들었다. 이모의 침대가 바퀴를 달고 우리로부터 조금씩, 조금씩 멀어지고 있는 것만 같았다.

나는 다시 침대로 가서 도라 이모의 손을 매우 조심스럽게 잡았지만, 이모의 몸에서 마지막 생기가 새어 나갈까 두려웠다. 말을 걸고 싶은 열망을 억누를 수밖에 없었다. 그저 내가 거기 있다는 걸 이모에게 알리고 싶었다. 이번만은, 처음이자 마지막으로, 우리 모두 거기에 있었다. 이모의 가족 모두가.

"안타깝지만 좋은 소식이 아닙니다."

내 뒤에서 목소리가 들렸다. 우리는 몸을 휙 돌렸고 의사가 보였다. 의사는 어깨가 둥글고 몸이 구부정했으며, 오랜 세월 동안 똑같은 방식으로 시작해야 했던 대화의 무게에 짓눌려 있었다.

"CT 검사 결과가 긍정적이지 않아요. 걱정했던 대로 도라의 마지막 발작이 대규모의 뇌출혈을 일으켰습니다. 도라의 몸이 그 외상에 대처하지 못하고 있다는 걸 여러분도 아실 겁니다. 도라를 안정시키고 통증을 최소화할 수는 있지만, 그 외에는 저희가 할 수 있는 게……."

나는 나머지 말을 듣지 않았다.

무엇이 다가오고 있는지 알고 있었고, 병실에 들어온 순간부터 그랬지만, 왜 그랬는지 나는 그 말에 압도당해 지나치게 입을 나불거렸고 다리는 제멋대로 움직였다. 엄마는 쓰러지는 나를 붙잡으며 조용히 하라고 말했다. 그 말을 하는 엄마에게서 또 한 번의 울음이 터져 나왔다.

내 안에 그런 감정이 있는 줄 몰랐다. 그건 그동안 쌓였던 모든 거짓말을 딸깍, 하고 푸는 마지막 고리였는지도 모른다. 아니면, 도라 이모가 내 생각보다 훨씬 쇠약하다는, 구역질나는 깨달음인지도 모른다. 하지만 거의 알지도 못하는 누군가를 그토록 맹렬히 사랑할 수 있는 잠재력이 나에게 있다는 사실이 두려웠다. 훨씬 더 두려운 것은 무슨 수로 이모의 빈자리를 채울 엄두를 낼 수 있을까, 하는 것이었다.

나는 다시 다섯 살짜리 아이가 된 기분으로, 다섯 살 때 그랬듯이 엄마를 쳐다보았다. 어떻게 엄마가 아직도 두 다리로 버티고 서 있는지 알 수 없었지만, 어쨌거나 우리는 쓰러질 듯이 몸을 기울이고, 서로가 허물어져 바닥으로 주저앉지 않도록 지탱해 주었다.

우리는 기다렸다.

그리고 주위의 불빛이 어두워지자, 이 순간이 엄마에게는 매우 오랜 기다림의 끝이라는 걸 깨달았다. 엄마는 20년 동안 이 순간이 다가올 것임을 알고서 마음으로 긴 세월을 버텨온 것이다. 자신만의 죄책감에 감싸인 채로.

내 머리로 이해하기에는 너무 어려운 문제였다.

어리석고 순진하게도, 도라 이모가 죽을지도 모른다는 사실을 고려한 적이 없었다. 어찌 그런 생각을 하겠는가? 내가 아는 것이라고는 몸의 마디마디가 울퉁불퉁한 작은 아기 새가 자신과 어울리지 않는 곳에서 웃음을 터뜨리며 만나는 모든 사람을 매료시킨다는 사실뿐이었는데! 이모는 학교의 어떤 바보들보다 더 많은 생기가 넘쳤다.

바로 그 때, 내가 세웠던 작전이 퍼뜩 떠올랐다. 그저 이기적인 마음으로 이모를 이용하려 했던 어리석고 무모한 아이디어가.

스케이트 축제에 가던 중에, 아니면 군중 한가운데에 있을 때 이모에게 발작이 일어났다면 무슨 일이 벌어졌을까? 그랬다면 나는 엄마에게 뭐라고 말을 했을까?

긍정적으로 생각해요, 엄마. 사고는 엄마 때문에 일어났는지 몰라도, 실제로 이모를 땅속에 묻은 건 바로 저예요…….

그 생각에 나는 오싹해졌다. 오직 도라 이모의 부서질 듯한 손가락만이 따뜻한 기운을 내뿜고 있었다. 내가 이모의 손가락을 잡고 있는 동안 엄마는 바쁘게 베개를 부풀리고 여동생의 머리칼을 매만졌다. 지난 20년 동안 해 온 똑같은 행동을 하고 있었던 것 같았다. 다만 두 배 빠른 속도로 그 일을 하면서, 남은 시간이 얼마건 그 시간 속에 최대한 많은 사랑을 쏟아 붓고 있었다.

그리고 그 시간은 많지 않았다.

우리는 자정이 말없이 찾아왔다가 떠나는 모습을 보았다. 우리 모두 서로에게 묻고 싶은 질문들이 있었다. 하지만 우린 그걸 삼켰다. 지금 당장 질문은 중요하지 않았다. 입 밖으로 나오는 유일한 단어는 이모의 이름이었다. 중요한 건 오직 도라 이모뿐이었다.

도라는 편안할까?

우리 목소리를 들을 수 있을까?

우리는 이모보다 우리 스스로를 위로하기 위해 질문을 던지고 있었다. 이모가 어떤 상황이건, 우리 모두가 곁에 있다는 걸 이모가 느낄 수 있기를, 이모가 다른 건 몰라도 그 사실만큼은 알고서 떠나기를 간절히 바라면서.

그리고 이모는 결국 언제 우리를 떠났을까?

평화롭거나 감동적인 순간은 아니었다. 텔레비전이나 책에서 본 것과도 달랐다. 눈꺼풀이 실룩거리며 살며시 열리지도 않았고, 마지막 미소나 심오한 유언도 없었다.

우리에게 기계가 감정 없이 울부짖으며 말해 주었기 때문에 그때서야 우리는 이모가 떠났다는 걸 알았다.

이모의 손을 더욱 꼭 붙잡고 돌아오라고 애원하며 마지막 순간을 보냈어야 했는데. 의사들은 매달리는 우리의 손을 떼어놓고 자리를 비켜 달라고 재촉했다.

나는 그 말에 따르다가 비틀거리며 아빠의 품으로 쓰러졌다. 엄마는 그런 행동을 하지 않았다.

엄마는 아무리 많은 사람이 들어와도 아랑곳하지 않고, 뺨에 눈물을 매달고 비장하게 그 자리를 지켰다.

엄마는 여동생에게서 결코 시선을 떼지 않았다. 마침내 의사들이 애처롭게 우는 기계 소리를 끄고 방이 정적에 휩싸였을 때조차.

대신 엄마는 자리에 앉았다. 아마 늘 하던 행동이었을 것이다.
다만 이제 그곳에 남은 건 침묵뿐이었다.
우리 모두 다시는 채울 수 없을 거라 느낀 침묵뿐이었다.

38

우리 가족은 집에 가서 쉬라는 말을 들었다. 하지만 아빠와 나만 택시를 타고 덜컹거리며 집으로 향했다. 어둠이 우리의 눈물을 감추었다.

엄마는 뒤에 남았다. 마무리해야 할 일들이 아직 남았다고, 아침까지 기다릴 수는 없는 일들이 있다고 못 박았다.

"도라는 아직 내 동생이에요."

아빠가 엄마에게 그만 가자고 설득하려 했을 때 엄마는 이렇게 쏘아붙였다.

"그러니 이렇게 하는 게 당연해요. 도라는 그럴 자격이 있어요."

아빠는 입씨름하지 않았다. 당연했다. 한 마디만 더 하면 눈사태가 일어날 거라는 사실을 아빠는 알고 있었고, 그래서 엄마를 한참이나 껴안고 있다가 물러났다.

오늘 밤은 처음 보는 일투성이었고 이상한 순간들의 연속이었다. 엄마와 아빠가 서로에게 그런 애정을 표시한 게 언제였는지 기억도 나지 않았다. 아빠는 엄마가 아니라 주방과 결혼한 사람이었다. 그리고 엄마는? 글쎄, 지금까지 엄마의 애정이 어디를 향하고 있었는지 이제는 알 수 있었다.

앞으로 변화가 일어날 것이었다. 그래야만 했다. 그 변화가 무엇이며 우리가 각자 그 변화에 어떻게 대처하느냐는 소화하기 어려운 문제처럼 보였지만.

"괜찮으냐, 찰리?"

아빠의 손은 자갈처럼 거칠긴 했지만 어쨌든 내 손을 위로하고 있었다.

"엄마가 화를 낼까요?"

나는 그 질문이 머릿속에 있었다는 사실조차 깨닫지 못한 채 물었다.

"내일 엄마가 집에 오면, 모든 걸 이해할까요?"

아빠의 그림자가 축 처지며 의자를 파고들었다.

"네 엄마가 어떻게 할지, 반응을 보이기나 할지 모르겠다. 화가 났을 거고, 우리가 그런 식으로 사실을 숨긴 것 때문에 당혹스러울 거야. 다른 사람이 너한테 그 이야기를 했다는 사실도. 나도 모르겠다, 아들아."

아빠의 말은 큰 위안이 되지 않았고 붙잡을 만한 '약간'의 위로마저 거의 없었지만, 적어도 솔직한 대답이었다. "네 엄마잖니."와 같은 판에 박힌 대답보다 나았다. 다시는 그 말을 들을 일이 없기만을 바랐다.

"하지만 뭐라고 말해야 할지 모르겠어요. 엄마 기분을 상하게 하지 않고 모든 이야기를 끄집어 낼 방법 말이에요. 아님 제 기분이라도요."

내가 말했다.

"엄마에게 계속 화를 내도 되는지조차 이제는 모르겠어요. 도라 이모가 죽은 지금은요."

나는 눈을 감으며 혼란이 그치기를 바랐지만, 그렇게 되지 않았다. 오히려 내 머리는 사이너스와 함께 사이너스 엄마의 술 보관함에서 실험을 했을 때처럼 핑핑 돌았다.

"하고 싶은 대로 해라, 찰리. 이제는 무엇도 숨길 수 없어. 그동안 비밀은 충분히 많았고 그게 우리를 어떻게 만들었는지 봐라."

"하지만 우리가 병원을 나올 때 엄마를 보셨잖아요. 제가 상황을 더욱 악화시킨다면 엄마가 어떻게 할까요?"

"그럼 하고 싶은 대로 모두 비밀에 부쳐라. 모든 걸 숨기고 괜찮다고 말해서 네 엄마를 보호해. 하지만 그렇게 하면 너는 네 엄마가 너한테 그랬듯이 엄마를 과잉보호하는 것뿐이다. 결국 그 분노는 계속 드러날 거야. 20년이 더 지난다고 해도. 지금은 혼란스러운 상황이라고 생각된다면, 그래……."

아빠는 굳이 말을 끝맺지 않았다. 아빠의 논리는 내 머리가 대처할 수 없는 온갖 다른 요소와 이미 씨름하고 있었다.

나는 그저 가만히 앉아서 생각이 여기저기 튀어 오르도록 내버려 두고 최대한 그 생각을 무시하려 애쓰고 있었다. 몇 시간 자고 나면 피해망상이 웬만큼 잦아들기를 바라는 수밖에 없었다.

하지만 내 머리는 쉬려 하지 않았다. 잠을 잤지만, 머리는 잠시도 전원을 끄지 않았다. 그러기는커녕 가장 비현실적인 방향으로 나를 이끌었다. 나는 도라 이모의 생명유지 장치로 만든 스케이트보드를 탔고, 어떤 목사님은 나에게 마지막 의식을 베풀더니 경사로 꼭대기에서 나를 밀었다. 이제 엄마는 온몸에 여동생의 모습을 문신으로 그려 넣었다. 아빠는 음식점을 그만두고 장의사가 되었는데 아빠가 파는 유일한 관은 내 몸 크기에 내 몸 모양이었으며 놋쇠 판에 내 이름이 새겨져 있었다.

꿈에서 깨어나려 했지만 꿈은 나를 비웃을 뿐 계속되었고, 아빠는 나를 관 속에 넣고 뚜껑에 쾅쾅 못을 박으며 낄낄거렸다.

고함을 지르며 잠에서 깼다. 온몸이 땀으로 번들거렸다.

쾅쾅 소리는 그치지 않았다. 아래층 문에서 나는 소리였다. 또 한 명의 불만스런 손님이 새우 크래커 한 봉지를 애타게 찾는 모양이었다.

다만 이번에는 겨우 아홉시 십오 분이었다. 아빠가 문에 달린 안내문을 뒤집기까지 보통 세 시간은 더 지나야 했다. 난 어제 이후로 그 소리가 마음에 들지 않았다. 그래서 몸을 간신히 끌며 계단을 내려갔는데 언제나처럼 안전 문에 머리를 세게 부딪쳤다.

문 앞에서 기다리는 사람이 누구인지 알 수가 없었다. 내 머리는 미친 듯이 날뛰며 저건 더 나쁜 소식을 가져온 경찰일 거라고 말했다. 하지만 문을 열자 사이너스가 있었다. 뒷짐을 지고 정말 걱정스러운 표정을 하고 있었다.

녀석을 집 안으로 들이자, 녀석은 입을 벌렸지만 아무 말도 나오지 않았다. 녀석은 어색해 보였고 무슨 말을 해야 할지 두려워하는 것 같았다. 그래서 나는 녀석을 곤경에서 구해 주려고 굳이 하지 않아도 될 이야기를 꺼냈다.

"도라 이모가 죽었어."

말하면서 새삼 알게 되었다. 이 말이 정말이지 둔하고 감정이 없는 것처럼 들린다는 걸. 이모는 그보다 더 훌륭한 말로 표현되어야 마땅한 사람이었다. 이모가 얼마나 용감했는지 설명할 더 긴 말이 필요했다. 하지만 그런 말이 있다 한들, 나는 그게 뭔지 알 수 없었고, 또다시 슬픔이 파도처럼 밀려와 내 몸 구석구석으로 퍼졌다.

이제는 눈물이 남아있지 않을 거라고 생각했지만, 잘못된 생각이었다. 더욱이 사이너스 앞에서 그런 감정을 드러낼 줄은 몰랐는데. 그것 역시 조절이 되지 않았다.

그런데 녀석은 불편하게 자리를 뜨는 대신, 이상하고 뜬금없는 행동을 했다. 앞으로 다가오더니 뒷짐을 지고 있던 손 하나를 내밀어 내 어깨에 얹었다. 머리를 한쪽으로 살짝 기울이고 슬프지만 힘내라는 듯한 웃음을 지으며 상상도 못할 반응을 보였다. 내가 녀석에게서 한 번도 듣지 못한 말, 그런 말이 있는 줄도 모를 거라고 생각했던 말을 했다.

"마음이 아프다."

녀석이 말했다.

"친구야, 나도 정말, 정말 마음이 아프다."

사이너스는 나를 끌어당겨 안아 주며, 내 안에 있는 모든 눈물과 격렬한 흐느낌을 받아 주었다.

우리는 거실에 앉아서, 그릇에 새우 크래커를 더 많이 채워야 할 때만 움직였다.

"대체 여기에 뭘 넣는 거야?"

사이너스는 바보처럼 웃음을 터뜨렸고, 크래커 부스러기는 눈보라처럼 녀석의 티셔츠를 뒤덮었다.

"마약이라도 넣나?"

나는 웃음을 터뜨렸지만, 곧 죄책감을 느꼈다.

"너희 버니언 형한테 물어봐야지. 요즘엔 이 분야 전문가잖아."

"맞아, 하지만 난 얼마든지 형과 겨룰 마음이 있다고."

바보 같은 이야기를, 도라 이모의 생명유지 장치의 구슬픈 소리를 잠시라도 잊게 해 주는 이야기를 나누니 기분이 괜찮았다.

그리고 어쨌든, 우리는 이미 그 일에 대해 모조리 이야기를 나눈 뒤였다. 사이너스가 살며시 재촉했고, 나는 얼굴을 일그러뜨리지 않고 말할 수 있는 한 자세하게 이야기를 들려주었다.

"점점 괜찮아질 거야."

사이너스가 말했다. 녀석의 눈에는 어떤 확신도 담겨 있지 않았지만.

그럴까? 내 모든 감정을 숨길 수 있을 만큼 큰 공간을 머릿속에서 찾을 수 있을지, 자신이 없었다. 더구나 그 감정은 분노에서 후회로, 그리고 내가 놓친 것에 대한 지독히도 불쾌한 비통함으로 바뀌고 있었다.

"네가 할 일은 바쁘게 움직이는 거야. 우리 엄마는 외할아버지가 돌아가셨을 때, 다른 일에 마구 몰두한 덕분에 제정신으로 살 수 있었다고 생각해. 엄마는 스스로에게 목표를 주었대."

나는 사이너스의 엄마를, 벽에 회반죽을 바르듯이 피부를 뒤덮은 화장을 생각했다. 혹시 그게 아줌마가 슬픔을 견디는 방식이었는지 궁금했다. 그 생각을 하니 몸이 파르르 떨렸다. 내가 제아무리 많은 비결을 얻게 된들, 아줌마의 습관과 맞먹을 만큼 거창한 비결을 얻는 일은 결코 없을 것 같았다.

"그러니까 네가 운이 좋다는 거야, 찰리."

사이너스는 더욱 자신만만해 보이는 웃음을 지으며 말을 이었다.

"너한테는 단호하게 전진하는 데 필요한 모든 게 있으니까."

사이너스는 소파 옆으로 팔을 내리더니 과장된 몸짓으로 내 스케이트보드를 들어 올렸다. 녀석의 웃음이 눈부시게 빛나고 있어서,

녀석이 나더러 정확히 뭘 보라고 하는 건지 헷갈렸다.

솔직히 녀석에게 스케이트보드를 맡긴 걸 잊고 있었다. 몇 주 만에 처음으로 스케이트 축제는 내 머릿속에서 사라졌고 그토록 뻔한 암시를 받고도 여전히 중요하게 느껴지지 않았다.

"시간이 좀 더 있었으면 좋았을 텐데."

사이너스는 스케이트보드 뒷면을 숨긴 채로 말했다.

"알겠지만, 디자인을 멋들어지게 꾸미려면 말이야. 하지만 그래도 네가 이걸 좋아할 거라 생각한다. 한정판이야. 딱 하나뿐이지."

사이너스는 손바닥으로 스케이트보드 양쪽 끝을 감싸고 뒷면이 나에게 똑바로 보이도록 빙글 돌렸다. 그리고 마침내 녀석은 내 관심을 끌었다. 내 모든 관심을.

그것과 견줄 만한 것을 본 적이 없었다. 바탕이 눈부시게 빛나 불이라도 붙은 것 같았고, 색깔은 또 얼마나 생생한지 녀석이 직접 색깔을 발명해 낸 것 같았다. 내 손은 최면에 걸린 듯 앞으로 나갔고, 눈은 불에 데지 않는 한도 내에서 그걸 마구 빨아들였다.

3D 페인트를 쓴 것만 같았다. 'BWB'가 나무에서 폭발하듯 튀어나왔고 그림 속의 거품들은 모두 공기로 가득 차서 얼른 터뜨려 달라고 애원했다. 나는 사이너스가 글자 주위에 스프레이로 그린 빛줄기들을 더 자세히 들여다보다가, 빛줄기들이 몹시도 붉은 불꽃으로 변해 스케이트보드를 이글이글 태우는 모습을 보고 숨이 멎을 뻔 했다. 하지만 가장 마음에 든 건 발판의 앞쪽 끝, 즉 코 부분

이었다. 거기에는 자그마한 사람의 형체가 몸집에 비해 너무나 큰 스케이트보드에 고정되어 있었다. 중요한 점프라도 하려는 듯이 과장된 자세로 몸을 뻗고 있었다. 스케이트보드를 타는 그 인물은 키가 몹시 작아서, 누구를 표현한 것인지 나는 분명히 알 수 있었고, 얼굴은 보이지 않았지만 기쁨이 넘치는 그 자세가 내 속에 뭔가를 일깨웠다. 내 몸속에, 너무나 무기력해서 다시는 설렘을 느끼지 못하리라 여겨졌던 내 몸속에, 불꽃을 일으켰다.

"미쳤어!"

나는 숨을 헐떡이며 외쳤다.

"그럼 우리가 세운 계획이랑 웬만큼 어울린다는 뜻이지, 응?"

바로 그때였다. 그 불꽃이 쉬익, 하고 시들더니 사라져버렸다.

스케이트보드가 납덩이처럼 무겁게 느껴지면서 내 무릎으로 묵직하게 떨어졌다.

"왜 그래?"

사이너스가 물었다.

"우린 무슨 생각을 하고 있었던 걸까, 사이너스? 우린 이게 성공할 거라고 정말 믿었던 걸까?"

"약간 무리라는 생각도 들긴 했지만 상황이 또 그렇게 평범하지도 않았잖아. 가끔은, 모르겠어, 그냥 위험을 무릅써야 해. 그게 실패를 뜻한다고 해도."

"그래, 맞아, 우린 이제 그 점에 대해서는 걱정할 필요가 없잖아,

안 그래? 도라 이모는 떠났고 계획도 마찬가지야. 고마워, 사이너스, 진심이야. 이건 내 평생 본 것 중 가장 멋져. 이걸 오늘 쓸 수 없어서 미안할 뿐이다."

나에게는 이게 최종적인 결론처럼 보였다. 마침표였다. 더 이상은 폭로할 것도, 증명할 것도 없는 듯했다.

사이너스의 생각은 달랐다. 녀석은 벌떡 일어나 반론을 폈다.

"지금 장난해, 응? 이걸 쓰지 않겠다니, 무슨 뜻이야?"

"진정해라, 응? 절대 쓰지 않는다는 말이 아니야. 그냥 오늘은 그렇다는 거지. 난 집에서 엄마랑 이야기를 나누고 상황을 바로잡아야 해."

"아니, 아니, 아니야! 네가 해야 할 일은, 찰리, 용기를 내서 어젯밤에 무슨 일이 일어났든 어떤 것도 변하지 않았다는 사실을 깨닫는 거야. 너는 그래도 이걸 해야 돼!"

내 귀에 들리는 말을 믿을 수가 없었다.

"뭐, 그래서 네가 학교 여자아이들을 감동시킬 수 있도록, 나를 미끼로 네가 일어나서 박수를 받고 인사를 할 수 있도록 말이야? 어젯밤에 내가 어떤 광경을 봐야 했는지, 네가 조금이라도 알아? 아니, 당연히 모르겠지. 네 자신에 대한 일이 아니면 아무것도 마음에 두지 않으니까, 안 그래? 흥, 이번에는 다른 때와는 달리 자기 생각만 하는 사람은 내가 됐지만."

사이너스는 나를 비웃었다.

"그게 헛소리라는 건 너도 알고 있어. 네가 네 자신을 생각하고 있었다면, 아직도 스케이트 축제에 정신이 팔려 있을 거야. 넌 지금 네 엄마를 생각하고 있어. 엄마를 속상하게 하지 않으려고……."

"엄마의 여동생이 바로 어제 죽었어, 사이너스!"

"그리고 난 너를 볼 때처럼 네 엄마를 생각할 때도 안타까워. 하지만 모르겠냐, 찰리? 모든 게 끝났다고 느껴질 수도 있지만, 이건 완벽한 출발점이야. 이건 네가 지나간 모든 일을 접고 새로 출발할 기회라고. 가장 부정적인 것을, 그 한계가 보이지 않을 만큼 엄청나게 긍정적인 것으로 바꿀 기회라고. 생각해 봐, 응?"

나는 사이너스의 말에 귀를 기울였다. 정말 그랬다. 하지만 엄마에게 그런 짓을 할 수 있을 것 같지가 않았다. 오늘은 아니었다.

이상하게도 사이너스는 그 말도 들으려 하지 않았다.

"그럼 그렇게 해. 모든 걸 다 던져 버려. 나한테는 중요하지 않아. 내 작품은 아직도 저기 벽에 그대로 있고 오늘 아무도 발견하지 못하더라도 상관없어. 내가 원하기만 한다면 조만간 다들 발견하게 될 테니까."

사이너스는 자리를 뜨려고 발길을 돌리다가, 생각을 바꾸었다.

"하지만 네가 믿든지 안 믿든지, 너한테 한 가지 말해 줄게. 이 일의 어떤 부분도 나를 위해 하지 않았어. 너를 위해 한 거야. 너한테 빚을 졌으니까. 이렇게 말하려니 괴롭지만 사실이야. 넌 지난 몇 년 동안 얼마든지 나에게서 등을 돌리고 가 버릴 수 있었어. 내가 너를 그런 식으로 몰아갔다는 걸 알아. 너한테 수없이 많은 틈을 줬지만, 넌 결코 그 틈을 이용하지 않았어. 단 한 번도. 그리고 지금 우린 여기 이렇게 있어. 우리가 들어올 수 있을 거라고 꿈에도 생각하지 못했던 상황 속에. 우리 둘 다 저기에 서서 '어이! 우리를 봐. 이게 우리가 할 수 있는 일이야.'라고 말할 기회와 함께. 그렇게 할 수 있다고 상상해 봐, 찰리. 상상해 보라고. 그 아이들의 얼굴에 떠오른 표정을 상상해 봐. 그러고 나서, 우리에게 이런 기회가 과연 다시 찾아올지, 나에게 말해 봐. 내가 말해 줘? 지금 우리가 이 일을 하지 않으면, 기회는 두 번 다시 안 올 거야."

멋진 연설이었다. 그렇게 인정해 줘야 할 연설이었다. 배경에서 오케스트라의 연주가 고조될 만한 연설이었다. 좋다, 사실 그건 영악한 말재간이었고 그냥 나를 제 위치로 데려가려는 헛소리에 불과했을지 모르지만, 녀석은 나를 너무 잘 알고 있었다.

녀석 때문에 나는 이런저런 생각을 했다. 엄마가 어디에 있으며 언제 돌아올지를. 이제는 엄마에게 스케이트보드를 탄 내 모습을 보여줄 필요가 없어졌다는 사실을. 적어도 오늘은 아니라는 걸. 어쩌면 오늘은 그냥 학교의 바보들을 상대하는 날, 그들이 틀렸음을 증명하는 날인지도 몰랐다. 나머지 문제는 나중에 해결해도 될 터였다. 그래야만 했다. 내 맥박은 뜨겁게 고동쳤고 두 발은 스케이트보드로 뛰어오르고 싶어 근질거렸다.

"그냥 잠깐 구경만 할까? 그러니까, 공원에서 무슨 일이 벌어지고 있는지?"

나는 둘러대는 데는 영 재주가 없었고 사이너스는 그걸 잘 알고 있었다.

"시도는 좋았어."

사이너스가 헤벌쭉 웃었다.

"하지만 네 옷부터 해결해야 해. 그런 꼬락서니로는 누구도 감동시키지 못해."

상황은 변하고 있었다. 아니면 변하려 하고 있었다. 하지만 어떤 것들, 마음을 달래 주는 것들은 늘 제자리를 지키고 있어 안심이 되었다.

39

공원은 소란스러웠다. 사람들과 음악, 포장도로 위에서 빙글빙글 도는 수많은 바퀴의 소음 때문이었다. 스케이트보드를 타는 이들에게는 천국이었다. 몇 달 동안 눈을 감을 때마다 이날을 생각했음에도 내가 꿈꾸었던 것보다 훨씬 멋졌다.

공원 풍경은 달라져 있었다. 음식을 파는 노점과 맥주를 파는 천막이 있었다. 가장 중요한 건 세상에 알려진 모든 스케이트보드 부품 세트를 살 수 있는 판매대가 많이 설치된 것이었다. 사람들은 군침을 흘리며 순수한 즐거움에 들떠 지갑을 비웠다. 나는 모든 광경을 만끽하며 내가 살 수도 있었을 수많은 부품을 보았지만, 그 어느 것도 필요하지 않다는 사실을 알고 있었다. 내 손에는 나만의 비밀 무기가 있었다. 진열된 스케이트보드를 모두 뒤져 봐도 내 것보다 더 멋진 물건은 없으리란 걸 알고 있었다.

나는 내 스케이트보드에서 눈을 떼기가 어려웠다. 내가 입으려고 고른 티셔츠를 사이너스가 알아서 꾸미는 동안, 나는 집으로 돌아가 스케이트보드를 오랫동안 바라보았다. 여기까지 오는 동안 마음을 사로잡는 스케이트보드의 구석구석을 살펴보느라 길턱에서 몇 번이나 발을 헛디뎠다.

사이너스 말이 옳았다. 오늘 이 기회는 허비하기엔 너무 좋은 기회였다. 그래, 계획은 변경되었지만, 엄마가 이 모든 걸 놓치더라도 상관없었다.

머릿속에서, 이제 엄마가 아예 보지 않는 편이 더 나을 거라는 생각도 들었다. 오늘 엄마는 의사들과 장의사들을 질리도록 만났을 터였다. 장례식이 끝난 뒤에, 상황이 좀 더 진정되고 우리가 다른 문제로 넘어갈 준비가 되었을 때, 그동안의 일을 엄마와 터놓고 이야기하자고 생각했다.

아니, 오늘은 첫걸음이었다. 내가 새로운 길로 들어서는 첫걸음. 학교에서 당한 제아무리 많은 굴욕도 나 자신을 당당히 드러내는 걸 막지 못했음을 보여주는 첫걸음. *그들이* 틀렸음을 증명해 주는 첫걸음.

우리는 경사로 대회에 등록하려고 줄을 섰다. 사이너스는 모두가 보도록 코를 공중으로 쳐들었고 나는 야구 모자를 푹 눌러 쓰고 그 위에 후드까지 덮어 썼다.

이왕 할 바에는, 충격을 극대화하고 싶었다. 내가 출전할 거라는 사실을 누구에게도 알리고 싶지 않았다. 나중에 되돌아보니 그건 꽤 어리석은 기대였다. 5세 이하 참가자들을 위한 연령별 경기가 있지 않는 한, 줄을 선 키 작은 아이를 본 사람이라면 다들 내가 누구이고 무엇을 하려고 하는지 알았을 테니까.

"침착해라, 응?"

사이너스가 내 옆에서 날카롭게 말했다.

"난 침착해."

이렇게 대답했지만 바로 그 순간 내 왼손에 들린 스케이트보드가 떨리고 있음을 깨달았다.

"그냥 아드레날린 때문이야."

"그래, 그렇겠지. 네 청바지에서 줄줄 흘러내리는 액체 아드레날린이랑 똑같은 거지."

나는 *그 정도로* 두렵지는 않다는 걸 알고 있었지만, 그래도 혹시 몰라 얼른 아래를 내려다보았다. 그 모습에 사이너스는 배꼽을 잡았다.

"다른 할 일 없냐?"

내가 물었다.

"이 공원에서 네가 모독하지 않은 벽이 하나 있을 텐데?"

"그 반대야."

녀석은 웃음을 터뜨리며 눈짓만으로 벽 세 개를 가리켰는데 모두 총천연색 'BWB'로 장식되어 있었다.

녀석의 처지는 괜찮다고, 나는 마음속으로 생각했다. 사이너스는 밤에, 아무런 부담감 없이, 지켜보는 사람 하나 없이, 제 몫을 다하면 되었다. 그와 달리 나는, 온 마을 사람들이 보는 앞에서 내 몸의 모든 뼈가 산산이 부서질 위험을 무릅써야 했다. 사이너스가 그린 그림 중 하나가 형편없더라도 사람들은 잊어버릴 것이다. 하지만 그들이 나에게도 똑같은 자비를 베풀어 줄 리 만무했다.

대회 참가 등록은 필요 이상으로 오래 걸렸다. 책상 앞에 앉은 융통성 없는 인간은 내 나이를 가늠하지 못해 애를 먹었고 영 도움이 되질 않았다. 어느 순간이 되자 자포자기하는 심정으로, 그 남자에게 일곱 살이 아님을 납득시키기 위해 겨드랑이 털이라도 보여 줘야 하나, 생각했다. 그 남자는 고맙게도 내가 일곱 살이라고 믿고 있었다.

결국 우리는 목적을 달성했다. 출전 자격을 증명하기 위해 배낭에 남아 있던 수학 교과서를 꺼낸 덕분이었다. 뒤에 서 있던 머리카락이 축 늘어진 아이들은 한바탕 웃음을 터뜨렸다. 다행히도 내가 모르는 아이들이었고 그 줄에 선 다른 많은 사람들도 마찬가지였다. 나에게는 잘된 일이었다. 더 먼 곳에서 온 사람들일수록 내 과거의 굴욕에 대해서 잘 알지 못할 테고, 오로지 스케이트보드 위에서 펼칠 연기를 기준으로만 나를 받아들일 터였다.

그 뒤로 우리는 여기저기 어슬렁거리며 시간을 때웠고 다른 시합을 구경했으며 참가자들이 선보인 기술을 보고 입을 딱 벌렸다. 그 모습을 보니 나는 초조해졌다. 이 사람들 옆에서 스케이트보드를 타는 건 고사하고, 이들과 같은 공기를 마셔도 될 정도의 기술이 있을까, 하는 의구심마저 들었다. 하지만 사이너스는 그런 생각은 눈곱만큼도 하지 않았고, 누군가 동작을 성공할 때마다 내 귀에 대고 재잘거렸다.

"난 네가 저것보다 더 잘하는 걸 봤어."

사이너스는 소곤거리곤 했다.

"멋도 없고, 기교도 없어. 네가 다 끝장내 버릴 거야."

개선된 모습으로 새롭게 나타난 이 단짝이 어디에서 왔는지는 도무지 알 수가 없었지만, 나는 내가 이 녀석을 좋아한다는 사실을 알고 있었다. 녀석은 자전거펌프로 내 몸이 감당할 수 있는 최대한의 자신감을 불어넣어 주고 있는 것 같았다.

얼른 스케이트보드를 발밑에 던지며 시동을 걸고 싶어 몸이 근질거렸다. 그래서 우리는 경사로 근처의 농구 코트로 향했다. 모두 그 공간을 몸을 푸는 데 사용하고 있었다. 우리는 바쁘게 사람들을 헤치고 나아가며 사이너스가 그린 그림을 지나고 또 지났다. 사이너스의 작품은 무척 많아서 세계 최대의 거실에 바른 벽지처럼 보였다. 이 모든 게 나를 위해서라니, 나는 바보 같이 운이 좋다는 생각이 들었다. 이동하는 동안 나 역시 그 그림들에서 눈을 떼기가 어려웠다.

아마 그래서 내 덜렁이 유전자가 다시 나타난 모양이었다. 그게 나를 반대 방향에서 걸어오던 누군가와 정면으로 부딪히게 이끈 모양이었다. 사과를 하려고 그쪽으로 머리를 돌렸을 때, 상대방의 모습이 뚜렷이 보이자 말이 목구멍에 걸리고 말았다. 그건 내가 보고 싶지 않았던 단 한 사람, 그 존재만으로 새로 발견한 내 모든 자신감을 즉시 짓이겨 버리고 마는 사람이었다.

행운은 이걸로 끝이었다.

그래서 나는 그냥 엄마에게 다가갔다.

40

"우리 얘기 좀 해야 할 것 같구나, 안 그러니?"

엄마는 화강암처럼 굳은 얼굴로 말했다.

"그래요, 엄마."

내가 대답했다.

그때 사이너스는 내 뒤에서 몸을 움츠리고 있었지만, 나는 녀석을 비난하지 않았다. 나는 엄마의 말에 의미를 부여하려고 애썼다. 어떻게 보면 그 말은 긍정적이었다. 엄마는 지난번처럼 미친 듯이 화를 내지 않았다. 목소리를 높이거나 연극 투로 말하지도 않았다. 그저 내가 여기 있을 줄 알았다는, 실망스러운 표정뿐이었다.

나는 관중의 변두리를 향해 갈 때에야 비로소 아빠도 거기 있다는 사실을 깨달았다. 아빠는 녹초가 된 것처럼 보이지도 않았다. 아빠는, 뭐랄까, 침착해 보였다. 그건 아빠가 손에 볶음용 팬을 들고 있을 때가 아니라면, 아빠와 관련이 없는 단어였다.

엄마가 최초의 독설을 아빠에게 던졌을 때조차, 아빠는 그 침착함을 잃지 않았다.

"당신이 공원에 가자고 했을 때, 꿍꿍이가 있다는 걸 알았어야 했는데."

엄마가 이렇게 말하자 나는 즉시 아빠를 보호하고 싶은 마음이 들었다.

"저기, 죄송해요, 엄마. 엄마를 속상하게 하려고 이 일을 한 건 아니에요. 엄마가 모를 줄 알았어요. 아직 병원에 있거나 자고 있을 줄 알았어요."

엄마는 잠이 필요한 것처럼 보였다. 엄마의 얼굴에서 색깔을 띠고 있는 것은 붉은 두 눈뿐이었다.

"쉬려고 했어."

엄마가 대답했다.

"하지만 머릿속이 온통…… 그래, 너도 알겠지. 그래서 네 아빠가 산책을 하자고 하더구나. 이제는 그 이유를 알겠다."

어떤 일이 벌어질지 도무지 알 수 없었다. 아빠에게 스케이트 축제에 대해 말한 적이 없었기 때문에, 내가 뭘 하려고 하는지 알아내기 위해 아빠가 오랜 시간 동안 노력했을 거라고 상상만 할 따름이었다. 하지만 그랬다면 왜 엄마를 여기에 데려왔을까? 아빠는 나에게 스케이트보드가 얼마나 큰 의미인지 알았고, 연습하도록 도와주었는데, 왜 엄마에게 내 행적을 밀고해 내 앞길에 다시 비를 뿌리게 한 걸까?

"두 사람에게 뭐라고 말해야 할지 모르겠어."

엄마는 눈물이 솟구치는 목소리로 말했다.

"이 무슨 지겨운 장난이니? 네가 일부러 그랬는지, 어젯밤 이후로 계획한 건지 모르겠구나. 하지만 여기에서 이 얘기를 하고 싶지는 않아. 네 친구들 앞에서는 말이야, 찰리. 넌 내가 너에게 창피만 주는 사람이라고 생각할지 모르겠지만, 그렇지 않아. 이제는 내가 왜 그토록 걱정하는지 알잖니. 그러니 집으로 가자. 집에서 이야기하자."

"아줌마, 부탁이에요."

내 뒤에서 날카로운 목소리가 들려왔다. 여태껏 들어본 사이너스의 목소리 중 가장 정중한 목소리였다.

"제가 끼어들 일이 아니란 건 알지만, 아줌마는 찰리가 이걸 타는 모습을 보셔야 해요. 정말 열심히 연습했고, 이렇게 말하려니 저 역시 괴롭지만, 찰리에게는 재능이 있어요."

"재능?"

엄마가 코웃음 쳤다.

"그걸 재능이라고 부르는 거니? 글쎄, 나도 찰리가 저걸 타는 모습을 본 적이 있어."

엄마는 스케이트보드가 엄청 큰 똥 덩어리라도 되는 듯이 손가락으로 가리켰다.

"그런데 난 그걸 재능이라고 부르지 않을 거다. 죽고 싶어 환장

했냐고 말할 거야. 안 그러니?"

어쩐 일인지 사이너스는 거기에서 물러서지 않았다. 오히려 내 등 뒤에서 한 걸음 나와서 계속 전진했다.

"이모님 일은 정말 유감이에요, 아줌마."

엄마는 움찔하다가 자신의 비밀이 아빠와 나를 넘어 더 멀리까지 퍼졌음을 깨닫고 부글부글 끓어올랐다.

"하지만 찰리가 이걸 하게 해 주셔야 해요. 학교에서 별별 일을 다 겪었으니 이제 이건 찰리의 기……."

"나를 가르치려고 하지 마라, 라이너스."

엄마는 가까스로 목소리를 높이지 않고 외쳤는데, 정말이지 오싹했다.

"찰리가 어떤 일을 겪었는지 말해 줄 생각은 하지 말라고. 찰리가 학교에서 어떤 일을 겪었는지 내가 모를 거라고 생각하니?"

상황은 결투로 변하고 있었다. 그 결투에서 나는 오로지 한 명의 승자만을 볼 수 있었지만, 야단을 들을 거라는 예상은 사이너스를 조금도 괴롭히지 못했다. 나는 사이너스가 따발총 같은 말로 또 한 번 반격하려고 마음을 굳게 다지는 모습을 볼 수 있었다. 하지만 전혀 예상치 못했던, 세 번째 인물이 끼었다.

"바로 그거야, 여보."

아빠는 침착한 목소리로 불쑥 참견했다.

"당신은 찰리가 어떻게 지내왔는지 몰라. 제대로는 몰라."

엄마는 그런 도전에 익숙하지 않아 잠시 깜짝 놀란 표정을 지었지만, 그 표정은 아빠를 막지 못했다.

"나도 속속들이 알지는 못해. 그저 들은 내용만 알뿐이지만, 정말이지 찰리는 절대적으로 가혹한 시련을 겪었어."

"무슨 뜻이에요?"

"당신이 경사로에서 찰리와 말다툼을 한 뒤, 다른 아이들이, 음, 찰리가 편하게 지내도록 내버려 두지 않았어."

"그 정도 표현으로는 부족해요."

사이너스는 코웃음을 쳤다가, 엄마 그리고 아빠가 함께 노려보자 풀이 죽었다.

"글쎄, 내가 다르게 반응할 수도 있었을 거라는 생각은 들어요."

엄마는 얼굴을 붉혔다.

"그때 거기에서 문제를 해결하는 대신 찰리를 집으로 데려갔을 수도 있었는데. 그래서 아이들이 너를 놀렸다면, 찰리, 엄마가……."

"놀려?"

아빠가 대답했다.

"놀렸다는 말로는 그걸 조금도 설명할 수 없어."

그리고 그 말과 함께 아빠는 내가 겪은 모든 굴욕을 이야기했다. 학교에 나돌았던 비디오와 사진들에다가 대단원을 장식한 버블 랩 재앙까지. 듣고 있으려니 기분이 묘했다. 불편했지만 상처가 되지는 않았다. 다른 사람에게 일어난 이야기를 듣는 기분이었다. 아빠가 자세한 내용 전부를 어디에서 들었는지는 예상이 되었다. 사이너스였다. 또 누가 있겠는가? 내가 사이너스를 쳐다보자, 녀석은 순진한 얼굴로 어깨를 으쓱했다.

다시 아빠에게 고개를 돌렸을 때, 내가 슬픔을 딛고 일어선 게 얼마나 잘한 일이었는지 깨달았다. 오늘이 모든 걸 바로잡는 데 있어 얼마나 중요한 날인지, 내가 엄마 앞에서 얼마나 속수무책인지를 더더욱 뼈저리게 깨달았다.

엄마가 말할 때 두 손으로 귀를 막고 싶었다. 엄마가 강제로 나를 집까지 걸어가게 할지 모르니 어떻게 할 수가 없었다.

"이게 사실이니, 찰리?"

엄마의 목소리에는 의심이 잔뜩 끼어 있었다.

"맞아요."

"모든 게? 버블 랩 사건도?"

나는 천천히 고개를 끄덕였고, 겹겹이 쌓인 플라스틱 밑에 모였던 땀이 지금 내 등에 모인 걸 느낄 수 있었다.

"그럼 왜 엄마한테 말하지 않았니? 무슨 일이든 할 수 있었을 텐데. 학교에다 얘기하거나. 아직도 그렇게 할 수 있어."

엄마는 스케이트보드를 들고, 마치 피치 교장 선생님이 사람들 사이에서 마법처럼 나타나기라도 할 듯이 미친 듯이 주변을 둘러보았다.

"하지만 학교에서 일어난 일이 아니었어요, 엄마. 여기에서 일어났어요. 그리고 대부분의 아이들은 우리 학교에 다니지도 않아요."

"그럼 경찰서로 가자. 아이들의 그런 행동은 용납할 수 없어. 그건 폭행이야."

엄마는 슬픔이나 순전한 공포에 빠져서 한 말이었을 것이다. 하지만 그 말이 얼마나 어리석게 들리는지 알지 못했다. 하지만 나는 엄마에게 직설적으로 그 말을 할 만한 용기가 없었다. 나는 조심스럽게 설명하려 애썼다.

"하지만 그렇게 해 봤자 저는 또다시 희생자가 되고 말아요. 그 아이들이 또다시 저에게 쏠 탄약을 잔뜩 안겨 주는 셈이라고요. 또다시, 또다시…… 결국 제가 다시는 침대 밖으로 나오고 싶어 하지 않게 될 때까지 말이에요."

사이너스는 내 용기가 커지는 모습을 보고 나와 나란히 섰다.

"그래서 오늘 찰리는 저 경사로에 올라가야 해요, 아줌마. 찰리에게 필요한 건 딱 2분이에요. 이 모든 걸 끝내버릴 2분이라는 시간. 찰리가 뭘 할 수 있는지 아이들이 보기만 한다면, 모든 게 변할 테니까요. 모든 게."

사이너스가 확신하는 만큼 엄마는 불안해했다.

"그럼 장담할 수 있니, 응, 라이너스? 거기 서서 나한테 말할 수 있어? 찰리가 저걸 타고 나면 그때마다 다시 두 발로 땅에 내려올 거라고, 백 퍼센트 장담할 수 있어?"

"아니, 당연히 그럴 수는 없지."

아빠가 말했다.

"그럼 우린 집에 가서 이 문제를 해결할 다른 방법을 찾아요. 네가 이걸 하게 할 수는 없다, 찰리. 미안하구나. 오늘은 안 돼."

그리고 다시 눈물이 모습을 드러냈다. 어젯밤보다 훨씬 심각하고 무거운 눈물이, 그 자리에서 그렇게 게임을 끝내 버리려고 했다.

"하지만 또 다른 오늘은 없을 거야, 안 그래?"

아빠가 어디에서 그런 근성을 발견했는지 알 수 없었지만, 이제 아빠는 분명 그걸 몸에 철저히 장착하고 있었다.

"비슷한 일이 닥칠 때마다, 당신은 똑같이 행동할 거니까. 당신은 다른 이유를 찾아낼 거야. 찰리가 그걸 하면 안 될, 또 다른 이유를."

"그건 사실이 아니에요."

엄마가 항변했다.

"하지만 사실이야. 이미 그래. 세발자전거를 생각해 봐, 제발. 찰리는 산악자전거나 경주용 자전거를 타고 배달을 하고 있어야 해. 2년 뒤면 모터 달린 자전거로 배달을 하고 있어야 하고!"

새로운 규모의 공포에 머리를 맞은 엄마에게는 견디기 어려운 말이었다.

"당신 왜 그래요?"

엄마가 소리쳤다.

“내가 왜 힘들어하는지 몰라서 그래요? 과거에 그런 일을 겪었으니 이제 내 아들을 보호하겠다는데 왜 안 된다는 거죠?”

나는 사이너스가 자기 신발을 내려다보면서 거북하게 달아나는 모습이 보였다. 사이너스처럼 참견을 좋아하는 녀석에게도 이건 듣기 어려운 내용이었다.

“하지만 우린 찰리를 숨 막히게 하고 있어! 우리 둘 다! 찰리가 열여덟 살이 돼서 대학에 가면 무슨 일이 생길까? 대학에 갔는데 찰리가 거기에서 일어나는 어떤 일에도 대처할 줄 모른다면 어떻게 될까? 우린 찰리가 스스로 실수하게 내버려 둬야 해.”

“오, 말도 참 쉽게 하는군요, 안 그래요? 하지만 한 걸음만 잘못 디디면 그걸로 끝이에요.”

이 시점에 이르자 아빠는 기어를 바꿔, 화내는 걸 잠시 멈추고 대신 엄마의 어깨에 손을 얹었다.

“도라에게 일어난 일은 비극이었어. 모두에게 재앙이었지. 하지만 그건 돌발적인 사고였어. 그 일이 다시 일어날 확률을 수학자에게 계산해 달라고 할 수는 없어. 우리 찰리에게도 마찬가지야. 게다가 나는 찰리가 이걸 타는 모습을 봤어. 믿기 힘들겠지만 찰리가 뭘 할 수 있는지 보게 되면 당신도 자랑스럽게 느낄 거야.”

그때쯤 엄마는 눈물을 펑펑 쏟고 있었다. 어깨를 들썩이며 힘겹게 말을 내뱉었다.

“그런 이유로 찰리가 스케이트보드에 올라간 모습을 보고 싶지는 않아요. 그냥 조심했으면 좋겠어요."

"그럴 거야, 안 그러냐, 아들아? 보호대랑 헬멧을 갖고 왔잖아, 그렇지?"

아빠는 '제발 너한테 보호대랑 헬멧이 있다고 말해라!' 하고 소리치는 듯한 눈빛으로 나를 바라봤다.

"팔꿈치랑 팔목, 무릎, 머리에 할 거예요. 다 제 가방에 들어 있어요. 저한테 맞도록 좀 더 두툼하게 특수 제작했어요."

"알았다."

아빠는 안심한 표정으로 말했다.

"걱정할 거 하나도 없어, 여보. 당신도 알게 될 거야."

"아니, 그렇진 않을 거예요."

엄마는 입술에 희미한 웃음을 띠며 대답했다.

"날 설득하려고 무슨 이야기든 할 수 있겠지만, 소용없을 거예요."

엄마는 고개를 돌려 나를 보았고, 몸속에 남은 마지막 기운처럼 느껴지는 목소리로 말했다.

"너를 말리진 않을게, 찰리. 이 일을 해야겠다면, 그렇게 해라. 하지만 엄만 그런 네 모습을 볼 수 없어. 그냥 그럴 수가 없어."

그리고 엄마는 끝내고 싶지 않다는 듯이 오래도록 나를 껴안아 준 뒤, 마음이 갈가리 찢긴 나를 남겨두고는 사람들 사이로 걸어가 버렸다.

"어떻게 하죠?"

나는 아빠에게 물었다.

"정말, 전 이제 어떻게 해요?"

아빠의 대답은 확실하고 단호했다.

"네가 늘 계획했던 대로 해라, 아들아. 저기로 나가서 사람들한테 보여 줘."

"하지만 엄만 어쩌고요?"

"엄마는 내가 신경 쓸 문제야. 네가 아니라. 네가 해야 할 일은 스케이트보드에서 떨어지지 않는 거다. 알겠니? 부탁이다!"

그리고 아빠도 가 버렸다. 나를 사이너스 곁에, 그리고 내가 옳다는 걸 증명해야 한다는 그 어느 때보다 절실한 과제를 함께 남겨 두고서.

41

결국 모든 건 여기에 달렸다. 그날의 하이라이트, 가장 많은 관객을 끌어들인 볼거리…… 경사로 도전 경기였다.

2분 동안 최대한 많은 묘기를, 최대한 우아하고 대범하게 펼쳐야 한다. 가장 중요한 건, 스케이트보드를 띄워 바닥으로부터 최대한 많은 공간을 만들어 내야 한다. 정말이지 단순한 일이었지만, 나는 지금 내가 할 수 있는 유일한 동작이 집으로 달아나는 건 아닐지 걱정스러웠다.

어쩌면 엄마의 말이 옳지 않았을까? 어쩌면 우리에게는 이 일을 할, 또 다른 날이 있을지도 몰랐다.

다행히도, 내 귓가를 맴도는 악마는 내가 그런 생각을 하며 달아나게 내버려두지 않았다.

"어이!"

사이너스가 내뱉듯이 말했다.

"이제는 나를 길길이 날뛰게 하지 마라. 우린 너무 가까이 왔어.

냄새를 맡아 봐. 어서, 냄새를…….”

나는 콧구멍을 벌름거렸지만 싸구려 핫도그 냄새 말고는 아무것도 느껴지지 않았다.

“뭔데?”

“지금 이 순간은 네 오감을 채우는 향수 냄새 없이 공기를 들이마시는 마지막 순간이야. 주변을 봐, 찰리. 여자애들이야! 사방에 있다고.”

사이너스는 얼룩 하나 없는 100미터 길이의 벽을 이제 막 발견하기라도 한 듯한 표정이었다. 그래서 나는 녀석이 무슨 말을 하고 있는 건지 알 수 있었다.

하지만 나는 여자아이들이 보이지 않았다. 내 눈에 보이는 건 경사로를 보려고 아우성치며 어마어마하게 밀려든 인파였고, 그들은 참가자들이 성공하는 모습뿐만 아니라 실패하는 모습도 보려고 기다리고 있음을 나는 알고 있었다.

나는 구역질을 하고 싶다는 생각을 떨쳐 버리려 애를 쓰며, 머릿속으로 내가 펼칠 묘기를 순서대로 하나하나 훑었다. 지나치게 복잡한 기술은 전혀 없었고, 모두 진정한 자산인 몸집과 속도를 이용한 것이었다.

그러니까 성패는 나 자신에게 달려 있었다. 연기를 순서대로 완수하고 구경꾼들의 턱을 바닥까지 딱 벌어지게 하려면, 내 몸과 땅 사이에 엄청난 공간이 생기게 해야 했다. 사람들이 구름 사이에서 나를 찾아내려고 쌍안경으로 손을 내밀게 해야 했다. 나는 그렇게 할 수 있었다. 동작 하나하나를 연습할 때는 정말로 그랬었다. 하지만 연속해서 성공한 적은 없었다. 이건 도전이었다. 내가 정말 해야 할 일은 바로 그거였다.

귀청을 찢을 듯이 쿵쿵 울리는 베이스 멜로디가 주변을 감싸며 대회의 시작을 알리자, 우리를 둘러싼 인파가 늘어나는 게 느껴졌다. 사람들은 파도처럼 밀려들어 우리를 떠밀었고, 사이너스는 즉시 내 후드를 잡고 경사로 쪽으로 당겼다.

"더 가까이 가야 해."

사이너스가 외쳤다.

"하지만 난 27번이야. 순서가 한참 남았다고."

솔직히 내 차례가 오기 전에는 그렇게 가까이 있고 싶지 않았다. 다른 참가자들이 내 머리 바로 위에서 빙글빙글 도는데, 배짱 있게 버틸 수 있을 것 같지가 않았기 때문이다.

"네가 봐야 할 게 저기 있다. 내가 만든 최고의 장관이지."

녀석은 코부터 들이밀며 앞길을 뚫었다. 그리고 함박웃음을 짓고 팔을 흔들었다.

그리고 곧, 녀석이 평생 스프레이로 그린 작품 중 가장 거대한 작품의 정체가 드러났다. 그 그림은 경사로 전체를 뒤덮고 있었다. 하지만 이제 알파벳 머리글자는 없었다. 무슨 뜻인지 맞춰 보라는 듯이 'BWB'만 그려져 있지는 않았다. 아니, 거기에는 이렇게 쓰여 있었다. '버블 랩 보이.' 글자 하나하나가 표면에서 튀어나와, 발만 살짝 올려도 터질 것처럼 보였다.

"이제 사람들이 너를 잊어버릴 일은 없을 거야, 안 그래?"

사이너스가 웃음을 지으며 말했다.

그동안 머릿속이 서로 충돌하는 너무나 많은 생각으로 가득했다면, 이제는 그저 경이로움으로 넘쳐 났다. 그리고 그 기분은 전염성이 강한 것 같았다. 내 주변이든 경사로 저편이든, 사방에서 휴대 전화 카메라가 찰칵거렸다. 사람들은 손으로 그림을 가리켰고 입으로 그 단어를 따라 말했고 옆 사람에게 이야기했다. 나는 어깨를 으쓱했고 눈썹을 치켜 올렸다. 진상은 스물여섯 명의 참가자들이 지나간 다음에야 밝혀질 터였다.

"놀라워, 사이너스."

나는 녀석의 손을 잡고 흔들까 생각하다가, 녀석을 끌어안았다.

"찰리. 넌 매력적인 남자고 난 임자 없는 몸이지만, 현실을 직시하자. 우린 안 돼. 네 엄마가 날 절대 받아들이지 않을 거야."

녀석의 등을 찰싹 때리며 머릿속에서 엄마 생각을 밀어내려고 애썼다. 다행히 첫 참가자가 경사로 꼭대기에 나타났다.

그 아이가 누구인지 알 수 있었다. 버블 랩 사건이 있던 날 그 자리에 있었던 6학년생이었다. 하지만 경사로 꼭대기에서 수백 명의 관중을 마주한 지금은, 그때처럼 우쭐한 표정이 아니었다. 그 아이도 나와 똑같은 심정이라는 걸 알 수 있었다. 그 아이가 가엽지는 않았지만.

그 아이가 출발해 속도를 점점 빠르게 올릴 때, 나는 그 아이가 꼴사납게 떨어지기를 바라지는 않았다. 하지만 그 아이가 절뚝거리며 어쩔 수 없이 경사로에서 내려왔을 때, 눈물을 흘리지도 않았다. 그 아이의 스케이트보드는 다정한 보살핌 정도가 아니라 외과 수술을 받아야 할 지경이었다.

다른 참가자들도 똑같은 방식으로 왔다 가며, 다양한 수준의 영예를 맛보았다. 참가자가 정해진 연기를 맹렬하게 성공시키면 관중은 하나가 되어 목소리를 높였다. 또 참가자가 땅으로 떨어지면 다 같이 얼굴을 찡그렸다. 어느 가여운 영혼은 장엄한 연기를 실패한 뒤 주걱으로 긁듯이 바닥을 긁고야 말았다.

사이너스는 기겁한 눈치였다. 녀석의 그림에는 피투성이가 될 만한 공간이 없었다. 길 잃은 이빨은 말할 것도 없었다.

내 차례가 다가오자 두려움이 몸속에서 솟구쳤다. 나는 안달이 나서 서성거리고 싶었지만, 그럴 공간이 없었다. 그러다가 21번 참가자, 나의 친구이자 또 나를 괴롭혔던 스탠이 경사로 꼭대기에 나타나자 더 이상 보지 않기로 결심했다.

나는 사이너스에게 말했다.

"준비 좀 해야겠어."

"내가 하라고 한 거 잊지 마."

사이너스가 음악 소리를 뚫고 외쳤다.

나는 고개를 끄덕였다. 녀석의 요점은 명료했다. 그동안 입이 닳도록 말해 왔으니 당연한 일이었다.

사람들은 마지못해 길을 내주었고, 대부분의 사람들은 가슴 높이에서 낮게 지나가는 나에게 눈길도 주지 않았다. 어떤 여자가 나에게 엄마를 잃어버렸느냐고 물었을 때는 어이가 없었다. 굳이 대답하지는 않았다.

대신 경사로 뒤쪽으로 갔다. 떨리는 두 손으로, 아빠에게 반드시 착용하겠다고 약속한 보호대를 가방에서 꺼냈다. 사실 보호대는 많았다. 강철 코뿔소를 처음 타던 날 엄마가 고집했던 것처럼 거창하지는 않았지만.

사이너스가 요구했던 마지막 작업도 잊지 않았고, 후드 티로 보호대를 최대한 숨겼다. 이렇게 올 것이 왔다. 준비는 끝났다. 나는 키가 작은 만큼 뚱뚱해 보였다.

초조한 몇 분이 지난 뒤, 마침내 내 참가 번호가 불리자, 나는 아빠의 메뉴판에 올라간 요리가 된 기분이었다.

내 머리는 늘 그랬듯 불안을 앞세워 나를 꾀기 시작했다. 지금 엄마에게 무슨 짓을 하고 있으며, 내가 준비했던 계획이 도라 이모에게 어떤 일을 겪게 할 뻔 했는지 아느냐면서. 하지만 이상하게도 내가 당할 일에 대해서는 걱정이 되지 않았다.

부러진 팔은 나을 것이고, 욕이 쏟아지더라도 늘 겪던 일일 것이다. 게다가 내가 내 몸을 잘 붙들기만 한다면, 앞으로의 몇 분이 그 모든 걸 바꿀 수도 있었다.

심호흡을 해. 저들의 눈을 똑바로 봐.

그리고 네가 누구인지 확실히 말해 줘.

사이너스가 나에게 하라고 한 것이었다. 그것만 기억하면 될 일이었다.

42

하지만 경사로 꼭대기에서 그걸 기억하는 건 아주 다른 문제였다. 갑자기 나는 벼랑 끝에서 비틀거리고 있는 것처럼 느껴졌다. 사이너스의 그림은 수백 킬로미터 떨어진 곳에 있는 것처럼 보였다. 그림에 적힌 단어가 무엇인지 알고 있었는데도, 그 단어를 알아보려고 기를 써야만 했다.

관중을 향해 시선을 돌리자, 두렵게도 생각보다 훨씬 많은 사람이 모였다는 사실을 알게 되었다. 상황은 오히려 나빠지고 말았다.

사람들은 아찔하게 흔들리고 있는 것 같았고, 한 사람 한 사람이 그들 앞에 펼쳐진 우스꽝스러운 광경을 비웃는 것 같았다.

어떤 사람들은 여섯 살짜리 꼬마를 시소 꼭대기까지 올려 보내다니, 애 엄마가 제정신이냐고 생각하고 있었다. 사정을 아는 다른 사람들은 자신들이 보고 있는 인물이 누구인지 깨닫고는 고함만 질러댔다. 비웃음과 의혹이 잔인하게 뒤섞여 잔물결처럼 사방으로 퍼졌다.

사회자의 말이 들리자 나는 간신히 정신을 차리고 내가 해야 할 일을 떠올렸다.

"27번 참가자는 경사로에 처음 올라온 선수가 아닙니다, 신사숙녀 여러분. 예기치 못했던 잠깐 동안의 휴식기를 가진 뒤 화려하게 돌아왔습니다."

관중들 사이에서 또 한 번 웃음이 터졌다. 더 짙은 의혹이 피어올랐다…….

"그러니 응원 부탁드립니다, 신사숙녀 여러분. 주머니 로켓, 자칭 버블 랩 보이, 찰리 한입니다!"

별명을 발표하자는 건 사이너스의 생각이었다. 사람들이 그래피티와 인물의 관계를 깨닫게 되는 거창한 폭로의 순간. 몇 주 동안 잠재의식 속에 메시지를 보낸 지금, 학교 아이들이 마침내 진상이 요란하게 밝혀지는 모습을 목격하며 나를 다른 눈빛으로 보게 될 순간.

어떻게 되었을까? 사이너스의 생각이 옳았다.

나는 사람들의 반응을 보았다. 손가락으로 경사로를, 그다음에는 나를 가리켰는데 비웃음이 아니라 미소를 띠고 있었다. 사람들은 기대하는 얼굴로 나를 바라보았다. 갑자기 매우 다른 이유로 지켜볼 가치가 있는 사람이 되었다는 듯이, 구급차와는 관련 없는 사람이 되었다는 듯이.

댄과 스탠을 찾아보지 않을 수 없었다. 두 사람이 내 눈앞에서 움츠러들자 기분이 좋았다. 나는 두 사람을 향해 웃은 다음, 후드 티를 벗었고, 순식간에 어린애 같은 내 몸통이 관중 앞에 드러났지만 신경도 쓰지 않았다. 대신 나는 팔꿈치와 무릎을 감싼, 버블 랩 보호대를 똑바로 정돈하고 티셔츠를 밑으로 당겼다. 지켜보는 모든 사람에게 스프레이로 거기 그려진 말을 보여주기 위해서였다.

거기에는 '도라를 위해 날다'라고 쓰여 있었다. 그 뜻을 이해하는 사람이 없더라도 상관없었다. 나는 잘 알고 있었으니까. 도라 이모의 시선이 휠체어를 떠나 휙, 하고 하늘을 가로지르며, 날쌔게 지나가는 새들을 한 마리 한 마리 지켜보던 모습을 떠올렸다. 그리고 지금 이모가 어떻게든, 그와 같은 모습으로 지켜보고 있기를 간절히, 바라지 않을 수 없었다.

가슴에서 흐느낌이 자꾸만 솟아오르다가 폭발적인 공포로 돌변했다. 관중의 저 먼 구석에서 이모가, 강렬하게 타오르는 이모의 예리한 갈색 눈동자가, 보인 것 같았기 때문이었다.

나는 너무나 놀랐다. 다시 눈을 깜빡거리며 그곳을 응시했을 때, 그게 도라 이모가 아니라 엄마라는 사실을 깨닫자 심장이 거의 멈출 뻔 했다.

틀림없이 엄마였다. 공포에 사로잡힌 분위기가 느껴졌고 엄마의 스트레스 수치가 쉬익, 하고 급격히 올라가는 소리가 들리는 듯했다. 아빠는 옆에서 엄마의 어깨를 감싸고 엄마와 정반대의 분위기를 발산하고 있었다. 이제 내가 하려는 일에 대해 조용히 흥분하고 있었다.

2분이라는 영광의 시간을 알리는 음악이 시작되었지만, 나는 그 소리를 무시하고 필요 이상으로 오래 부모님을 응시했다. 어쩔 수가 없었다. 14년만에 엄마의 품안을 벗어나기란 쉬운 일이 아니었다. 심지어 엄마와 30미터 떨어진 지금도.

군중들은 동요하기 시작했다. 우우, 하고 야유를 보내지는 않았지만, 나는 이러다 저들을 잃게 될 거라는 사실을 깨달았다. 스케이트보드가 내 손가락을 물며, 해야 할 일이 무엇인지 일깨워 주었지만, 걱정스런 엄마의 얼굴을 머릿속에서 떨쳐낼 수가 없었다.

천천히 박수가 터져 나오며 순식간에 분위기가 띄워지자 두려움이 내 안에 가득 차올랐다. 내 시선은 다시 엄마를 향했고, 엄마의 표정은 나와 똑같았다. 하지만 아빠는 당황한 얼굴이 아니었다. 오히려 응원하는 듯한 미소를 보내며 두 손을 구부려 입에 대고, 나로서는 아빠에게 있는 줄도 몰랐던 우렁찬 목소리로 다섯 마디를 외쳤다.

"어서 해라, 찰리. 어서 해."

바로 그거였다. 나에게 필요한 전부였다. 나는 고함을 지르며 스케이트보드를 발밑으로 내던지고 허공으로 몸을 날렸다. 벽이 흐릿해지며 바람이 빠르게 지나가는 것을 느꼈다. 하지만 바퀴가 곡선 바닥에 닿았을 때 균형을 잘못 잡았다는 사실을 깨달았다. 하늘이 시야에 들어왔을 때 발밑에서 스케이트보드가 뒤집어지는 느낌이 들더니 스케이트보드는 나를 뒤로 내동댕이치고 하늘을 향해 쭉 날아갔다.

나는 굴러 떨어지며 단단히 대비를 했다. 바닥이 어디인지는 감도 오지 않았지만 바닥이 주먹을 꽉 쥐고 기다리고 있다는 건 알고 있었다. 슬로우 모션으로 나를 붙잡으러 오는 엄마의 모습이 퍼뜩 떠올랐지만, 그 이미지는 어떤 위로도 주지 못했다. 그렇게 빨리 달릴 수 있는 사람은 지구상에 한 명도 없었다.

경사로는 등을 세게 때렸고, 몸은 비명을 질렀다. 내 울부짖음이 관중들에게 맞고 메아리쳐 되돌아오는 것이 들렸고 나는 다시는 움직이지 않겠다고 맹세했다. 비웃음소리를 기다렸지만 그런 소리는 나오지 않았다. 모두가 사라지고 없는 듯한 느낌이었다. 내 귀에는 나무 위에서 빙글빙글 도는 네 개의 바퀴 소리만 들렸다.

스케이트보드는 데굴데굴 굴러서 팔에 부딪히더니 다시 손안에 자리 잡았다. 그때 누군가, 한 사람이 외치는 소리가 들렸다. 사이너스였다.

"일어나, 찰리! 일어나."

그 순간, 난데없이 기운이 번쩍 솟아나 옆으로 몸을 굴렸다. 몸속은 신음하고 있었지만 불이 붙은 불꽃을 막을 만큼은 아니었다. 나도 모르게 손발을 바닥에 대고 엎드렸고, 손목으로 바닥을 밀며 무릎을 폈다. 일어서자 온몸이 신음했지만 내 다리가 경사면 쪽으로 걸어가지 못하게 막을 만큼은 아니었다. 손에는 스케이트보드가 들려 있었다.

심장이 쿵쾅거렸고 귓속에서 혈관이 팔딱거렸다. 사람들의 소리가 들렸다. 격려와 함께 믿을 수 없다는 듯한 외침이 들려왔다. 그 소리는 점점 더 늘어나고 점점 더 커지더니 결국 뒤섞인 사람들의 말은 어마어마하게 포효하는 응원 소리가 되었다. 나는 경사로 벽을 달려 올랐다. 경사로의 선반을 붙잡고 몸을 위로 끌어올리는 방법도 있었지만, 그걸 해낼 기운이 있는지 짐작할 수 없었다. 그래서 대신, 벽이 수직으로 올라가는 지점에서 발밑에 스케이트보드를 넣고, 양손으로 가상의 배달 음식 봉투를 붙잡고는 공중으로 뛰어오르며, 균형이 잡히기를 바랐다.

성공이었다. 하강할 때 산들바람이 내 청바지를 때렸다. 공중에 떠오를 만큼의 속도는 아직 나지 않았지만, 한 번만 더 밀면 정확히 나에게 필요한 것을 얻게 되리란 걸 알 수 있었다. 나는 최대한 몸을 작게 웅크려 또 한 번 하강을 한 뒤, 경사로 꼭대기를 지날 때 몸을 폈고 스케이트보드도 순순히 나를 따라왔다.

그 기분이 어땠는지, 설명할 수가 없다. 안도감이었는지 흥분이었는지 모르겠지만, 그 들뜬 기분을 표현하려면 제아무리 넓은 지면으로도 부족하다. 어쨌든 그때 나는 가속도가 붙었다는 걸 알고 있었다. 지금부터 할 일은 그걸 떨어뜨리지 않는 것이었다.

속도는 순간순간 빨라졌고 자신감도 함께 상승했다. 내가 세웠던 계획을 기억하며 열심히 집중했고 킥턴(앞바퀴를 들고 회전하는 기술 – 옮긴이)을 할 때마다 과감하게 몸을 점점 높이 띄웠다.

나는 점점 그 순간 자체를 즐기게 되었다. 방향을 바꿀 때 스케이트보드를 붙잡고 회전하는 것, 한쪽 다리로 균형을 잡는 것, 통제력을 조금도 잃지 않고 스케이트보드를 하늘로 차올리는 것. 나는 내가 열띤 분위기를 고조시키고 있음을 알 수 있었다. 관중들이 나에게 끝없이 환호하면서 박수를 치거나 두 손을 공중으로 번쩍 들어 올리고 있었기 때문이었다.

사람들은 모두 나와 함께였다. 경사로 꼭대기에서 아래를 내려다보지 않고도 그게 느껴졌다.

사람들에게 받아들여진 궁극적인 순간이었지만, 아이러니하게도 나는 사람들이 어떻게 생각하는지는 중요하지 않다는 걸 깨달았다. 나는 내가 무엇을 하고 있는지 알고 있었고, 잘하고 있다는 사실도 알았다. 사람들이 몰려와 나를 어깨에 태워주려고 하거나 내 등을 두드리고 싶어 한다면, 좋다. 하지만 그들의 축하가 없더라도 내가 무엇을 성취했는지 알 수 있었다.

하지만 어떤 사람들의 의견은 중요했다. 경사로에서 보낸 시간은 짧았지만 그 사람들이 어떻게 생각하는지 알고 싶어 견딜 수가 없었다.

그래서 나는 양팔을 쭉 펴고 마지막 회전을 했다. 그리고 스케이트보드의 밑면을 경사로 가장자리를 따라 미끄러뜨리며 안전하게 내려왔다. 관중들의 함성은 다시 높아졌고, 내 얼굴에는 절로 웃음이 내려 앉았다. 하지만 사이너스의 모습을 발견했을 때 더욱 활짝 웃지 않을 수 없었다. 녀석은 옆에 있는 소녀와 대화에 열중하고 있었다. 한 손으로는 경사로를 가리키고 있었고, 다른 손으로는 그림으로 장식된 벽을 가리키고 있었다. 그 소녀는 감동을 받았을 수도 있다. 확실히는 알 수 없었다. 내가 스케이트보드만큼이나 여자들을 이해하려면 갈 길이 아주 멀었다. 사이너스도 그걸 가르쳐 줄 스승이 되지는 못할 것 같아서, 녀석을 그대로 내버려두었다.

대신 나는 두 팔을 번쩍 든 인파 사이에서 부모님의 모습을 눈으로 찾아보았다.

마침내 찾았다. 아빠의 얼굴은 열렬하게 박수를 쳐댄 탓에 흐려져 있었다. 하지만 아빠가 잘했다는 뜻으로 환호성을 지르자 나는 계속 웃음을 지을 수 있었다.

한편 엄마의 반응이야말로 내가 정말 갈망하던 것이었다. 엄마의 손은 박수를 치고 있지 않았고 입은 꼭 다문 채였지만, 나는 내가 꿈에서나 상상할 수 있었던 감동을 주었음을 알 수 있었다. 엄마는 그 자리에 서서 머리 위로 두 팔을 올린 채, 경이롭다는 듯이 손가락을 구름을 향해 쭉 펴고 있었다. 엄마의 얼굴에서는 슬픔이 아닌, 다른 의미에서의 눈물이 입술을 향해 천천히 흘러내렸다.

그것이면 나에게는 충분했다.

경사로에 머물 시간은 이제 몇 초 밖에 남지 않았을 테지만, 나는 내려올 수 없었다. 아직은 아니었다.

나는 우승을 할 만큼 완벽한 연기를 펼치지는 못했다. 경사로에서 한 시간을 더 머무르더라도 그럴 수 없다는 걸 알고 있었다.

하지만 한 번 더 타야만 했다.

그래서 기쁜 마음으로 공중에 주먹을 휘두르고 어깨와 무릎에서 버블 랩을 뜯어내 벗어버린 뒤, 마지막으로 한 번, 내 몸과 스케이트보드를 허공으로 날렸다. 내 앞에서 벽이 솟아올랐다가 사라지자 웃음이 터져 나왔다.

내가 가장 높이 날아오른 순간은 아니었지만, 상관없었다.

왜냐하면 도약의 정점에 이르렀을 때 잠시 도라 이모를 생각했기 때문이었다. 맹세컨대 그 순간 이모가 그곳에서 나를 안아 준 다음, 다시 땅으로 내려가도록 천천히 나를 놓아주었기 때문이었다.

찰리 한이 늘 중국 음식점 위층에 살았던 것은 아닙니다. 사실 오랫동안 찰리는 찰리가 아니었습니다. 원래는 버드 코튼이었고 이런 모습이었습니다.

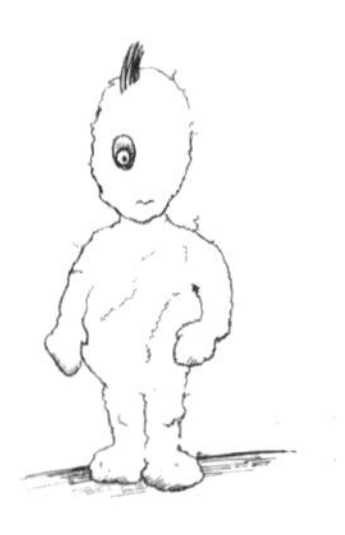

제가 그린 그림은 아닙니다. 제 친구 보즈가 10년도 더 전에 그렸지요. 우리는 오랫동안 '버드 코튼'을 함께 만들면서 수없이 많은 초안을 잡고 수없이 많은 스케치를 했지만, 출판이 성사되지는 못했습니다.

하지만 보즈에게 정말 고맙다고 말하고 싶습니다. 지난 20년 동안 저를 응원하는 멋진 친구가 되어 주었으니까요. 보즈의 도움이 없었다면, 저는 애초에 글을 쓰려고 하지도 않았을 것입니다.

함께 일할 때, 그리고 잡담할 때도 무척 즐거웠던 조디 호지스. 스케이트보드 전문 기술과 관련된 값진 지식을 나눠준 캐프와 마크 워드에게도 감사를 전합니다.

퍼핀 출판사의 직원들, 특히 제 담당 편집자가 되는 미심쩍은 영예를 이어받은, 그리고 아직도 간신히 웃음을 짓는 벤 호슬렌, 띠가 달린 표지를 또 하나 만들어준 케이티 핀치, 그리고 역대 최고의 교정자 샘 매킨토시에게도 큰 감사를 전합니다.

또 북셀러 크로 서점의 훌륭한 직원들과 더블린의 두 데이비드(오캘러핸과 메이버리), 매튜 윌리엄스, 마커스 세지위크에게도 크나큰 감사를 전하며, 지난 1년 동안 저에게 엄청난 격려를 보내준 필 캐럴에게도 특히 감사를 전합니다. 당신은 정말 훌륭한 친구였습니다.

마지막으로, 엉뚱하기 짝이 없는 제 아이디어마저도 지지해 준 영국의 헐에 있는 가족들, 저를 끝없이 웃음 짓게 하는 버킹엄 궁전의 친구들에게도 큰 감사를 전합니다. 그리고 저를 잘 참아 주고 꿈꿀 수 있게 해준 로라, 올비, 엘시, 스탠에게 가장 큰 감사를 전합니다. 저는 진짜, 진짜 행운아입니다.

2014년 1월

영국의 수정궁에서

옮긴이의 말

비호감투성이 영웅, 자유를 향해 비상하다

미국의 종교 신화 학자인 조셉 캠벨은 《천의 얼굴을 가진 영웅》에서 '영웅의 여정'이라는 개념을 소개한다. 아주 간략히 설명하자면 평범한 세상에서 살던 영웅이 소명을 인식하고 모험을 떠나는데 그 여정에서 반드시 고난을 겪지만 그를 도와주는 귀인이나 조력자를 만나 결국에는 소명을 완수하고 원래 속한 세상으로 귀환한다는 것이다. 한 문장으로 요약해도 거창하게 느껴지는 여정이다. 그러니 영웅이라고 하면 그리스로마 신화 속의 수많은 영웅이나 거대한 업적을 남긴 역사적 위인들을 생각하는 게 자연스럽다. 그런데 《버블 랩 보이》의 주인공 찰리를 보며 이 영웅의 여정을 떠올렸다면, 지나친 비약일까?

물론 찰리에게서는 영웅의 면모를 도무지 찾아볼 수가 없다. 찰리는 평범한, 아니 어쩌면 평범 이하의 소년이다. 공공연한 '왕따'다. 덜렁거리기 일쑤인 찰리는 의도와는 상관없이, 때로는 의도와는 정반대로 사고를 일으켜 학교에서 아이들로부터 집단 폭행을 당하는 게 일상이다. 게다가 또래에 비해 지나치다 싶을 만큼 키가 작고, 변성기를 겪지 않은 목소리는 가늘고 날카로워 찍찍거리는 소리처럼 들릴 정도다. '비호감'의 요건을 두루 갖춘 찰리는 영웅은 커녕 영웅의 발끝에도 못 미친다. 자신의 처지를 잘 아는 찰리는 이 책의 처음부터 노골적으로 자아비판에 앞장서며 독자들의 웃음을 유발한다. 그런데 사실 독자는 그렇게 웃는 동안 의식하든 의식하지 못하든 찰리의 매력에 빠지게 된다. 첫 장을 읽고 나면 찰리가 어떻게 자신만의 '재주'를 발견해 나갈지 궁금해질 것이다.

영웅에게는 그 여정에 큰 도움을 주는 훌륭한 조력자가 있는데, 찰리가 소명을 완수하도록 이끄는 조력자는 누구일까? 처음에는 스케이트보드를 매개로 공원에서 만난 다른 아이들이 찰리의 조력자인 것만 같다. 그들은 찰리를 격려해 주고 기술을 가르쳐 주며 찰리가 스케이트보드에 더욱 재미를 붙이고 실력을 키우는 데 큰 역할을 한다. 그러나 영웅의 주변에는 친구의 모습으로 다가오는 적이 있기 마련이다. 찰리의 엄마가 공원으로 찾아와 한바탕 소란을 피우며 공개적으로 찰리를 야단친 뒤, 그 장면을 촬영한 영상이 아이들 사이를 떠돈다. 찰리는 드디어 이름 없는 존재에서 벗어나지만 찰리가 원하던 것과는 정반대의 상황이다. 게다가 그들은 찰리를 공원으로 유인해 평생 잊지 못할 모욕을 준다. 온몸을 숨 막힐 듯이 감싼 버블 랩 때문에 뒤뚱거리며 공원에서 나오는 찰리. 그 순간 찰리가 느꼈을 좌절감이 페이지를 뚫고 나와 읽는 이의 눈시울을 뜨겁게 만든다.

하지만 영웅은 참된 조력자를 만나 시련을 딛고 다시 일어선다. 찰리에게 그 존재는 유일한 친구인 사이너스다. 사이너스 역시 영웅에게 꼭 필요한 훌륭한 조력자의 면모는 조금도 없다. 오히려 괴짜 중의 괴짜다. 텅 빈 벽을 오래도록 바라보거나 공책에 얼굴을 처박고 다니는 꼴을 보면 살짝 돈 것 같기도 하다. 그런데 이 사이너스가 알고 보니 천재였다는 사실이야말로 이 책이 준비한 가장 큰 반전이다. 찰리에게는 동화 속에서 개구리나 야수가 사실은 마법에 걸린 왕자였다는 사실보다 훨씬 충격적이다. 독자 입장에서는 '비호감' 찰리와 '비정상' 사이너스의 만남이 운명이었다는 생각이 들 만큼 짜릿할 것이다. 둘이 함께였기 때문에 새로운 비상이 가능했다. 찰리가 엄마의 비밀을 알고 나서 괴로워하며 스케이트보드를 포기하려고 할 때마다 사이너스는 찰리를 다그치며 여정을 지속하게 해 준다(물론 유명세를 얻어 여자 친구를 사귀고 싶다는 불순한 의도가 섞여있긴 했지만). 사이너스 덕분에 치욕의 버블 랩은 영광의 버블 랩으로 변모한다.

이제 찰리의 여정에 숨겨진 더 깊은 의미가 조금씩 드러난다. 찰리는 스케이트보드라는 세계를 발견하고 난 뒤, 인정받는다는 느낌이 무엇인지를 처음으로 느꼈고 그래서 포기할 수가 없었다. 스케이트보드는 모든 어려움을 타개할 돌파구였다. 그런데 스케이트보드 대회가 열리던 날, 모두의 눈앞에서 스케이트보드와 함께 하늘로 날아오른 찰리는 깨닫는다. 다른 아이들이 자신을 어떻게 생각하느냐는 중요하지 않다는 사실을. 그 공중에서 찰리가 느끼고 성취한 것은 다름 아닌 '자유'였다. 그리고 찰리의 도전이 더욱 의미 있는 이유는 찰리 자신만이 아니라 사랑하는 가족에게도 자유를 선사했기 때문이다.

찰리의 엄마는 어릴 때 겪은 사고 때문에 평생 여동생 도라에게 마음의 빚을 지고 살아왔다. 그리고 찰리가 다칠까 봐 두려워하며 위험 요소를 모두 차단하려 애를 썼다. 찰리에게 선택할 여지를, 다시 말해서 자유를 주려 하지 않았다. 하지만 어린 새가 둥지를 떠나는 날은 오기 마련이니, 찰리는 스케이트보드를 '선택'하고야 만다. 평생 주변을 둘러쌌던 엄마의 안전망에서 벗어나려 한다. 그 과정에서, 그동안 약자였던 찰리는 다른 약자들의 마음을 보게 된다. 도라 이모의 '아픈' 모습 뒤에 숨겨진 따뜻한 마음과 활기를 본다. 평생 고압적인 태도로 자신의 삶을 좌우하던 엄마 역시 강자가 아니라 약자였음을 깨닫는다. 엄마를 향한 분노, 배신감과 싸우고 도라 이모의 죽음을 겪으며 찰리의 도전은 '나'를 넘어서서 '우리'를 위한 것이 된다. 도라 이모는 세상을 떠났지만, 오랜 세월 요양 병원에만 갇혀 살았던 도라 이모에게 새로운 활력을 주고 싶었던 그 마음으로 찰리는 스케이트보드와 함께 경사로를 달린다. 스케이트보드를 멋지게 타서 다른 아이들로부터 인정과 인기를 얻고 싶은 마음으로 시작한 스케이트보드였지만 이제는 엄마가 평생 시달려 온 두려움에서 벗어나게 해 주고 싶은 마음이 더 크다.

영웅의 여정은 한 번으로 끝나지 않는다. 거대한 하나의 여정 속에는 작은 여정이 많이 있다. 찰리는 스케이트보드 대회에서 우승을 거두지는 못했을 것이다. 그러나 찰리의 여정은 이제 겨우 시작일 뿐이다. 스케이트보드를 타며 얻은 작은 승리와 성취감은 앞으로 찰리의 삶에 다가올 여러 문제를 풀어나갈 저력이 되어 줄 것이다. 찰리의 모습을 보며 생각한다. 우리의 아이들이 이렇게 작은 승리를 거두는 작은 영웅들이 되면 좋겠다고. 작은 성취감을 자양분으로 삼아 비상하고 도약하면 좋겠다고. 무조건 다수가 지향하는 지점을 목표로 삼아 달려갈 것이 아니라, '내'가 가야할 곳을 찾아내서 그곳을 향해 끈기 있게 나아가면 좋겠다고. 처음에는 참된 자신의 모습을 찾는 것으로 시작해, '우리'를 위한 삶으로 조금씩 발전해 간다면 더욱 좋으리라. 마지막으로, 우리 모두가 서로에게 조력자가 되어 줄 수 있기를 바라는 마음에서, 찰리의 이 의미 있는 여정을 지켜보는 내내 떠올랐던 글귀를 인용하며 글을 마친다.

> "인간의 영혼이란 기후, 침묵, 고독, 함께 있는 사람에 따라 눈부시게 달라질 수 있는 것이네."
>
> – 니코스 카잔차키스, 《그리스인 조르바》 중에서

2015년 가을

김율희

옮긴이 김율희

고려대학교 영어영문학과를 졸업했고, 동대학원 영문학과에서 희곡을 전공했습니다. 문화관광부 우수 교양도서로 선정된《지붕 위의 시인 로니》, 과학기술부 우수과학도서로 선정된《세계사를 바꾼 전염병들》, 한국출판문화진흥재단 올해의 청소년 책으로 선정된《원숭이의 선물》《손수레 전쟁》, 뉴베리 상 수상작인《희망을 닮은 아이, 엘리야》《불량 하우스》 등을 우리말로 옮겼습니다.

초판 1쇄 인쇄 2015년 10월 15일
초판 1쇄 발행 2015년 10월 21일

지은이 필 얼 | **옮긴이** 김율희
발행인 양원석 | **편집장** 전혜원 | **책임편집** 최영아
디자인 RHK 디자인연구소 김영중 | **표지일러스트** 38
마케팅 이영인, 양근모, 윤면규, 김민수, 장현기, 정미진, 이선미
해외 저작권 황지현 | **제작** 문태일
펴낸곳 (주)알에이치코리아
주소 153-802 서울시 금천구 가산디지털2로 53, 20층(한라시그마밸리)
전화 02-6443-8872(내용), 02-6443-8838(구입), 02-6443-8962(팩스)
등록 2004년 1월 15일 제2-3726호

ISBN 978-89-255-5745-8 43840

※ 값은 뒤표지에 있습니다.
※ 맞춤법과 띄어쓰기는 국립국어원의 기준에 따랐습니다.
※ 잘못된 책은 구입하신 곳에서 바꾸어 드립니다.
⚠ 책 모서리가 날카로워 다칠 수 있으니 사람을 향해 던지거나 떨어뜨리지 마시오.